Milagre na 5ª Avenida

OBRAS DA AUTORA JÁ
PUBLICADAS PELA HARLEQUIN

Operação Família
Um verão em Paris
Casamento em dezembro

PARA NOVA YORK, COM AMOR
Meia-noite na Tiffany's
Amor em Manhattan
Pôr do sol no Central Park
Milagre na 5ª Avenida
Simplesmente Nova York
Férias nos Hamptons
Manhattan sob o luar

SARAH MORGAN

Milagre na 5ª Avenida

tradução de
William Zeytoulian

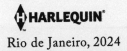

Rio de Janeiro, 2024

Título original: Miracle on 5th Avenue
Copyright © 2016 by Sarah Morgan

Todos os personagens neste livro são fictícios.
Qualquer semelhança com pessoas vivas ou mortas é mera coincidência.

Direitos de edição da obra em língua portuguesa no Brasil
adquiridos pela Editora HR LTDA. Todos os direitos reservados.
Nenhuma parte desta obra pode ser apropriada e estocada em
sistema de banco de dados ou processo similar, em qualquer forma ou meio,
seja eletrônico, de fotocópia, gravação etc., sem a
permissão do detentor do copyright.

Direitos exclusivos de publicação em língua portuguesa cedidos pela Harlequin
Enterprises II B.V./ S.À.R.L para Editora HR Ltda.

A Harlequin é um selo da HarperCollins Brasil.

Contatos:
Rua da Quitanda, 86, sala 218 — Centro — 20091-005
Rio de Janeiro — RJ
Tel.: (21) 3175-1030

DIRETORA EDITORIAL
Raquel Cozer

GERENTE EDITORIAL
Alice Mello

EDITOR
Ulisses Teixeira

COPIDESQUE
Thaís Carvas

REVISÃO
Thaís Lima

DIAGRAMAÇÃO
Abreu's System

DESIGN DE CAPA
Osmane Garcia Filho

CIP-Brasil. Catalogação na Publicação
Sindicato Nacional dos Editores de Livros, RJ

M846m

    Morgan, Sarah, 1948-
      Milagre na 5ª Avenida / Sarah Morgan; tradução William
Zeytoulian. – 1. ed. – Rio de Janeiro: Harlequin, 2019.
      320 p. : il. ; 21 cm.

      Tradução de: Miracle on 5th Avenue
      ISBN 9788539827190

      1. Romance inglês. I. Zeytoulian, William. II. Título.

19-56448
                  CDD: 823
                  CDU: 82-3(410.1)

Meri Gleice Rodrigues de Souza – Bibliotecária CRB-7/6439

Para Sue. Escrevo sobre amizades de ficção,
mas a nossa é de verdade. Sorte a minha.

———

Dê a uma mulher os sapatos certos e ela poderá conquistar o mundo.
— Marilyn Monroe

Capítulo 1

O mar está cheio de peixes, mas isso é inútil se você mora em Nova York.

— Eva

— Não podemos mandar dois pombinhos! Sei que ele vai pedi-la em casamento no Natal e que acha isso romântico, mas não vai ser nada romântico quando o lugar estiver coberto de cocô de pássaro. O salão vai colocar a gente na lista negra e o amor da vida dele vai responder "não", o que vai destruir o final feliz que tanto queremos. — Ajeitando o celular em uma posição mais confortável na orelha, Eva Jordan se aninhou dentro do casaco. Do lado de fora da janela do táxi a neve caía sem parar, desafiando as pessoas que tentavam removê-la. A impressão era de que, quanto mais tiravam, mais neve caía. Na disputa entre homens e os elementos da natureza, a humanidade com certeza estava perdendo. A nevasca turvou quase toda a vista da 5ª Avenida: as vitrines cintilantes foram silenciadas e veladas pelos flocos que caíam. — Vou ajudá-lo a reformular sua concepção de "romântico", e isso não vai incluir passarinhos, galinhas de qualquer nacionalidade, chocadeiras, gansos, nem nada do tipo. E já que estamos nesse assunto, um anel de ouro basta. Para que cinco? Ele quer algo magnífico, não excessivo. Não é a mesma coisa.

Como sempre, Paige era prática:

— Laura sonha com esse momento desde menininha. Ele se sente pressionado a fazer tudo perfeito.

— Tenho certeza de que o sonho dela não incluía uma coleção de animais selvagens. Vou bolar um plano e vai ser espetacular. Ninguém entende de romance mais do que eu.

— Exceto quando é para você mesma.

— Obrigada por me lembrar que minha vida amorosa é inexistente.

— De nada. E já que concordamos sobre a situação, talvez você queira me dizer o que pretende fazer para mudar.

— Absolutamente nada. E não vamos falar sobre isso de novo. — Eva remexeu na bolsa e puxou o bloco de notas. — Podemos voltar aos negócios? Falta um mês para o Natal.

— Não temos tempo para criar nada muito elaborado.

— Não precisa ser elaborado. Precisa ser emocionante. Ela tem que ficar comovida pelas palavras dele e pelo sentido por trás delas. Espera aí... — Eva bateu com a caneta na página. — Eles se conheceram no Central Park, né? Passeando com os cachorros?

— Sim, mas, Ev, o parque está enterrado sob meio metro de neve e não para de cair mais. Um pedido de casamento no Central Park agora pode terminar no pronto-socorro. O que seria memorável, só que pelos motivos errados.

— Deixa comigo. Vou ter bastante tempo para pensar nos detalhes nos próximos dois dias, pois vou estar sozinha na casa de um cara aí, decorando e enchendo a geladeira para quando ele voltar de viagem do deserto. — Ela fez uma anotação para si mesma e deslizou o bloco de notas para dentro da bolsa.

— Você está trabalhando demais, Ev.

— Não acredito que estou ouvindo isso de você.

— Até eu dou uma relaxada de vez em quando.

— Não reparei. E, caso você não tenha percebido, nosso negócio está crescendo.

— Ele não vai parar de crescer se você tirar uma noite de folga para um encontro mais quente.

— Obrigada, mas há um pequeno probleminha no seu plano. Não tenho encontro quente nenhum. Nem um encontro morno eu tenho...

— Você não acha que deveria tentar procurar alguém pela internet de novo?

— Detesto marcar encontros pela internet. Prefiro conhecer pessoas de outra forma.

— Mas você não tem conhecido ninguém! Você só trabalha. E dorme abraçada no seu ursinho de pelúcia.

— É um canguru de pelúcia. A vovó me deu quando eu tinha quatro anos.

— Isso explica por que ele parece meio acabado. Está na hora de substituí-lo por um homem de carne e osso, Eva.

— Eu amo meu canguru. Ele nunca me decepciona.

— Meu bem, você precisa sair. E aquele cara, o banqueiro, deu no quê? Você gostava dele.

— Ele nunca ligava quando prometia. A vida já é estressante o bastante sem ter que ficar pensando se o cara, que você nem sabe se gosta, vai ligar para te chamar para um encontro que você nem sabe se quer ir.

— Você podia ter ligado.

— Eu liguei. Ele ignorou minhas ligações. — Eva olhou pela janela. — Não me incomodo em ir atrás de um sonho que diga respeito a nossa empresa e ao nosso futuro, mas não vou ficar atrás de homem. Além disso, todo mundo sabe que nunca se encontra o amor quando se procura por ele. Você tem que esperar que ele te encontre.

— E se ele não conseguir te encontrar porque você nunca sai de casa?

— Eu saio de casa! Estou aqui na 5ª Avenida.

— Sozinha. Para ir a outro apartamento. Sozinha. Pensa só no tanto de sexo gostoso que você está perdendo. Desse jeito, você vai conhecer o homem dos seus sonhos quando tiver oitenta anos, nenhum dente e problemas no quadril.

— Muita gente transa bem aos oitenta anos. É só ser criativa. — Ignorando o sentimento de vazio no estômago, Eva inclinou-se para falar com o motorista. — Você pode fazer uma parada na Dean & DeLuca? Se a tempestade ficar forte como diz a previsão, vou precisar de umas coisinhas a mais.

Paige continuou falando:

— Quase não te vi nas últimas duas semanas. Tem sido uma correria danada. Sei que é uma época do ano difícil para você, que sente saudades da sua vó. — A voz de Paige ficou suave. — Você quer que eu te encontre depois do trabalho para fazer companhia?

Eva ficou bastante tentada a dizer "sim".

Elas poderiam abrir uma garrafa de vinho, botar um pijama e conversar. Eva contaria sobre o quanto se sentia mal na maior parte do tempo e depois...

E depois o quê?

Eva olhou o próprio colo. Ela não queria ser esse tipo de amiga. O tipo que não para de reclamar e choramingar. Um fardo. Além disso, dizer às amigas como estava mal não ia mudar nada, não é mesmo?

Sua avó ficaria envergonhada.

— Você tem reuniões no centro e vai jantar com Jake.

— Eu sei, mas não teria problema em...

— Você não vai cancelar nada — disse Eva rapidamente, antes que ficasse tentada a mudar de ideia. — Vou ficar bem.

— Se o clima não estivesse tão ruim, você poderia vir para casa, passar a noite aqui e voltar amanhã, mas falaram que vai ser uma tempestade e tanto. Por mais que eu deteste a ideia de você ficar sozinha lá, acho que é melhor você não sair.

Eva mordeu o lábio. Não importava onde estivesse, o que sentia era o mesmo. Ela não fazia ideia se era normal se sentir daquele jeito. Nunca perdera alguém tão próximo antes, e ela e sua avó eram mais do que próximas. A avó partira havia pouco mais de um ano. A ferida era recente e doía como se a perda tivesse acontecido no dia anterior.

Foi por causa dela que Eva cresceu se sentindo protegida e segura. Eva devia tudo à avó, mesmo tendo consciência de que era impossível agregar qualquer valor a algo que não tem preço. Sua forma de retribuir, mesmo sabendo que ninguém pedia, queria ou esperava por isso, era levantar todo dia da cama e viver a vida que sua avó queria que ela vivesse. Deixá-la orgulhosa.

Se estivesse aqui, agora, sua avó não estaria orgulhosa.

Diria que Eva estava passando noites demais sozinha em seu apartamento, acompanhada só de Netflix e chocolate.

A avó de Eva adorava ouvir suas aventuras amorosas. Ela ia querer que a neta, mesmo triste, saísse e conhecesse gente nova. No começo Eva até tentou, mas ultimamente sua vida social se resumia em suas amigas e parceiras de negócios, Paige e Frankie. Era fácil e cômodo, apesar de as duas agora estarem loucamente apaixonadas.

Era irônico que ela, a romântica do grupo, tivesse a vida menos romântica das três.

Pela janela, Eva observou o rodopiar dos flocos de neve contra o céu que ia escurecendo. Sentia-se desconectada. Perdida. Queria não sentir tudo tão profundamente.

Ainda assim, pelo menos estava ocupada. Era a primeira temporada de férias desde que as três amigas começaram a Gênio Urbano, sua empresa de serviços e eventos, e estava uma correria só.

A avó de Eva estaria orgulhosa do que ela conseguira no trabalho.

Comemore qualquer pequena conquista, Eva, e viva cada momento.

Eva piscou para limpar a visão embaçada de lágrimas.

Fazia um tempo que não comemorava, não é mesmo? Eva vivia no futuro, planejando, fazendo mil coisas. Raramente parava para respirar ou aproveitar o momento. Fazia um ano que corria: atravessou um inverno congelante, uma primavera agradável, um verão escaldante e agora, de novo, fechando o círculo, outro inverno. Eva precisou ser forte, deixou as estações para trás, seguiu adiante passo a passo. Ela não viveu cada momento porque não gostava do momento que estava vivendo.

Tinha feito de tudo para se manter forte e sorridente, mas foi o ano mais difícil de sua vida.

O luto, pensou, era um péssimo companheiro.

— Ev? — ecoou a voz de Paige no celular. — Ainda está aí? Estou preocupada com você.

Eva fechou os olhos e se recompôs. Não queria que suas amigas ficassem preocupadas. O que a avó tinha lhe ensinado?

Seja um raio de sol, Eva, não chuva.

Ela nunca, jamais, quis ser a nuvem escura no dia de alguém.

Abrindo os olhos, Eva sorriu:

— Por que você está preocupada comigo? Está nevando. Se a nevasca diminuir, vou até o parque fazer um boneco de neve. Se não consigo encontrar um homem na vida real, pelo menos posso fazer um decente, de neve.

— Você vai fazer um homem sexy?

— Vou. Com ombros bem largos e abdômen definido.

— E com certeza você não vai usar a cenoura para fazer o nariz.

Eva sorriu:

— Eu estava pensando em usar um pepino para a parte que você está pensando.

Paige riu também:

— Você é muito exigente, não é à toa que está solteira. A propósito, você tem o senso de humor de uma criança de 5 anos.

— Por isso que somos amigas desde sempre.

— É bom ouvi-la rindo. O Natal costumava ser sua época do ano favorita.

Verdade. Eva sempre amou o Natal. Amava cada Papai Noel sorridente, cada nota de música tocada nas lojas e cada floquinho cintilante de neve. Ela adorava a neve especialmente. Fazia Eva pensar em passeios de trenó e em bonecos de neve.

Para ela, neve sempre foi algo mágico.

Chega, pensou. *Já chega.*

— Ainda é minha época predileta do ano. — Eva não precisava esperar até o ano-novo para fazer uma promessa.

Ela ia sair e viver cada dia da forma que sua avó gostaria que vivesse. Começando naquele exato momento.

———

Natal.

Ele odiava o Natal. Odiava cada Papai Noel sorridente, cada nota dissonante das músicas que estourava nas lojas e cada floco congelante de neve. Odiava a neve especialmente. Ela descia rodopiando com sua inocência enganadora, cobrindo árvores e carros, pousando nas mãozinhas de crianças que, encantadas, viam a neve cair e pensavam em passeios de trenó e bonecos de neve.

Lucas pensava em algo diferente.

Ele estava sentado na penumbra de seu apartamento na 5ª Avenida, encarando a vastidão invernal do Central Park. Nevava sem parar havia vários dias e vinha ainda mais neve pela frente. A previsão do tempo anunciou que seria a pior nevasca da história recente de Nova York. O resultado disso era que as ruas estavam extraordinariamente vazias. Quem não estivesse em casa estava correndo o máximo possível para chegar, aproveitando o transporte público enquanto ele ainda estava funcionando. Ninguém levantava o olhar. Ninguém sabia que ele estava ali em cima. Nem sua bem-intencionada mas intrometida família, que o imaginava em Vermont, em um retiro de escrita.

Se soubessem que Lucas estava em casa, ficariam em cima mandando mensagens, o forçariam a participar dos planos para a festa de Natal.

Já era tempo, diriam. *Você se afastou por tempo demais.*

Quanto tempo era "demais"? A resposta lhe fugia. Tudo o que Lucas sabia era que não havia atingido esse ponto.

Não tinha intenção de celebrar as festas de fim de ano. No máximo, podia torcer para sobreviver a elas, como todos os anos, e não via sentido em infligir sua tristeza aos outros. Lucas estava machucado. Estava machucado por dentro e por fora. Ele ficou esmagado, mutilado sob os escombros de sua perda, e rastejou de volta com muito pouco além de sua vida.

Ele poderia ter viajado para Vermont, se enterrado em uma cabana na floresta nevada, como disse aos pais, ou poderia ter ido a algum lugar quente, intocado por todo e qualquer floco de neve, mas sabia que não fazia diferença, pois sua dor continuaria. Não importaria o que fizesse, a dor viajaria consigo. Ela o infectava como um vírus incurável.

Por isso ficou em casa enquanto a temperatura despencava e o mundo à sua volta ficava branco, transformando seu prédio em uma fortaleza de gelo.

O que lhe convinha bastante.

O único som que se intrometia vinha do celular. O aparelho tocou 14 vezes nos últimos dias e Lucas ignorou todas as ligações.

Algumas delas vieram de sua avó, algumas de seu irmão, a maioria de seu agente.

Refletindo sobre o que seria de sua vida caso não tivesse uma carreira, Lucas pegou o telefone e finalmente retornou a ligação do agente.

— Lucas! — A voz de Jason brotou jovial e cheia de energia do celular. Havia barulho de festa, risada e música natalina ao fundo. — Comecei a achar que você estava enterrado debaixo da neve. Como vão os desertos nevados de Vermont?

Lucas encarou o horizonte de Manhattan, as bordas pontiagudas da cidade caladas pela neve que caía:

— Vermont está linda.

Era verdade. Presumindo que nada mudou desde sua última visita, no ano anterior.

— A revista *Time* acabou de nomeá-lo o escritor de romances policiais mais interessante da década. Você leu o artigo?

Lucas voltou o olhar a uma pilha de correspondência não aberta.

— Ainda não consegui dar uma olhada.

— É por isso que você é o melhor no que faz. Não se distrai. Com você, o livro é o que importa e nada mais. Seus fãs estão entusiasmados com esse, Lucas.

O livro.

Lucas foi tomado pelo medo. Pensamentos sombrios foram eclipsados por um pânico corporal. Ele não tinha escrito uma palavra sequer. Estava com um bloqueio criativo, mas não tinha confessado isso a seu agente ou editor. Lucas ainda esperava por um milagre, alguma fagulha de inspiração que lhe permitisse escapar dos tentáculos venenosos do Natal para perder-se no mundo da ficção. Era irônico que as mentes perversas e doentias de seus complexos personagens fossem uma alternativa preferível à realidade sombria de sua própria vida.

Lucas pousou os olhos na faca sobre a mesa próxima a ele. A lâmina brilhava como se zombasse dele.

Ele passara boa parte da semana olhando para ela, mesmo sabendo que a resposta não estava ali. Que ele era melhor do que isso.

— É por isso que você tem me ligado? Para perguntar sobre o livro?

— Sei que você detesta ser incomodado enquanto escreve, mas o pessoal anda no meu pé. As vendas de seu último livro superaram nossas projeções — disse Jason em tom contente. — Seu editor vai triplicar a tiragem do próximo. Você não quer dar alguma pista sobre a trama?

— Não posso. — Se ele soubesse sobre o que o livro tratava, estaria escrevendo.

Ao invés disso, sua mente estava assustadoramente vazia.

Lucas não tinha um crime. Pior ainda, não tinha um assassino.

Para ele, um livro começava com um personagem. Lucas era conhecido pelas reviravoltas imprevisíveis na história, por proporcionar choques que até o leitor mais perspicaz não seria capaz de antecipar.

No momento, o choque seria a página em branco.

Estava sendo pior nesse ano do que no anterior. Naquela ocasião, o processo havia sido longo e doloroso, mas Lucas foi capaz de arrancar as palavras de dentro de si até novembro, antes que as lembranças o paralisassem. Era como tentar chegar ao topo do Everest antes do vendaval. O *timing* era tudo. Lucas não deu conta nesse ano e começava a pensar que era tarde demais. Precisaria de uma extensão do prazo de entrega, algo que nunca teve que pedir. O que já era ruim. Mas pior ainda eram as perguntas que viriam em seguida. Os olhares de empatia e os meneios compreensivos.

— Adoraria ver as primeiras páginas. O primeiro capítulo, quem sabe?

— Eu te aviso — disse Lucas, antes de proferir os votos de boas festas que eram esperados dele e terminar a ligação.

Lucas esfregou a nuca com a mão. Ele não tinha o primeiro capítulo. Não tinha a primeira linha. Até agora, a única coisa assassinada era sua inspiração. Ela estava inerte, esvaziada de vida. Poderia ser ressuscitada? Lucas não estava certo disso.

Ele ficava sentado horas e horas diante do computador sem que uma palavra sequer brotasse. A única coisa que passava por sua cabeça era Sallyanne. Ela tomava sua mente, seus pensamentos e seu coração. *Tomava seu coração ferido e destruído.*

Três anos antes, ele recebeu a ligação que tirou do eixo sua vida supostamente encantada. Foi como uma cena de seus livros, só que real, não ficção. Ele identificou o corpo no necrotério, não um de seus personagens. Não precisava fingir ser outra pessoa para imaginar o que sentia, pois sentia por si só.

Desde então Lucas enfrentou dia após dia, arrastou-se minuto a minuto, enquanto por fora fazia o necessário para convencer os outros de que tudo estava bem. Ele tinha aprendido cedo que as pessoas precisavam disso. Que não queriam testemunhar seu luto. Elas queriam acreditar que Lucas estava bem e "seguindo em frente". De forma geral, ele dava conta de atender às expectativas, exceto nessa época do ano, perto do aniversário da morte.

Em algum momento ele teria que confessar a seu agente e a seu editor que não tinha escrito uma linha sequer do livro que seus fãs tão ansiosamente aguardavam.

O livro não daria uma fortuna a seu editor. O livro não existia.

Lucas não tinha ideia de como fazer a mágica que o levara ao topo da lista dos mais vendidos em mais de cinquenta países.

Não era capaz de nada além do que vinha fazendo no último mês: sentar-se diante da tela em branco e esperar que alguma ideia brotasse das profundezas de seu cérebro torturado.

Lucas estava à espera de um milagre.

Era a época do ano certa para isso, não era?

— É aqui? — Eva espiou para fora da janela do táxi. — Que incrível. Ele tem vista para o Central Park. Eu daria tudo para morar tão perto da Tiffany's.

O motorista olhou pelo retrovisor.

— Precisa de ajuda com todas essas malas?

— Eu dou um jeito, obrigada — disse Eva enquanto pagava a viagem.

Fazia um frio cortante e nevava muito. Os flocos rodopiantes, que reduziam a visibilidade, pousavam sobre seu casaco. Alguns deles descobriam uma pequena e desprotegida brecha em seu pescoço, e deslizavam como dedos frios por dentro do agasalho. Em poucos instantes, Eva e sua bagagem estavam cobertos. A calçada estava pior ainda. Seus pés escorregavam no carpete espesso de gelo e neve, perdendo a aderência.

— Ah... — Seus braços rodopiaram e o porteiro adiantou-se, agarrando-a antes que Eva fosse ao chão.

— Se segura aí. O chão está perigoso.

— Nem me fale. — Ela se agarrou ao braço dele enquanto esperava o coração se acalmar. — Obrigada. Não seria nada bom passar o Natal no hospital. Ouvi dizer que a comida é péssima.

— Vamos ajudar você com as malas. — Ele levantou a mão e dois rapazes uniformizados surgiram e colocaram as malas e caixas em um carrinho de bagagem.

— Obrigada. Isso tudo vai para o último andar, na cobertura. Imagino que vocês estão informados sobre mim. Vou passar uns dias aqui, decorando o apartamento de um cliente que está fora. Lucas Blade.

O escritor de romances policiais com uma dezena de best-sellers. Eva nunca leu um deles sequer.

Ela detestava crimes, reais ou ficcionais. Preferia olhar o lado positivo das pessoas e da vida. E preferia dormir à noite.

Conforme Eva entrava no hall, sentia o calor do prédio a envolver, dando-lhe conforto depois da nevasca gelada na 5ª Avenida. Suas bochechas pinicavam e, apesar das luvas, a ponta de seus dedos estavam dormentes de frio. Mesmo o gorrinho de lã que cobria seus ouvidos não foi capaz de impedir a mordida feroz do inverno nova-iorquino.

— Preciso de sua identidade. — O porteiro era acelerado e objetivo. — Tivemos uma onda de invasões na área. Qual é o nome da empresa?

— Gênio Urbano. — Era tão recente dizer esse nome que ainda dava rompantes de orgulho. Era a empresa *dela*. Que ela criou com suas amigas. Eva entregou a identidade. — Não estamos há muito tempo no mercado, mas estamos passando por Nova York como um furacão. — Ela sacudiu a neve das luvas e sorriu. — Bem, talvez esteja mais para uma brisa leve do que para um furacão, visto o que está acontecendo lá fora, mas estamos confiantes do futuro. Estou com a chave do apartamento do sr. Blade. — Ela balançou o molho de chaves como prova. A expressão do porteiro ficou mais calorosa depois de oscilar olhares entre a chave e a identidade.

— Você está na minha lista. Só preciso que você assine aqui.

— O senhor pode me fazer um favor? — Eva assinou com um floreio de mão. — Quando Lucas Blade aparecer, não diga a ele que estive aqui. É para ser uma surpresa. Ele vai abrir a porta da frente e ver o apartamento pronto para as festas de fim de ano. Vai ser como entrar em uma festa de aniversário surpresa.

Passou pela cabeça de Eva que nem todo mundo gostava de festas surpresas, mas quem era ela para discutir com a família de Lucas? A avó dele, que foi uma das primeiras clientes da Gênio Urbano e que se tornara uma boa amiga, deu ordens claras e diretas. Prepare o apartamento e deixe-o pronto para o Natal. Lucas Blade, ao que parecia, estava em Vermont, compenetrado em seu livro e no prazo para entregá-lo. O mundo à sua volta deixou de existir. Além de decorar, Eva deveria cozinhar e encher o congelador de comida. Ela tinha o fim de semana inteiro para fazê-lo, pois Lucas só iria chegar na semana que vem.

— Claro, vamos fazer isso para você. — O porteiro sorriu.

— Obrigada. — Ela espiou o crachá dele e continuou: — Albert. Você salvou minha vida. Em algumas culturas, isso significaria que agora sou sua. Para sua sorte estamos em Nova York. Você nunca saberá do que se safou.

Ele deu uma risada.

— A avó do sr. Blade ligou hoje cedo e disse que ia mandar o presente de Natal dele. Eu não esperava que fosse uma mulher.

— Não sou eu o presente. Só minhas habilidades. Falando assim, que sou o presente de Natal dele, faz parecer que eu deveria estar embrulhada em papel prateado amarrada com um laço vermelho gigante.

— Então você vai passar algumas noites no apartamento? Sozinha?

— Isso mesmo. — E não havia nada demais nisso. Fora uma noite ou outra em que Paige dormia no apartamento que elas dividiam, Eva passava todas as noites sozinha. Não lembrava mais quando foi a última vez que ficou na horizontal com um homem, mas estava decidida que isso em breve mudaria. Mudar essa situação estava no topo de sua lista de desejos natalinos. — Lucas não estará de volta até a semana que vem e, com o tempo que faz lá fora, não faz sentido ficar viajando de lá para cá. — Eva olhou a neve que caía espessamente por detrás da janela de vidro colorido. — Acho que ninguém vai para muito longe hoje à noite.

— A coisa está feia. Disseram que a neve pode acumular até cinquenta centímetros e os ventos podem chegar a oitenta quilômetros por hora. É hora de estocar comida, checar as pilhas da lanterna e tirar as pás para neve. — Albert viu as malas de Eva cheias de decorações natalinas. — Parece que você não vai se preocupar muito com o tempo. Estou vendo bastante diversão natalina aí dentro. Pelo visto você é daquelas que ama as festas de fim de ano.

— Sou mesmo. — Ou costumava ser. E estava decidida a voltar a ser essa pessoa. Recordando-se disso, Eva tentou ignorar o vazio dolorido em seu peito. — E você, Albert?

— Eu vou trabalhar. Há dois anos perdi minha esposa, com quem fui casado por quarenta anos. Não tivemos filhos, então no Natal éramos só eu e ela. E agora sou só eu. Trabalhar aqui vai ser melhor do que comer jantar congelado sozinho no meu apartamento. Gosto de ter gente por perto.

Eva sentiu uma empatia súbita por ele. Compreendia a necessidade de gente por perto. Era o mesmo com ela. Não que ela não fosse capaz de ficar sozinha. Ela era. Mas, se pudesse escolher, preferiria sempre ter gente por perto.

Por impulso enfiou a mão no bolso e entregou um cartão a Albert.

— Toma aqui...

— Restaurante siciliano "Romano's", no Brooklyn?

— É a melhor pizza de Nova York. A dona é a mãe de um amigo meu e, no Natal, Maria cozinha para todos que aparecerem. Eu ajudo na cozinha. Sou cozinheira, ainda que ultimamente ande fazendo eventos de grande porte e terceirize esses serviços. — *Informação demais*, pensou ela, e fez um gesto com o cartão. — Se estiver livre no dia do Natal, junte-se a nós, Albert.

Ele encarou o cartão em suas mãos.

— Nos conhecemos há cinco minutos. Por que você está me convidando?

— Porque você me salvou de quase cair de bunda no chão e porque é Natal. Ninguém deveria passar o Natal sozinho. — Sozinha. De novo isso. Essa palavra. Ela parecia brotar de toda parte. — Também não vou me enfurnar totalmente. Assim que a neve baixar um pouco e eu conseguir enxergar um palmo na frente do rosto, vou para o Central Park fazer um boneco de neve do tamanho do Empire State. E falando em estruturas gigantes, vão entregar uma árvore mais tarde. Espero que ela chegue antes que a nevasca pare tudo. Você vai pensar que a roubei da frente do Rockefeller Center, mas garanto que não.

— É grande?

— O cara vive na cobertura. Coberturas precisam de árvores grandes. Espero que a gente consiga transportar lá para cima.

— Deixa comigo. — Ele franziu a testa. — Tem certeza que não quer voltar para sua família enquanto dá tempo?

As palavras de Albert tocaram na ferida que Eva tentava ignorar.

— Vou ficar bem aqui, segura e aquecida. Obrigada, Albert. Você é meu herói.

Eva caminhou rumo ao elevador tentando não pensar que todos em Nova York voltavam para suas famílias. Voltavam para o calor, as risadas, as conversas, *os abraços*...

Todos menos ela.

Ela não tinha ninguém.

Nenhum parente sequer. Eva tinha amigos, é claro, ótimos amigos, mas, por algum motivo, isso não aliviava sua dor.

Sozinha.

Por que essa sensação sempre aumentava no Natal?

O elevador subiu silenciosamente e as portas se abriram.

O apartamento de Lucas Blade ficava logo em frente. Eva abriu a porta, agradeceu aos dois homens que levaram suas malas e pacotes e trancou cuidadosamente a porta depois de entrar.

Ela se virou e ficou instantaneamente hipnotizada com a vista espetacular através da janela que ia do teto ao chão e tomava uma parede inteira do apartamento.

Não fez questão de acender as luzes. Em vez disso, tirou as botas para não trazer neve para dentro do apartamento e caminhou até a janela.

Independente de seus outros talentos, Lucas Blade tinha bom gosto e estilo.

Tinha piso aquecido também. Eva sentiu o calor luxuoso que atravessava a lã espessa de suas meias descongelando seus pés dormentes.

Contemplando o horizonte de arranha-céus, ela deixou o frio derreter junto com os últimos flocos de neve sobre seu corpo.

Bem abaixo de seus pés, via a fila de luzes na 5ª Avenida: alguns táxis corajosos faziam talvez suas últimas corridas por Manhattan. As estradas em breve estariam fechadas. Viajar seria impossível, ou pelo menos imprudente. Nova York, a cidade que nunca dorme, finalmente seria obrigada a descansar.

A neve caía janela afora. Flocos grossos e grandes deslizavam e rodopiavam pelo ar antes de pousar preguiçosamente sobre a camada já espessa que cobria a cidade.

Eva envolveu-se em um abraço enquanto observava a alva vastidão do Central Park.

Era Nova York na sua melhor versão de inverno, digna de um sonho. Eva não entendia por que Lucas Blade tinha necessidade de fazer um retiro de escrita. Se esse apartamento fosse dela, nunca o deixaria.

Mas talvez ele precisasse.

Ele estava de luto, não é mesmo? Perdera sua querida esposa no Natal, havia três anos. Sua avó contara a Eva o quanto ele tinha mudado. E como não mudaria? Lucas perdeu o amor de sua vida. Sua alma gêmea.

Eva encostou a cabeça contra o vidro. Seu peito doía por ele.

Suas amigas sempre diziam que ela era sensível demais, mas Eva já tinha aceitado que era seu jeito de ser. As pessoas em geral assistem às notícias e conseguem ficar indiferentes. Eva sentia tudo profundamente, e sentia a dor de Lucas mesmo sem nunca tê-lo visto.

Que cruel era conhecer o amor de sua vida e perdê-la...

Como juntar os cacos e seguir em frente?

Eva não sabia mais há quanto tempo estava ali ou qual foi o exato momento em que sentiu que não estava sozinha. Começou com um desconforto de alerta na nuca que, ao ouvir ruídos próximos, logo virou um arrepio frio de medo.

Ela só podia estar imaginando coisas, obviamente. Era *óbvio* que Eva estava sozinha. Aquele era um dos quarteirões mais seguros da cidade e ela teve o cuidado de trancar a porta depois de entrar.

Ninguém poderia tê-la seguido, a não ser...

Eva engoliu seco quando outra explicação lhe ocorreu.

... a não ser que alguém já estivesse no apartamento.

Eva virou o rosto vagarosamente, arrependida de não ter acendido as luzes. A nevasca deixou o céu nublado e o apartamento estava repleto de sombras cavernosas e cantos misteriosos. Sua imaginação trabalhava a todo vapor, mas Eva tentou ser racional. Aquele barulho poderia ser de qualquer coisa. Talvez tenha vindo de fora do prédio.

Prendendo a respiração, Eva ouviu outro ruído, dessa vez com certeza vinha de dentro do apartamento. Parecia um passo. Um passo furtivo, como se o autor não quisesse revelar sua identidade.

Eva ergueu o olhar e viu algo se mover nas sombras à sua frente.

Sentia um medo vivo e paralisante.

Ela entrou ali no meio de um roubo. "Como" e "por que" não importava: ela precisava sair dali.

A porta parecia estar a quilômetros de distância.

Ela conseguiria chegar a tempo?

Seu coração estava disparado e as mãos suadas.

Caminhou em direção à porta enquanto, ao mesmo tempo, tirou o celular do bolso. Suas mãos tremiam tanto que quase o deixou cair.

Eva pressionou o botão de emergência, ouviu a voz de uma mulher dizer "911, emergências..." e tentou sussurrar ao telefone.

— Socorro. Tem alguém no apartamento.

— A senhora precisa falar mais alto.

A porta estava ali. Logo ali.

— Tem alguém no apartamento. — Ela tinha que descer até o Albert. Ele iria...

Uma mão apertou sua boca e, antes que Eva pudesse esboçar um grunhido, caiu de costas no chão, pressionada pelo peso firme de um poderoso corpo masculino.

O homem a imobilizou. Uma das mãos tampava sua boca enquanto a outra segurava seu pulso com força brutal.

Virgem Maria.

Eva gritaria se fosse capaz, mas não conseguia abrir a boca.

Não conseguia se mover. Não conseguia respirar ainda que, estranhamente, seus sentidos estivessem alertas o suficiente para perceber que seu assaltante cheirava *muito* bem.

Irônico que depois de quase dois anos sonhando e esperando, finalmente estivesse na horizontal com um homem. Pena que ele quisesse matá-la.

Uma pena e um desperdício.

Lá estava Eva, cujo pedido de Natal era ficar sozinha com um homem. Ela só não tinha detalhado em que circunstâncias.

Seria esse seu último pensamento? A mente humana com certeza é capaz de pensamentos bizarros em seus derradeiros momentos sem oxigênio. Tendo feito seu discurso fúnebre mentalmente, ela morreria ali, em um apartamento vazio e escuro, semanas antes do Natal, esmagada pela força gloriosamente máscula e cheirosa daqueles músculos. Se Lucas Blade decidisse adiar sua volta, seu corpo seria encontrado dali a semanas. Eles estavam no meio de uma nevasca ou, como diziam oficialmente, em "estado de emergência climatológica".

Esses pensamentos a reavivaram.

Não! Ela não ia morrer sem dizer adeus a suas amigas. Tinha encontrado presentes de Natal perfeitos para Paige e Frankie e não contara a ninguém onde estavam escondidos. Além disso, seu apartamento estava uma bagunça só. Há séculos queria fazer uma faxina, mas não tinha arranjado tempo. E se a polícia quisesse vasculhar suas coisas em busca de pistas? A maioria de suas coisas estava jogada no chão. Seria um constrangimento e tanto. Mas, acima de tudo, Eva não queria perder Nova York no Natal e morrer antes de ter tido pelo menos uma transa estonteante e inesquecível em sua vida.

Não queria que aquela fosse sua última experiência com um homem sobre seu corpo.

Ela queria *viver*.

Fazendo um enorme esforço, tentou dar uma cabeçada, mas ele se esquivou. Eva escutou a respiração irritada do homem, entreviu seu cabelo preto e os olhos ferozes e ardentes. Em seguida, ouviu uma batida na porta e os gritos da polícia.

O alívio relaxou seu corpo.

Eles devem ter rastreado a ligação.

Eva enviou agradecimentos silenciosos e ouviu seu assaltante xingar em voz baixa momentos antes da polícia, seguida por Albert, invadir o apartamento.

Não havia palavras para expressar o quanto Eva amava Albert naquele momento.

— Polícia de Nova York, parado!

O apartamento foi tomado de luz e o homem que a esmagava sob seu peso finalmente a soltou.

Sorvendo ar em seus pulmões sedentos, Eva fechou os olhos irritados pela luz e sentiu o homem puxar o gorro de sua cabeça. Seu cabelo, solto de dentro do calor da lã, desemaranhou-se sobre seus ombros.

Por um breve instante seu olhar colidiu com o dele e Eva constatou o choque e incredulidade nas expressões do homem.

— Você é uma mulher.

A voz dele era profunda e sensual. Voz sensual, corpo sensual... Uma pena que leve essa vida criminosa...

— Sou. Ou pelo menos era. No momento não sei se estou viva. — Eva permanecia em choque no chão, conferindo atentamente as partes de seu corpo para ver se ainda estavam lá. O homem colocou-se de pé com um movimento ágil e fluido e Eva viu a expressão do policial mudar.

— Lucas? — Ele estava surpreso. — Não sabíamos que você estava aqui. Recebemos a ligação de uma mulher alertando sobre um intruso.

Lucas? O homem que a atacou era Lucas Blade? Não era um criminoso, era o dono do apartamento!

Eva o observou com mais atenção e percebeu que ele tinha algo familiar. Tinha visto seu rosto nas capas de livros. Era um rosto difícil de esquecer. Ela examinou a forma de suas maçãs do rosto e os traços firmes de seu nariz. Seu cabelo e olhos eram escuros. A aparência de Lucas era tão boa quanto seu cheiro. Quanto a seu corpo... Eva não precisava investigar a envergadura de seus ombros ou a potência de seus músculos para saber quão forte ele era. Ela foi imobilizada contra o chão por aquela força sólida, portanto *disso* já sabia muito bem. Só a lembrança já lhe causou uma sensação esvoaçante na barriga.

Qual era o *problema* dela?

Esse homem quase a matou e ela estava pensando em sexo.

O que já era prova suficiente de que tinha passado tempo demais sem transar. Eva *com certeza* ia resolver isso no Natal.

Por ora, desviou o olhar daquela força magnética que a atraía e tentou ser prática.

O que ele estava fazendo no apartamento? Não era para ele estar em casa.

— *Ela* é a invasora. — A expressão de Lucas era sinistra, e Eva percebeu que todos olhavam para ela. Todos exceto Albert, que parecia tão confuso quanto ela.

— Não estou invadindo nada. Me disseram que o apartamento estava vazio. — Tamanha injustiça doía. — Não era para você estar aqui.

— E como você sabe disso? Você pesquisa quais apartamentos estarão vazios durante o Natal? — Ele podia até ser sexy, mas não saía distribuindo sorrisos facilmente.

Eva ficou pensando como tinha virado a vilã da história.

— É claro que não. Me pediram para vir aqui.

— Você tem um cúmplice?

— Se eu fosse uma ladra, teria ligado para a polícia?

— Por que não? Depois de perceber que tinha gente em casa seria uma excelente forma de parecer inocente.

— Eu *sou* inocente. — Eva olhou para Lucas com expressão incrédula. — Essa sua cabeça é estranha, distorce tudo. — Ela olhou para o policial em busca de ajuda, mas não encontrou.

— De pé. — O tom do policial era frio e brusco. Eva sentou-se com seu corpo machucado e esmagado.

— Falar é fácil. Quebrei uns quatrocentos ossos pelo menos.

Lucas alcançou-a e ajudou-a a se erguer.

— O corpo humano não tem quatrocentos ossos.

— Tem sim, quando a maioria foi quebrada pela metade. — Ela não deveria mais ficar surpresa com a força de Lucas, já que ele a tinha estraçalhado no chão sob seu corpo. — Por que todos estão olhando para *mim*? Em vez de me interrogar sobre invasão, deveriam prender você por agressão. Aliás, o que você está fazendo aqui? Era para você estar em Vermont, não se esgueirando por aqui.

— O apartamento é meu. Ninguém pode se "esgueirar" em sua própria casa. — Suas sobrancelhas uniram-se em um franzido feroz. — Como você sabia que era para eu estar em Vermont?

— Sua avó me contou. — Eva testou cautelosamente seu tornozelo. — E você estava se esgueirando sim. Espreitando na escuridão.

— Você que estava espreitando na escuridão.

— Eu estava admirando a neve. Sou romântica. Até onde sei isso não é crime.

— Nós que vamos dizer isso. — O policial deu um passo à frente. — Vamos levá-la para a delegacia, Lucas.

— Espera... — O breve movimento de mão de Lucas foi capaz de parar o homem no meio do caminho. — Você disse que minha *avó* que lhe contou que eu estava em Vermont?

— Isso mesmo, sr. Blade — interviu Albert. — A moça se chama Eva e está aqui a pedido de sua avó. Eu mesmo averiguei. Nenhum de nós sabia que o senhor estava na residência. — Havia um leve tom de reprovação em sua voz. Lucas ignorou esse detalhe.

— Você conhece a minha avó? — perguntou a Eva.

— Conheço, sim. Ela que me contratou.

— Para fazer o quê exatamente? — Seus olhos ficaram sombrios. Era como olhar para o céu que escurece antes de uma tempestade muito, muito forte.

A avó contara a Eva muitas coisas sobre seu neto, Lucas. Mencionara que ele era exímio esquiador, que passara um ano vivendo em uma cabana no Ártico, que era fluente em francês, italiano e russo, que sabia quatro artes marciais diferentes e que nunca mostrava seus livros a ninguém antes que os terminasse.

Esqueceu-se de dizer que também sabia ser intimidador.

— Ela me contratou para preparar seu apartamento para o Natal.

— E?

— E o quê? É isso. Para que mais poderia ser? — Ela captou um brilho sarcástico no olhar de Lucas. — Você está sugerindo que invadi sua casa para conhecê-lo?

— Não seria a primeira vez.

— As mulheres fazem isso? — Indignação misturava-se com fascinação. Mesmo ela não imaginava ir tão longe para achar um homem. — Como é que isso funciona? Elas entram, vão para cima de você e te imobilizam?

— Você que tem que me dizer. — Ele cruzou os braços e olhou para ela ansiosamente. — Que planos você e minha avó estão preparando juntas?

Eva deu risada e percebeu que ele não estava brincando.

— Sou uma ótima cozinheira, mas mesmo eu nunca fui capaz de "preparar" um romance. Fico pensando qual seria a receita. Uma xícara de esperança com uma pitada de ilusão? — Ela inclinou a cabeça para o lado. — Não sou do tipo de mulher que acha que o cara tem que fazer o primeiro movimento nem nada disso, mas nunca invadi o apartamento de um homem para conseguir sua atenção. Pareço desesperada, sr. Blade? — Para falar a verdade, Eva estava *sim* bastante desesperada, mas ele só poderia saber disso quando vasculhasse sua bolsa e encontrasse sua única e solitária camisinha. Eva tinha esperanças de dar um fim espetacular a ela, que até então tivera uma vida bem entediante, mas essa possibilidade parecia cada vez mais remota.

— O desespero tem muitas faces.

— *Se* eu fosse invadir o apartamento de um cara com a intenção de seduzi-lo, você acha mesmo que eu estaria com essas botas para neve e suéter grosso? Estou começando a entender por que você precisa de um apartamento tão grande mesmo morando sozinho.

Seu ego deve ocupar bastante espaço *e* precisar de um banheiro só para ele. Mas eu te perdoo pela arrogância porque você é rico e bonito, então provavelmente está dizendo a verdade sobre experiências passadas. Ainda assim, o problema do seu argumento é que era para você estar em Vermont.

Os olhos de Lucas fixaram-se nos de Eva.

— Não estou em Vermont.

— *Agora* eu sei disso. Tenho hematomas para provar.

O policial não sorriu.

— Você acredita nessa história, Lucas?

— Infelizmente sim. Me parece exatamente o tipo de coisa que minha avó faria. — Ele xingou baixinho. Sua espontaneidade rendeu-lhe um olhar de respeito do calejado policial.

— Como você quer que a gente proceda?

— Não quero. Agradeço pela resposta rápida, mas eu assumo daqui. E se vocês puderem esquecer que me viram aqui, agradeceria também. — Lucas falou com a autoridade serena de alguém que raramente era questionado, e Eva assistiu fascinada à forma como todos se dispersaram.

Todos menos Albert, que permaneceu firme como uma árvore junto à porta.

Lucas olhou para ele ansioso.

— Obrigado por sua preocupação, mas está tudo sob controle.

— Estou preocupado com a srta. Eva. — Albert manteve-se imóvel e olhou para Eva. — Talvez seja melhor a senhorita me acompanhar.

Ela ficou comovida.

— Vou ficar bem, Albert, muito obrigada. Posso ser baixinha, mas sou mortal quando preciso. Não se preocupe comigo.

— Caso mude de ideia, meu turno vai até a meia-noite. — Ele lançou um olhar a Lucas, sugerindo com a expressão que ficaria de olho na situação. — Vou conferir como a senhorita está antes de voltar para casa.

— É muito gentil de sua parte.

A porta do apartamento se fechou.

— Você é mortal quando precisa? — Lucas tinha uma ponta de humor em sua fala. — Me perdoe, mas acho difícil de acreditar.

— Não me subestime, sr. Blade. Você nem vai se dar conta quando eu atacar. Você vai estar fazendo suas coisas quando, de repente, vai se ver rendido, desesperado.

— Que nem agora há pouco?

Eva ignorou o sarcasmo.

— Aquilo foi diferente. Eu não estava esperando ninguém por aqui. Não estava pronta. Estarei alerta na próxima vez.

— Na próxima vez?

— Na próxima vez que você vier para cima de mim e tentar me asfaltar no chão. Estava que nem a Calçada da Fama, só que em vez da minha mão, você tentou concretar meu corpo inteiro. O chão deve estar parecido com uma cena do crime, com o contorno do meu corpo no chão.

Lucas examinou-a por um instante.

— Você parece ter uma relação bem próxima com o porteiro do meu prédio. Você o conhece há bastante tempo?

— Há cerca de dez minutos.

— Dez minutos e o cara já está disposto a te defender até a morte? Você surte esse efeito sobre todos os homens?

— Nunca sobre os homens certos. Nunca sobre os jovens, bonitões e qualificados. — Eva mudou de assunto. — Por que a polícia não fez nada?

— Você disse que não estava cometendo nenhum crime.

— Eu estava me referindo a você. Eles deviam ter feito pelo menos uma advertência. Você me esmagou e quase me matou de susto. — Eva lembrou-se da sensação do corpo de Lucas sobre o seu. Ainda conseguia sentir a pressão firme de sua coxa, o calor de seu hálito em sua bochecha, seu peso.

Seus olhares se encontraram. A forma como a olhava fez Eva pensar que Lucas também estava pensando naquele momento.

— Você estava vagando pelo meu apartamento. Se eu quisesse matá-la, você estaria morta a uma hora dessas.

— Isso é para me reconfortar? — Eva passou a mão nas costelas doloridas, lembrando a si mesma que, ainda que sua imaginação brincasse com os fatos, não havia sido um encontro romântico. Lucas Blade a observava com um olhar duro. Havia algo nele que não parecia muito *seguro*. — Você ataca todos que entram em seu apartamento?

— Só quem entra sem ser convidado.

— Eu fui convidada! O que você teria descoberto caso tivesse se dado ao trabalho de me perguntar. Pensei que um homem com tamanho conhecimento em matéria de crimes seria capaz de diferenciar uma mulher inocente de um bandido.

Lucas lançou-lhe um olhar especulativo:

— Nem sempre é fácil reconhecer um bandido. Eles não têm um bigodinho bizarro e uma placa explicativa. Você se acha capaz de reconhecer um criminoso só de olhar?

— Sou muito boa em identificar um "babacão" e, com certeza, sei o que é um "gostosão", então tenho bastante confiança de que um "ladrão" não escaparia de meu radar.

— Não, é? — Lucas aproximou-se de Eva. — Os "ladrões" vivem entre nós, misturados. Acontece bastante deles serem a pessoa que você menos suspeita. O motorista do táxi, um advogado... — Lucas fez uma pausa antes de continuar. — O porteiro.

Ele estava tentando assustá-la de propósito?

— O seu porteiro, Albert, é uma das pessoas mais gentis que já conheci. Por isso, se você estiver tentando me convencer de que ele tem um passado criminoso, não vou acreditar. Pelo que sei, a maioria das pessoas é bem decente.

— Você não assiste o jornal?

— Os jornais apresentam somente o lado ruim da humanidade, sr. Blade, e o fazem em escala global. Eles não noticiam os milhões de pequenos atos de bondade que acontecem diariamente e são ignorados. As pessoas ajudam senhorinhas a atravessar a rua, fazem chá quando os vizinhos estão doentes. Você não ouve falar disso porque notícia boa não entretém, mesmo sendo esse tipo de ação que une a sociedade. Notícia ruim é uma mercadoria e a grande mídia lucra com isso.

— Você realmente acredita nisso?

— Sim, e não pretendo me desculpar por olhar o lado positivo das coisas. Sou do tipo de gente que enxerga o copo meio cheio. E isso não é crime. Você vê o mal nas pessoas e eu vejo o bem. E acredito, sim, que há bondade na maior parte das pessoas.

— Só vemos o que uma pessoa escolhe mostrar. Você não sabe o que elas podem esconder sob as aparências. — A voz dele era profunda; seus olhos escuros hipnotizantes. — Talvez esse homem que ajuda a velhinha a atravessar a rua volte para casa e procure imagens indecentes no computador que esconde debaixo da cama. E o cara que leva chá para o vizinho pode ser um incendiário ou um psicopata perigoso, cuja intenção é se aproximar do vizinho para ver melhor como e onde este vive, conhecer pontos de acesso e vulnerabilidades. Não dá para saber só olhando o que uma pessoa está escondendo.

Eva encarou Lucas fixamente, perturbada com a imagem do mundo que ele pintou. Era como se alguém tivesse pichado por cima de sua visão da vida.

— Você pode até ser bonito por fora, sr. Blade, mas por dentro precisa mudar. Sua mente é sombria, cínica e perturbada.

— Obrigado. — Um sorriso levíssimo tocou o canto de sua boca. — O *New York Times* disse a mesma coisa na resenha do meu último livro.

— Minha intenção não foi elogiá-lo, mas entendo que você talvez tenha que ser assim para ter sucesso. Seu trabalho é explorar o lado sombrio da humanidade e isso deturpou sua forma de pensar. A maioria das pessoas são simplesmente o que parecem — disse ela com firmeza. — Eu, por exemplo. Dê uma bela olhada em mim. Agora me diga, eu *pareço* uma assassina?

Capítulo 2

Um sapo é sempre um sapo, nunca um príncipe disfarçado.

— Frankie

EU PAREÇO *UMA ASSASSINA?*

Lucas analisou o rosto de Eva, que era doce e em forma de coração. Com aqueles olhos azul-escuros, mechas douradas e covinhas no rosto, Eva parecia um filhotinho de gato, fofo e inofensivo.

Não tinha nada de assassina.

Era como uma enfermeira acolhedora e gentil que ninguém imaginaria ser capaz de matar seus pacientes, ou a doce professora de jardim de infância que todos presumiriam cuidar de seus filhos com carinho. Era um modelo de saúde e vitalidade: Eva poderia estar no comercial de um suco de laranja fresco ou de uma salada bem saudável.

Uma mulher com um rosto e um corpo daquele poderia evitar suspeitas sobre si por meses ou anos.

O coração de Lucas batia forte e ele sentiu a fagulha de criatividade, extinta há meses, voltar à vida.

Eva o observou com cautela.

— Por que você está me encarando? O que foi que eu disse? Eu garanto que *não* sou uma assassina e, francamente, não sei como você pode pensar por um momento nessa possibilidade. Não sou capaz de matar uma aranha. Eu as levo para um lugar seguro em um pote de vidro ou pedaço de papelão porque, para ser honesta, não gosto da sensação daquelas patas na minha pele.

Não sou capaz de matar uma aranha.

A sua assassina também não.

Somente humanos.

— É isso. — Lucas nem se deu conta de que havia pronunciado essas palavras. Sem pensar, ele caminhou em direção a Eva e deslizou os dedos por seu cabelo. Loiro, sedoso, ele fluía entre os dedos e emoldurava aquele rosto com um dourado brilhante. Apenas o cabelo de Eva já era o suficiente para deixar qualquer homem deslumbrado. Deslumbrado e distraído. Ele estaria morto antes que se desse conta do que estava acontecendo.

— É isso *o quê?* — Ela parecia exasperada. — Sr. Blade?

— É você.

Sua mente, desperta do sonambulismo hipnótico, estava trabalhando tão intensamente que Lucas demorou um instante para se dar conta de que ainda estava com o cabelo de Eva entre os dedos.

Como seria? Como ela cometeria seus assassinatos?

Usaria o cabelo como arma? Ou como motivo? Ela o deixaria na cena do crime?

Não. Dessa forma seria pega em uma semana.

Talvez pudesse mudar o cabelo a cada vez que cometesse um assassinato.

Talvez usasse peruca.

— Sr. Blade! — Dois enormes olhos azuis estavam fixos em seu rosto. — O que você quer dizer com "é você"? Nunca cometi um crime na vida, se é isso que você está sugerindo.

Mas cometeria. *Cometeria.*

— Você é perfeita.

As bochechas dela passaram do tom creme de leite para rosa-glacê.

— P-perfeita?

Ela corou. Uma mulher capaz de corar assim não machucaria uma mosca. *Ou machucaria?*

— Você consegue fazer isso quando quer ou é algo que simplesmente acontece?

— O quê?

— Corar. — Ele percorreu a pele suave de Eva com os dedos, explorando sua textura sedosa. Lucas queria saber tudo sobre ela. Conhecê-la a fundo para decidir que traços daria à sua personagem.

— Costumo ficar corada quando um homem que conheço há poucos minutos fala que sou perfeita. Você tem razão quando diz que as primeiras impressões podem enganar. Se perguntasse há dez minutos, eu não diria que você é a pessoa mais amigável que já conheci, mas vejo agora que só estava na defensiva. O que é compreensível se mulheres costumam invadir seu apartamento para conhecê-lo.

— O quê? — As palavras finais adentraram seu subconsciente e o mundo de fantasia de Lucas se desfez.

Ele pensara alto, e ela tinha entendido errado suas palavras.

Eva imaginou que Lucas estava interessado nela.

E como não pensaria isso? Com todas aquelas curvas, o cabelo loiro, boca rosada e tentadora como um glacê, ela se enquadrava na fantasia da maioria dos homens. Houve uma época em que Lucas também se interessaria por ela, mas essa época parecia ter sido eras atrás.

Sua esposa havia domado esse lado dele. O lado selvagem e incansável que o havia lançado à vida para ter o que quisesse. Agora que ela havia partido, Lucas não precisava agradar ninguém a não ser a si mesmo, mas, invariavelmente, não dava conta nem disso.

Incapaz de ter paz interior ou qualquer tipo de satisfação pessoal, Lucas canalizou todas as emoções para o trabalho. Sua escrita era prioridade. Foi ela que o salvou do fundo do poço, o que piorava ainda mais seu medo de tê-la perdido para sempre.

Mas não a havia perdido. Seu dom estava apenas adormecido, esperando para ser despertado, e essa mulher o fez.

O alívio era profundo.

Era como se ele estivesse se afogando e descobrisse a boia que acreditava perdida vagando a seu lado. Ele a agarrou e esperou, decidido a não afundar de novo nas profundezas daquelas águas turvas.

Sua mente estava a mil. Qual era a motivação de sua assassina? Tinha perdido alguém e queria vingança? Ou era uma psicopata sem consciência ou emoções, alguém incapaz de empatia que usava a beleza como armadilha?

Se tivesse um caderno e uma caneta à mão, teria começado a escrever ali mesmo. Pela primeira vez em meses Lucas sentiu a urgência e a inquietação quase incontroláveis de ligar seu computador. Queria se sentar e escrever. Queria escrever e escrever sem parar até terminar o livro. Conseguia sentir a ideia crescendo dentro de si. Sua mente era como o leito de um rio seco depois de uma cheia, novamente preenchida, encharcada de ideias.

Finalmente, finalmente, depois de meses na espera por inspiração, havia descoberto seu assassino.

Ele a achava perfeita? A reação de Lucas foi inesperada, dado tudo o que Eva sabia a respeito de sua vida. Entre as muitas fatias de bolo que tinha dividido com a avó dele, descobriu que Lucas Blade não tinha demonstrado interesse em sair com mulheres desde a morte de sua esposa, havia três anos, apesar das tentativas constantes da parte de várias mulheres em captar sua atenção. A vida daquele homem era um mistério obscuro, um território particular arrasado de dor e trabalho árduo. Lucas escrevia, participava das turnês internacionais que lhe pediam, dava palestras, escrevia dedicatórias. E, entre as aparições em público forçadas, trancava-se.

Ele mostrava todos os sinais de um homem que apenas seguia o fluxo.

Esquivara-se das tentativas nada sutis de sua avó de lhe apresentar boas moças, o que tornava ainda mais surpreendente o fato de olhar para Eva como se fosse a resposta para seus sonhos.

Já Eva não estava convencida do mesmo, apesar de ser indiscutível que Lucas fosse escandalosamente bonito. Bonito de uma forma rústica, que exigia cuidado de quem tentasse se aproximar.

Não era insano sentir-se atraída por alguém que tinha acabado de provar ser capaz de esmagá-la como um inseto? Já ciente da força dele, Eva ficou surpresa ao descobrir sua capacidade de gentileza, enquanto acariciava suavemente seu rosto com os dedos habilidosos. Não era seu toque, porém, que a deixava de joelhos fracos. Era a fome voraz que via em seus olhos.

— Você acha mesmo que sou perfeita?

A fome cedeu lugar à cautela.

— Você tem uma estrutura óssea perfeita.

Uma *estrutura óssea* perfeita?

Já disseram a Eva que seu cabelo era bonito. Que seu rosto era lindo. Ela se daria alguns centímetros a mais de altura, mas, fora isso, não mudaria muita coisa em si mesma. Mas de seus ossos era a primeira vez que alguém comentava.

Ele encarava cada ângulo de seu corpo, e Eva foi ficando cada vez mais desconfortável.

Lucas Blade era um escritor muito bem-sucedido, de reputação e público internacionais, mas isso não mudava o fato de ser simplesmente um estranho. Um estranho cercado por uma aura de tensão e perigo. Ele não caminhava; rondava. Não sorria; fulminava. E, naquele momento, estudava Eva como um predador observa sua próxima vítima.

Suas palavras não saíam da cabeça dela. *Não dá para saber só olhando o que uma pessoa está escondendo.*

Apesar de sua tendência a confiar na maioria das pessoas, se o visse na rua, à noite, caminhando em sua direção, Eva provavelmente entraria no táxi mais próximo.

— Você sempre encara as pessoas assim? — Eva olhou para a porta, sondando a distância até ela, e Lucas seguiu seu olhar com uma leve careta.

— Eu deixei você desconfortável. Desculpa. — Lucas recuou, dando espaço a Eva, que esforçou-se em respirar fundo, lembrando-se de que ele não era propriamente um estranho. Eva conhecia bem a avó de Lucas.

— Esse é o primeiro contato mais estranho que já tive com alguém. Primeiro você tenta me matar...

— Eu *não tentei* te matar. Tentei te imobilizar.

— Dada a diferença de tamanho e peso entre nós, dá no mesmo.

Eva não conseguia parar de pensar na sensação do corpo de Lucas pressionando contra o seu. Quando foi a última vez que a seguraram daquele jeito? Que sentiu aquela rijeza deliciosa, a força masculina, o sentimento de segurança... Segurança? Ele a atacou! Caramba, sua mente estava deturpando tudo. Aquilo não teve nada de romântico. Foi apenas autodefesa.

— Acho que você me machucou um pouco mentalmente. Toda aquela conversa sobre o lado sombrio secreto das pessoas me deixou meio atormentada. Você me deixou nervosa. Vou cruzar com as pessoas na rua imaginando que segredos estão escondendo. — No momento, Eva imaginava que segredos Lucas escondia por detrás daquele rosto terrivelmente lindo.

O tom de zombaria voltou à conversa:

— Pensei que você via o lado bom das pessoas.

— Eu vejo, mas agora você plantou a dúvida em minha mente. Graças a você vou ficar olhando por cima do ombro quando voltar para casa.

— Uma dose saudável de cuidado sempre é útil.

— Talvez, mas você me assustou.

— Assustar as pessoas é o meu trabalho.

— Não. O seu trabalho é escrever livros que assustem as pessoas, não assustá-las pessoalmente! — Ela passou a mão na lombar e viu a expressão no olhar de Lucas mudar.

— Eu machuquei você?

— Eu caí de mal jeito e seu chão é duro. — Eva fez uma rotação de ombros para ver se estavam bem. — Vou sobreviver.

— Vira para eu dar uma olhada.

— Você está dizendo para eu tirar minhas roupas e virar de costas para você? Acho que não. Você não é do tipo de homem para quem uma mulher sensível viraria as costas, sr. Blade. Fico imaginando o que teria acontecido se a polícia não tivesse chegado na hora. Você teria estraçalhado meus ossos com um de seus golpes de judô.

— Era jiu-jitsu.

— Bom saber. Sua avó me contou que você é expert em várias artes marciais. Ela ficará muito feliz em saber que você está fazendo um bom uso de todo esse conhecimento. Vou me lembrar de mencionar isso quando ligar para ela.

A expressão de Lucas congelou.

— Você não vai ligar para a minha avó.

— Mas...

— Se eu quisesse que minha avó soubesse que estou aqui, eu mesmo lhe teria dito.

— E por que não disse? — Eva estava confusa. — Ela te adora. Por que você se esconderia dela?

— Eu diria que estou me escondendo da necessidade incontrolável que ela sente de interferir e consertar minha vida.

— Ela faz isso porque te ama. — Eva sentiu uma pontada de inveja. — Ela se importa *tanto*.

— Talvez, mas isso não torna a situação menos irritante.

Lucas dispensava sua família com a facilidade de quem fazia pouco caso. O que Eva não daria para ter alguém que interferisse e tentasse consertar sua vida? Alguém que ligasse para saber se estava tudo bem. Que se preocupasse com seu excesso de trabalho ou com sua alimentação.

Eva pestanejou.

Talvez fosse melhor ir embora. Lucas não a queria ali, não é mesmo? Parecia óbvio que aquele homem não estava nem aí para decorações de Natal.

Agora que as luzes estavam acesas, Eva era capaz de ver bem à sua volta. O apartamento era lindo, mas a decoração impessoal. Parecia mais um hotel de luxo do que um lar. Como se alguém tivesse se mudado para lá e se esquecido de dar toques pessoais ao lugar.

O espaço era incrível, mas desprovido de alma. Sem personalidade. Não dava indícios sobre a pessoa que morava ali. Era difícil de acreditar que alguém havia sentado nos sofás ou colocado taças e copos naquela mesa de vidro lisa. O lugar parecia quase abandonado, como se Lucas tivesse se esquecido de sua existência.

Eva quis colocar flores e almofadas. Quis jogar algumas peças de roupa pelo lugar, para que parecesse habitado.

Onde Lucas estava quando ela entrou no apartamento? No andar de cima, em um dos quartos? No escritório?

Pela primeira vez desde que fora imobilizada no chão, Eva deu uma bela olhada no rosto de Lucas e viu coisas que haviam lhe escapado inicialmente. Viu olheiras que sugeriam que Lucas não dormia havia semanas. Viu as linhas de tensão que ladeavam sua boca firme.

Eva desviou o olhar e algo chamou sua atenção. Uma faca afiada cuja longa lâmina brilhava sob as luzes. Se os dois estivessem na cozinha, a presença daquela faca não seria nada demais. Mas eles não estavam na cozinha.

Desconfortável, Eva encarou a faca.

Havia algo inquietante, quase ameaçador, naquela faca.

Ela contemplou todas as possíveis razões para Lucas tê-la deixado sobre a mesa da sala. Talvez a tenha usado para abrir a correspondência. Eva, porém, já tinha percebido a pilha enorme de cartas fechadas.

Não importava o quanto revirava seu cérebro, as respostas lhe fugiam.

Aquela lâmina a provocava e seu desconforto transformou-se em alerta. Eva não tinha experiência em resolver mistérios, mas sabia ler evidências tão bem quanto qualquer pessoa. Lucas tinha uma faca na sala de estar e estava sozinho em casa, sem contato com o mundo externo.

O Natal deixa algumas pessoas desesperadas, não é?

Eva olhou para o chão e as paredes vazias.

— Você se mudou faz pouco tempo?

— Moro aqui há três anos.

Três anos. Ele já morava aqui quando sua esposa morreu? Não. Não havia sinal de presença feminina no apartamento, o que significava que Lucas deve ter se mudado logo depois do falecimento dela.

Deve ter escapado. Fugido. E ainda estava correndo.

O lugar dava a impressão de que ele havia pulado da vida de casado para aquela sem levar nada consigo.

Eva sentiu uma dor no peito por ele.

Tentou dizer a si mesma que a vida daquele homem não era da sua conta. Ela havia sido contratada para dar um jeito em seu apartamento, não em sua vida, e Lucas havia deixado bem claro o quanto odiava interferências desse tipo. O melhor a se fazer era ir embora imediatamente, mas, se Eva partisse, Lucas ficaria sozinho e ninguém sabe o que seria capaz de fazer. E se pegasse aquela faca? Ela era a única pessoa que sabia a verdade. Que Lucas não estava em um retiro de escrita em Vermont. Que estava enfurnado, sozinho, em seu apartamento.

Se ele fizesse algo, ela se sentiria responsável. Passaria o resto da vida pensando que poderia ter evitado aquilo. Que poderia ter feito a diferença.

Seu olhar encontrou o castanho-escuro do dele e Eva soube que não estava encarando um homem perigoso. Estava encarando um homem desesperado. No limite. Um homem que estava por um fio.

Lucas Blade podia até escrever livros de terror, mas Eva suspeitava que, naquele momento, nada se comparava ao terror que era sua própria vida.

De jeito nenhum ela o deixaria sozinho.

Capítulo 3

*Antes de pular, use bem os dois olhos. Ou leve um kit de primeiros-
-socorros.*

— Lucas

LUCAS ESPERAVA QUE EVA FOSSE embora, mas ela não saiu do lugar.

— Tenho que trabalhar. — Ele estava desesperado para escrever. Os personagens começaram a nascer dentro de sua mente, tornando-se pessoas com defeitos e qualidades. Lucas conseguia ouvir os diálogos e imaginar as cenas. Pela primeira vez em muito tempo não via a hora de se sentar em frente ao computador. Queria escapar para dentro do mundo ficcional que o aguardava. Era como um paciente com dor crônica contemplando uma seringa cheia de morfina. Queria tomá-la nas mãos e esvaziá-la nas veias até que a carícia doce do esquecimento adormecesse a agonia que lhe era companhia havia três anos.

A única coisa que o impedia de começar era a fonte de sua inspiração, que parecia teimosamente determinada a não ir embora. Ele a havia assustado, mas pelo visto não o suficiente para fazê-la sair correndo porta afora.

— Sua avó me contratou para trabalhar. Então, ou vou ligar para ela e explicar tudo, ou vou fazer o que vim fazer.

Se Eva ligasse para a avó de Lucas, qualquer esperança de ficar sozinho no Natal iria pelo ralo. Teria que dar explicações sobre o porquê de estar em Nova York, não em Vermont, e, o pior de tudo, por que mentiu sobre o assunto.

— Olhe à sua volta. — Lucas tentou intimidar. Seu tom de voz era suave. — Pareço o tipo de homem que gosta do apartamento decorado para as festas de fim de ano?

— Não, e esse é o motivo pelo qual sua avó me mandou aqui. Ela acha que você não devia estar vivendo desse jeito. Está preocupada com você. E, honestamente, depois de conhecê-lo eu também estou.

— Por que você se importaria com o jeito que estou vivendo?

— Todo mundo merece uma árvore de Natal na vida.

— Como forma de punição, né?

— Punição? Árvores de Natal são inspiradoras.

— O que é inspirador em uma árvore de Natal de mentira que, basicamente, é um produto à base de petróleo, provavelmente fabricado na China?

— De mentira? Quem falou isso? Aqui não tem nada "de mentira", sr. Blade. Nem árvores de Natal, nem bolsas... nem orgasmos. — As bochechas de Eva ficaram coradas. — Não tive a intenção de falar esse último. Me escapuliu. Meu ponto é que nada na minha vida é falso. — Eva tropeçava nas palavras, e Lucas lutou para não dar risada.

Ele nunca pensou que conheceria uma pessoa tão deliciosamente indiscreta.

— Você nunca fingiu um orgasmo?

— Dá para esquecer que eu falei isso?

Ele a imaginou na cama, nua e desinibida. Um calor percorreu sua pele e seus pensamentos foram explícitos o bastante para deixá-lo desconfortável. Desde a morte de sua esposa, não faltaram ofertas a Lucas — de sexo a casamento —, mas nunca havia se sentido tentado. Seus dias de conquistador ficaram no passado. Não se interessava mais por isso. Toda vez que olhava para uma mulher via o rosto de Sallyanne na última vez que a vira viva.

Mas certamente se sentia atraído por Eva.

Para desviar a mente do sexo, ficou pensando em como uma mulher daquele tamanho poderia matar um homem com o dobro de estatura.

— Sou escritor. O comportamento humano me interessa.

Ela o interessava.

Lucas repetia a si mesmo que seu interesse era profissional, mas parte de si reconhecia a mentira.

Eva saiu da defensiva.

— Estávamos falando sobre árvores de Natal. Árvores de Natal *de verdade*, que são lindas e têm um cheiro delicioso.

— E que deixam o chão cheio daquelas folhinhas pontiagudas. — Lucas se lembrou da sensação do corpo de Eva sob o seu no chão.

— Se as folhas caírem é só você varrer. — Ela desabotoou o casaco. — Não é tão difícil assim.

— Não tenho tempo para isso. Tenho um livro para terminar e, para fazê-lo, preciso ficar em paz. Você vai me atrapalhar se ficar aqui decorando meu apartamento. — Não era o barulho ou a presença de alguém no apartamento que o atrapalhava. Era *ela*.

Ela o fazia sentir algo que não queria sentir.

Talvez porque Eva não era nada parecida com sua esposa. Sallyanne era alta e esbelta. Quando usava salto, ela ficava da mesma altura que ele. Fisicamente, Eva e Sallyanne eram diferentes em tudo. Lucas sabia de forma instintiva que perder-se nas curvas delicadas de Eva seria uma experiência absolutamente nova para ele. Uma experiência sem recordações ou flashbacks. Mas sabia também que seria um crime um homem como ele se envolver com uma mulher como ela, só que não o tipo de crime sobre o qual ele escrevia.

— Você nem vai perceber que estou aqui.

— Você não é do tipo de mulher que desaparece no ambiente.

— Não precisa se preocupar, não vou atrapalhar — disse Eva rapidamente. — Entendo que um gênio criativo precisa de espaço para trabalhar. Além disso, acrescente-se o fato de que não acho sua companhia tão agradável, sr. Blade.

A gatinha tem garras.

— Diga à minha avó que você mudou de ideia sobre o trabalho.

— Não. Estou sendo paga para decorar o apartamento e estocar comida no congelador durante sua ausência. E é isso que pretendo fazer.

— Eu não estou ausente.

— O que é inconveniente para nós dois, particularmente porque você não me permite revelar esse fato à pessoa que me empregou. Não gosto de mentir.

Lucas descobriu que aqueles lindos olhos azuis e cabelos de sereia dissimulavam uma mulher de teimosia quilométrica.

A ideia de que sua avó tenha finalmente encontrado uma boa companhia quase compensava a irritação de não conseguir expulsá--la de seu apartamento.

Quase, mas não totalmente.

— Vá embora e eu cubro qualquer valor que ela esteja pagando.

— A questão não é o dinheiro, sr. Blade. É minha reputação profissional. Eu me orgulho de meu trabalho.

— E qual é exatamente o seu trabalho? Você é uma elfa natalina? Sai por aí decorando o apartamento de tipos ranzinzas e solitários, aumentando ainda mais o desprezo que alimentam por essa época do ano? — O sarcasmo dele pareceu entrar por um ouvido de Eva e sair pelo outro.

— Eu trabalho na Gênio Urbano. Somos uma empresa de serviços e eventos.

— Decorar meu apartamento é um evento?

— Sua avó é uma de nossas clientes e o pedido veio dela. Podemos fazer quase tudo o que nos pedem.

Ele engoliu a resposta óbvia a esse comentário. Lucas disse a si mesmo que não faria piadinhas baratas às custas de Eva, mas a verdade era que estava lutando para não pensar esse tipo de coisa.

— Quase tudo, parece, menos ir embora quando pedem.

— Eu iria embora se minha cliente pedisse. Você não é minha cliente.

— Me dê o nome de sua chefe que vou ligar e explicar que não preciso mais de seus serviços.

— Eu sou a chefe. Eu gerencio o negócio com duas amigas.

— Como você conheceu minha avó?

— Conheci Mitzy no começo do ano, quando ela pediu um bolo de aniversário. Foi uma de nossas primeiras clientes. Começamos a conversar e ela contratou nossos serviços algumas vezes desde então. Quando faz frio, passeio com o cachorrinho dela e, às vezes, a gente só conversa mesmo.

Ninguém além de seu avô a chamava de Mitzy. Para todo mundo, era Mary ou vó. Parecia claro que essa garota era para a sua avó mais do que uma eficiente prestadora de serviços.

— Sobre o que vocês conversam?

— Sobre tudo. Ela é uma mulher interessante.

— Ela te paga para conversar? Você cobra de uma velhinha pela companhia?

— Não. Converso porque gosto dela. — Eva tinha paciência. — Ela lembra minha avó. Um pouco sozinha, acho.

Ainda que os olhos e tom de voz de Eva não fossem acusativos, Lucas sentiu outra pontada de culpa.

— Ela te liga?

— De vez em quando. Costuma usar mais o aplicativo da Gênio Urbano.

— Você a está confundindo com outra pessoa. Minha avó não tem celular. Sempre se recusou a ter um. — Lucas pensou em todas as discussões que tiveram sobre esse tema. Ele não entendia como ela se sentia no direito de ficar preocupada com ele, mas ele não podia se preocupar com ela.

— Comigo ela não recusou. E vira e mexe usa o aplicativo.

— Ela odeia tecnologia.

— Ela odeia o conceito, mas se saiu bem depois do treinamento básico que demos. A Mitzy é muito inteligente.

— Vocês a *treinaram*? — Como Lucas não soube disso? Tentou pensar na última vez que viu sua avó. O último verão tinha sido agitado por conta de uma turnê internacional de seu último livro. Entre julho e agosto, havia passado menos de dois dias em casa. Desde então, andava ocupado tentando encontrar formas de iniciar seu novo livro.

Isso tudo era desculpa e ele sabia disso.

Podia ter encontrado tempo. Podia ter *criado* tempo.

A verdade é que achava difícil estar com sua avó. As intenções dela eram boas, mas sempre que tentava aliviar sua dor, só a piorava. Ninguém poderia fechar a ferida aberta dentro de Lucas, nem sua avó, nem essa mulher de olhos da cor do céu do verão e cabelo cor de manteiga.

Lucas estendeu a mão.

— Você tem o aplicativo no seu celular? Me mostra. — Ele pegou o celular da mão de Eva e abriu o aplicativo. — *Seu desejo é uma ordem*? — Ele ergueu uma sobrancelha. — Meu desejo é que você vá embora e não conte a ninguém que me viu. Como faço para isso acontecer?

Ela tomou o celular de volta.

— Não vai acontecer. Vamos fazer assim, sr. Blade. Não sei por que você não está em Vermont e nem quero saber. Não é da minha conta. O que é da minha conta é fazer o trabalho pelo qual sua avó me pagou. Vou decorar seu apartamento, encher seu congelador e então vou embora.

Lucas ficaria impressionado se não estivesse irritado.

Finalmente, depois de meses de luta, ele estava pronto para escrever e não podia porque essa mulher recusava-se a deixá-lo sozinho.

— Eu poderia pedir que a tirassem daqui.

— Poderia. Mas então eu ligaria para a sua avó e diria onde você está. Sinto que você não quer que eu faça isso. Assim, acho que podemos chegar a um acordo que agrade ambos.

— Você está me *chantageando*? — Depois de uma década explorando o lado sombrio da natureza humana, nada mais surpreendia Lucas. Mas isso o surpreendeu.

Os olhos dela eram bondosos, sua boca carnuda e de curvas perfeitas. Por fora, Eva era delicada e doce. Por dentro, era de aço puro. Tal contraste normalmente teria intrigado Lucas, mas no momento só agravava a situação.

Ele estava prestes a achar um jeito mais enérgico de expulsá-la do apartamento, quando percebeu a quantidade de neve que caía do lado de fora da janela.

Aquela visão o arrepiou.

Em silêncio, Lucas caminhou até a janela e encarou o mundo que se transformava e remodelava a cada camada de neve. A espessa cortina de flocos velava sua vista do Central Park.

Lembranças brotavam em nuvens escuras e ameaçadoras cuja presença turvava tudo. Ele foi arrastado ao passado, a uma noite exatamente como essa, anos atrás.

A mesma inocência enganadora dos flocos rodopiantes de neve se provaram tão mortais quanto qualquer assassino de suas histórias. A virada inesperada da trama fez tudo parecer ainda mais brutal.

Era esperado que o tempo curasse, mas Lucas sabia que não estava curado. Não sabia como se curar. Suas emoções eram tão vivas e reais quanto há três anos. Restava a ele se segurar firme e sobreviver. Levantar, se vestir, viver mais um dia. Não imaginava que algo poderia tornar as coisas ainda mais difíceis, mas o fez: a pressão das outras pessoas para que ele "seguisse em frente". A consciência de ser incapaz de atender às expectativas de recuperar-se, mesclada ao sentimento de fracasso.

Ele fechou os olhos com força, bloqueando as imagens e a memória da última vez que viu Sallyanne viva. Queria ser capaz de voltar no tempo e lembrar-se dos bons momentos, mas até então não conseguira isso. Como um computador desobediente, sua mente travou naquele último momento que Lucas teria escolhido esquecer para sempre.

— Amo neve, sabe? É como ser envolvida por um abraço gigante. — A voz doce e sonhadora de Eva atravessou o pesadelo na cabeça de Lucas. Ele abriu os olhos sabendo que, independente do que sua avó tenha compartilhado com essa mulher entre bolos e chás, não havia dividido todos os detalhes sobre a morte de sua esposa.

Aquele comentário inocente e otimista o machucou como uma lixa que passa sobre a pele nua.

— Odeio neve.

Ela estava ao lado de Lucas, olhando pela janela, e ele se virou para olhá-la, ciente da falsa intimidade que aquela circunstância criava.

Não estava certo do que via no rosto de Eva. Saudosismo? Contentamento? De uma forma ou de outro, era evidente que ela confiava no clima tanto quanto nas pessoas.

Sou do tipo de gente que sempre acha que o copo está meio cheio.

A irritação se transformou em resignação. Lucas sabia que não havia o que decidir.

Não importava o quanto desejava mandá-la embora, não seria capaz de fazê-lo. Não com uma nevasca envolvendo a ilha de Manhattan. Ninguém mais morreria por sua causa.

— Decore o apartamento, se é o que deve fazer. Amarre laços na escada, pendure visco nas luminárias. Eu não me importo. — Lucas sabia que estava sendo indelicado, mas não havia nada que pudesse fazer. Ele se sentia preso, encurralado, mesmo sem Eva ter qualquer responsabilidade sobre o clima. Ela devia pensar que, perto de Lucas, Scrooge parecia cheio de espírito natalino. — Vou trabalhar. Faça o que quiser, só não me atrapalhe.

～ﾙ～

Eva se sentiu tão bem-vinda quanto um rato em um restaurante.

Ela tirou o casaco e levou as sacolas para a cozinha. Tudo era novo em folha e ela observou por um instante a mistura do brilho dos metais com a superfície polida dos balcões. Já tinha passado por um bocado de cozinhas para perceber que aquela era cara e feita sob encomenda.

— Posso até estar me sentindo como um rato em um restaurante — murmurou —, mas pelo menos é um belo de um restaurante.

Com um olho na porta do andar de cima, dentro da qual Lucas desapareceu, começou a descarregar a comida.

A geladeira era gigante. Estava quase vazia. Ele não se preparou para a nevasca?

Eva viu as prateleiras vazias da geladeira e comparou-as mentalmente com a de seu próprio apartamento. A sua tinha metade do tamanho e o dobro de comida, estava repleta de vegetais e dos resultados de seus experimentos gastronômicos. Esta, por sua vez, parecia ser de alguém que ainda não tinha se mudado para o apartamento.

Lucas podia até não se preocupar com a mobília, mas o que comia?

Ela começou a abrir os armários e encontrou alguns jarros, latas e pacotes de macarrão. E seis garrafas fechadas de whisky.

No outro lado da cozinha, uma parede inteira foi adaptada como adega cujas fileiras estavam repletas. Eva só tinha visto tantas garrafas de vinho em restaurantes. Aquilo chamava a atenção e era bonito como decoração, mas ela sentia que o propósito não era dar um ar estético. Ou Lucas Blade era colecionador, ou um bom bebedor.

Não surpreendia que sua avó estivesse preocupada.

Ela começava a alimentar suas próprias preocupações, mas, mesclada a elas, vinham outros sentimentos. Eva parou e pressionou a barriga com a mão, tentando controlar as borboletas no estômago. Lucas era perturbado e complicado. *Nada* a ver com o tipo de homem que chamaria sua atenção. Não que Eva estivesse se guardando para o sr. Certo, mas precisaria pelo menos *gostar* de alguém e acreditar que era correspondida.

Ela não sabia ao certo o que achava de Lucas Blade. Sentia empatia por sua situação e com certeza estava atraída, mas precisava de tempo até responder se *gostava* ou não dele. Ele, por sua vez, com certeza não parecia gostar dela.

Pegando mais sacolas, ela continuou a descarregar os produtos.

Por que Lucas simplesmente não contava à família que estava em casa e não queria ser incomodado? Para que inventar toda uma história sobre estar em Vermont?

Ela guardou uma caixa de ovos e olhou para o topo da escada onde Lucas tinha desaparecido. Por um breve instante antes de virar as costas para ela, seu rosto pareceu um trovão. Eva estava certa de que ele ia chutá-la para fora do prédio ou que pelo menos ia encontrar algum jeito lícito de livrar-se dela, recuperando seu território, mas algo — e Eva não fazia ideia do que — fez Lucas mudar sua decisão.

Eva achou que ia passar as próximas duas noites sozinha. Algumas horas atrás, teria ficado feliz com a perspectiva de companhia, mas não estava tão contente agora. Havia algo de inexplicavelmente solitário em estar trancada em um apartamento com alguém que não a queria ali.

Talvez devesse ter feito o que ele mandou, ido embora, mas como deixar alguém sofrendo naquele estado? Ela não conseguia, especialmente por saber que ninguém mais ia ver se estava tudo bem. Sem chances de Eva abandonar outro ser humano se sentindo tão mal.

Se algo acontecesse com Lucas, ela não seria capaz de viver consigo mesma.

Sem falar na questão do trabalho em si.

Paige foi quem mais fechou negócios na empresa recém-criada. Era uma máquina que não tinha parado de trabalhar até fazer a Gênio Urbano decolar.

Esse foi o primeiro grande contrato que Eva conseguiu e ela não queria perdê-lo. Tampouco queria decepcionar sua contratante. Mitzy tornara-se mais do que uma cliente. Era sua amiga.

Eva desempacotou o resto das sacolas, deixando apenas as que continham decorações natalinas.

Essas poderiam esperar até a árvore ser entregue.

Tentando esquecer Lucas, colocou os fones de ouvido e selecionou sua playlist festiva predileta, lembrando-se de não cantar em voz alta. Não queria incomodá-lo enquanto escrevia.

Dois minutos depois, Paige ligou:

— Como está aí? É estranho ficar em um apartamento vazio?

Eva percorreu o espaço silencioso com o olhar.

— Não está vazio. Ele está aqui.

— "Ele" quem? Vou colocar no viva-voz, Frankie está pedindo.

— Lucas Blade. — Ela explicou a situação, deixando de fora a parte da polícia.

Não havia motivos para preocupar suas amigas.

— Por que ele fingiu estar fora da cidade?

Eva lembrou-se dos olhos de Lucas. Ela olhou para a faca sobre a mesa.

— Acho que ele não quer companhia. — Eva suspeitava que Lucas também não queria sua própria companhia, mas que desta não era tão fácil de escapar.

— Então você o viu? Ei, ele é super gostosão ou usaram um dublê de corpo para a foto na capa do livro? — Quem perguntou foi Frankie e Eva pensou nos traços marcantemente masculinos e naqueles olhos. *Aqueles olhos...*

— Ele é super gostosão.

— Feito, amiga. — Frankie pareceu triunfante. — Você queria usar aquela camisinha antes do Natal... está aí a sua oportunidade.

Eva pensou na sensação do corpo de Lucas esmagando o seu e seu estômago deu várias voltas.

— Ele não faz meu tipo.

— Um bonitão atraente? Ele faz o tipo de qualquer mulher.

— Não nego que ele é atraente, mas não é amigável.

— E daí? Vocês não precisam conversar. Você pode usá-lo só para fazer um sexo gostoso.

Suas palavras devem ter disparado o alarme, pois Paige voltou ao telefone.

— Como assim ele não é amigável?

— Nada. Esquece. Ele não me quer aqui, é só isso.

— E você vai ficar aí mesmo assim? Você é mesmo estranha. — Frankie murmurou algo indistinto. — Se um homem não me quisesse por perto, eu sumiria tão rápido que ele não ia ver nem a poeira.

— É que você é introvertida. E fica bem estranha perto de homens.

— Preciso lembrá-la que estou apaixonada e fiquei noiva?

— Você fica estranha perto de todos os homens, exceto o Matt.

— Nesse caso, concordo com Frankie. Se ele te deixa desconfortável, você deveria ir embora. — Paige foi enfática. — Temos uma regra, lembra? Se a situação parecer estranha, damos o fora, especialmente se estivermos trabalhando sozinhas.

— Não me sinto ameaçada. E não posso deixá-lo. — Ela baixou a voz. — Antes de eu chegar, quase não tinha comida aqui. E não é só comida que está faltando. Quase não tem móveis. Não tem bagunça. É como se ele tivesse acabado de se mudar.

— Com você aí, isso vai mudar rapidinho — disse Frankie, mas Paige não riu.

— Quanto mais escuto, menos gosto. Como ele te convenceu a ficar?

— Ele não me convenceu. Ele queria que eu fosse embora, até... — *Até perceber como estava o tempo lá fora.* Eva virou-se e olhou através das janelas. Era isso. Lucas a pressionara a deixar o apartamento até o momento em que olhou pela janela e viu que Nova York estava praticamente fechada. — Ele não queria que eu viajasse no meio da nevasca. Não se preocupe. Se ele quisesse me matar, era só me jogar na rua que a neve faria o serviço. — Eva caminhou até as janelas e espiou por entre a muralha branca rodopiante. As ruas e o parque haviam desaparecido por detrás da ira furiosa da tempestade de neve. — Não poderia ir embora nem se eu quisesse. — Tomar consciência disso fez as extremidades de Eva formigarem. Eram só os dois. Sozinhos. Dessa vez, porém, a palavra *sozinhos* evocava sentimentos diferentes. O estômago de Eva revirou.

— Você tem tudo de que precisa?

— Sim. Vim equipada para transformar essa casa em um país das maravilhas de inverno com direito a requintes gourmets. — Mas não esperava que o apartamento fosse tão cru. Eva poderia decorar, mas não fazer mágica.

— Mantenha contato com a gente — disse Paige. — Se você não mandar notícias, vamos até aí, com ou sem nevasca. Jake veio passar a noite aqui. E Matt também, com Frankie. Estamos com saudades!

Eva sentiu uma pontada. Suas duas amigas estavam em relacionamentos sérios. Encontraram o amor, e Eva estava feliz por elas. Mas era inegável que isso a fazia se sentir ainda mais sozinha.

— Lembra aquele golpe de autodefesa que te ensinei? — A voz de Frankie veio pelo telefone e Eva sorriu.

— Esse cara é faixa preta em todas as artes marciais que existem. Meu único golpe de autodefesa não vai me levar muito longe. — Eva se lembrou da habilidade com que ele a levou ao chão. — Vou confiar no meu instinto natural sobre as pessoas. Sei que ele escreve sobre vilões, mas não é um cara ruim.

Eva tentou esquecer o que Lucas havia dito sobre o homem na rua escondendo quem realmente era.

Ele estava errado. Algumas pessoas talvez escondessem seu verdadeiro eu, mas a maioria era bondosa. Eva sempre constatou isso.

Maldito Lucas que plantou essa semente perversa em sua mente em geral tão otimista.

— Então você vai passar a noite com um cara que nunca viu antes? — Paige pareceu preocupada. — Não estou gostando disso, Ev.

— Garanto que ele não está interessado em mim. — Eva olhou novamente para o topo da escada, que continuava inerte e silencioso. — O que significa quando um cara diz que você tem ossos bons?

— Quando um autor de livros de suspense diz isso, significa que é melhor você ir embora — murmurou Frankie. — Lucas Blade escreve coisas pavorosas. O último personagem dele "despia" as vítimas.

— Das roupas?

— Não, da pele.

— Eca. — Eva quis não ter perguntado. — Por que você lê esse tipo de coisa?

— Porque não tenho como *não* ler. Tudo o que ele escreve é viciante. Ele entra na mente das pessoas. Explora seus medos. É um sucesso tremendo e seus livros estão cada vez melhores. Todos estão esperando sua próxima história, inclusive eu. Ei, se você espiar algo por aí, me manda uns capítulos? Aliás, como ele é?

Intimidador.

— Ele não esperava me ver por aqui, então acho que não o vi em seu melhor estado.

— Se você não tem nada de bom a dizer sobre ele, então ele deve ser mau de verdade — disse Paige. — Você sempre vê o lado bom das pessoas.

— Ele não é mau. Ele comprou um cachorrinho para a vó dele.

— E daí? Psicopatas têm animais de estimação também. Volte para cá, Ev. Você não é responsável por ele.

— Só eu sei que ele está aqui — disse Eva de maneira simples. — E ele está mal. Querendo ou não minha presença, vou ficar.

—⟋⟍⟋⟍—

Lucas encarou o brilho da tela.

Eu pareço uma assassina para você?

Essas palavras dispararam uma enxurrada de ideias em sua mente, mas nenhuma viajou da cabeça para os dedos. Ainda havia muitas perguntas sem resposta.

Era como ver um novelo de lã todo emaranhado. Os fios estavam ali, mas, até o momento, Lucas não havia sido capaz de desembaraçá-los e tecê-los de modo que seus leitores devorassem uma página atrás da outra.

Mas tinha algo. Sabia que tinha algo.

Lucas levantou-se e caminhou até a janela do escritório.

Era esse o seu superpoder: a habilidade de examinar em profundidade a mente das pessoas comuns e expor e explorar seus medos mais íntimos. Se não fosse escritor, Lucas seria investigador do FBI. Ele tinha contatos, criara algumas relações próximas ao longo dos anos. Se pensasse nisso por muito tempo, seria perturbado pelos caminhos que sua mente tomava. E, no momento, ela não estava indo a lugar algum.

Seu agente ligaria de novo em breve. E seu editor também.

Em breve pediriam mais do que apenas uns capítulos. Pediriam a porcaria do livro inteiro.

Lucas estava ficando sem tempo. Deveria entregar o livro na véspera de Natal. Tinha menos de um mês. Nunca escreveu um livro tão rápido. Estava chegando a hora de revelar a verdade aos dois. Teria que contar que o livro não estava terminado. Que não havia nem começado. Que não tinha sequer uma palavra escrita.

Um aroma percorreu o apartamento e Lucas voltou o rosto para a porta na tentativa de localizá-lo.

Canela.

O momento em que identificou o cheiro coincidiu com uma suave batida na porta.

Ele a abriu e viu Eva de pé, com uma bandeja em mãos.

— Pensei que você pudesse estar com fome. Vou fazer o jantar mais tarde, mas por ora assei uma leva de meus famosos biscoitos natalinos de especiarias. Eu ia congelar para você, mas como está aqui, pensei que pudesse comê-los agora.

Lucas olhou para a travessa. Os biscoitos eram em forma de árvore de Natal com açúcar polvilhado sobre a superfície marrom.

— Biscoitos não costumam ser redondos?

— Eles podem ser do formato que você quiser.

— E você escolheu fazer árvores de Natal.

— São só biscoitos, sr. Blade. Coma-os se tiver vontade.

Ele examinou a bandeja nas mãos de Eva. Junto à travessa de biscoitos havia uma caneca cheia de...

— Que diabo é isso? — Uma fatia de limão boiava sobre o líquido amarelado.

— É um chá de ervas.

— Ervas...? — Lucas balançou a cabeça. — Com certeza você não achou isso nos armários da minha cozinha.

— Não achei nada nos seus armários.

— Eu bebo café. Forte. Puro.

— Você não pode beber café forte e puro à tarde. Vai perder o sono. Chá de ervas é refrescante e calmante.

Lucas raramente conseguia dormir, mas não ia contar isso a ela. Já tinha visto tanto de sua vida pessoal sendo exposta na mídia ao longo da última década, que se tornara mesquinho com os detalhes que compartilhava.

Chá de ervas. *Como se isso fosse resolver seus problemas.*

— Pode levar. — Se fosse um whisky puro, ele teria sorvido de um gole, mas não ia beber chá de ervas por nada. — Pareço o tipo de cara que bebe chá de ervas com biscoitos em formato de árvore de Natal? — O tom de Lucas veio infundido em uma aspereza mil vezes menos palatável que o chá em sua frente, e Eva o examinou por um longo momento.

— Não, mas não dá para dizer muito de uma pessoa só pela impressão, não é mesmo? Foi você quem me ensinou. Te ocorreu que eu talvez não queira agradar, mas envenenar você, sr. Blade? — Ela empurrou a bandeja para as mãos dele e se afastou, dispensando-o com um abanar de suas mechas douradas.

Lucas encarou-a fixamente, vacilando pelo contraste entre o rosto doce e a censura cortante.

Envenená-lo?

Era isso.

Finalmente estava pronto para digitar algo e tinha as mãos ocupadas.

Lucas entrou com a bandeja no escritório e colocou-a sobre a mesa.

Já era escuro e a única luz no recinto vinha do brilho de seu computador e da luz estranha e luminescente que refletia na neve janela afora.

Voltou para a tela. Até o momento, havia apenas duas palavras sobre a página.

Capítulo Um.

Ele se sentou e começou a escrever.

Capítulo 4

Você é o que você come, por isso escolha um doce.

— Eva

RUDE, TEMPERAMENTAL, IRRITÁVEL...

Triste e machucada, Eva entrou pisando forte na cozinha. Ela tinha sido criada para entender o que estava por trás do comportamento de alguém. Não precisava ser psicóloga para compreender o que Lucas tinha, mas ainda assim as palavras dele machucavam.

Ela repetiu a si mesma que Lucas estava de luto. Que estava sofrendo. Que era...

Frio. Distante. Intimidador. Formidável.

E obviamente não era muito fã de chá de ervas.

A breve espiada no escritório mostrou-a que o quarto não era nada parecido com o resto do apartamento. Ele cheirava a lenha queimada e couro, tinha personalidade e calor. Calor que emanava de outros lugares além da lareira. Diferente do resto do apartamento, o escritório tinha sido mobiliado com carinho e atenção. Dois amplos sofás gastos de couro encaravam-se nos extremos de uma mesinha de centro repleta de livros. Não eram livros decorativos, mas de verdade, com os cantos gastos, empilhados aleatoriamente como se tivessem sido lidos há pouco tempo.

Eva se lembrou da escrivaninha dominada pelo que parecia ser um computador bem caro e também por um laptop. O cômodo foi presenteado com as mesmas janelas altíssimas que envolviam o resto do apartamento, mas a imagem que mais marcou foram as estantes de livros. Elas iam do chão ao teto e tinham mais livros do que Eva vira em qualquer lugar que não fosse uma biblioteca. As capas não combinavam e volumes encadernados com couro intercalavam-se com edições de bolso menos resistentes. As marcas nas lombadas sugeriam que os livros haviam sido lidos várias vezes e com amor.

Eva estava curiosa para descobrir o que Lucas Blade lia quando queria fugir de seu próprio trabalho, de seu próprio mundo. Será que lia suspenses ou algo diferente?

Ela não pôde ver mais de perto. Com apenas um olhar e poucas palavras cuidadosamente escolhidas, ele deixou bem claro que Eva estava invadindo seu espaço.

Não a queria ali. Ela não era bem-vinda.

Mas antes que fosse embora, Eva descobriu outra coisa. Talvez a mais importante de todas. O que quer que Lucas estivesse fazendo em seu escritório, não estava escrevendo.

A tela do computador estava vazia. Se a fonte fosse menor ela talvez não percebesse, mas Eva conseguiu ler duas palavras: *Capítulo Um*.

Nada mais.

O que fazia ali durante as semanas em que supostamente estava escondido escrevendo? O que estava fazendo enquanto ela se familiarizava com sua cozinha?

Não estava trabalhando, isto é certo.

Nos momentos breves e constrangedores em que ficou parada juntando coragem para bater à porta, Eva ouviu silêncio. Não havia som algum. Nada. Nada das batidas rítmicas dos dedos sobre o teclado. Do pressionar da barra de espaço. Do suave zunir da impressora.

Se não o tivesse visto desaparecer para dentro do escritório, acreditaria que o cômodo estava vazio.

Eva sentiu uma pontada de empatia.

Depois da morte de sua avó, ela lutou muito para sair da cama. Se não fosse pela ajuda de suas amigas, provavelmente não teria se esforçado.

Onde estavam os amigos de Lucas?

Por que não estavam batendo à sua porta ou não traziam uma comida quentinha? Por que não estavam insistindo para que saísse do apartamento?

Porque achavam que ele estava em Vermont. Todos achavam que ele estava em Vermont.

Só Eva sabia que não.

Ela ergueu o olhar sobre o volteio elegante da escadaria que ia até a porta fechada, imaginando formas para lidar com aquela situação. Ela não estava em posição muito boa para criticá-lo por falta de vida social. Ela mesma não era capaz de arranjar um encontro. Estava ainda menos qualificada a reavivar sua inspiração debilitada ou o que quer que fosse que o impedia de escrever. Tudo o que poderia fazer era certificar-se de que ele estaria bem alimentado. Pelo menos isso estava em seu campo de experiência.

O que o deixaria tentado? Teria que ter um aroma gostoso, ser fácil e rápido de comer e não muito pesado.

Ela abriu a geladeira, agora com estoque completo, e puxou queijo, ovos e leite.

Ia fazer um suflê leve e macio para servir com uma salada de folhas frescas que tinha comprado mais cedo. E faria um pão.

Quem seria capaz de resistir ao cheiro de pão saindo do forno?

Ela passou as próximas horas batendo, despejando e amassando. Eva raramente consultava a receita e nunca pesava nada. Pelo contrário, confiava em seu instinto e experiência. Ambos nunca falhavam. Ela acrescentou alecrim e sal marinho à massa e tomou notas no bloquinho que sempre carregava consigo, para que pudesse postar a receita em seu blog mais tarde.

Ela começou o blog, *Coma com Eva*, como forma de gravar e lembrar tudo o que sua avó havia lhe ensinado. No início tinha apenas alguns poucos seguidores fiéis, mas o número foi crescendo rapidamente e o que no começo era um passatempo logo tornou-se paixão e trabalho. Eva surpreendeu-se tanto com a descoberta de que poderia viver fazendo o que amava quanto pelo crescimento de sua ambição.

Queria que aquilo ficasse grande. Não porque desejava fama e dinheiro, mas porque queria disseminar a todos seu conhecimento sobre comidas boas e simples de fazer. Com esse objetivo em mente, usava apenas ingredientes simples que pudessem ser encontrados facilmente. Eva queria que as pessoas usassem suas receitas depois de um dia difícil de trabalho, não somente em jantares ocasionais.

Ela não se lembrava de uma época de sua vida em que não cozinhasse. Uma de suas memórias mais antigas era dela em pé em uma cadeira, próxima ao fogão, concentrada, enquanto sua avó a ensinava a fazer uma omelete perfeita.

Eva raramente cozinhava na Gênio Urbano. Seu trabalho era terceirizar o bufê. Passava dias discutindo sobre os cardápios, reunindo-se com novos fornecedores, ajustando orçamentos.

Era um prazer estar de volta na cozinha, especialmente em uma cozinha bem equipada como aquela. E parte do prazer vinha do sentimento de estar próxima da avó, como se aquela memória e sentimentos felizes não pudessem ser apagados pela ausência. Era uma forma de mantê-la viva, de rememorar os toques, cheiros e sorrisos que haviam trocado em momentos como aquele.

Eva aprendeu que uma herança não é feita de dinheiro e sim de memórias. E dentro de si carregava um tesouro composto de milhares de momentos especiais.

Depois de fazer rolinhos com a massa e marcá-los em cima, colocou-os em uma assadeira.

Com o canto do olho, espiou a faca que Lucas havia deixado sobre a mesa.

Depois de testemunhar muitos acidentes nas cozinhas em que trabalhou, Eva tornou-se obsessivamente cuidadosa com facas.

Instantes depois, pegou-a e devolveu-a a uma das gavetas, de modo que sumisse de sua vista.

Ocorreu-lhe que, se Lucas agora usasse a faca para se ferir, o objeto estaria coberto com *suas* impressões digitais. Eva congelou, horrorizada com o curso de seus pensamentos.

Ela fechou a gaveta, irritada consigo e também com Lucas, pois sabia muito bem quem havia enfiado aquele pensamento em sua cabeça. Foi *ele*, com seus comentários sobre nunca saber ao certo quem uma pessoa é. Mesmo discordando dele, aquelas palavras entraram na mente de Eva e contaminaram seus pensamentos normalmente ensolarados, como veneno lançado no riacho límpido de uma montanha.

Desconcertada, colocou os delicados rolinhos no forno. Com sorte, Lucas lhes daria uma acolhida mais positiva do que ao chá de ervas.

Enquanto esperava que assassem começou a arrumar a cozinha. Em casa, sua natureza bagunceira havia sido motivo de discussões entre ela e Paige, com quem dividia apartamento havia anos. A única exceção à sua tendência de deixar tudo desorganizado era a cozinha. Sua cozinha estava sempre impecável.

Calculando o tempo perfeitamente, ela tirou os rolinhos do forno, inalou a fragrância deliciosa que exalavam e transferiu-os para que esfriassem em um suporte de arame. A mágica de assar pães nunca deixava de encantá-la.

Enquanto esperava que o suflê crescesse, pegou o celular e tirou uma foto dos rolinhos, dando destaque para as superfícies arredondadas e crocantes. Postou a foto no Instagram e notou que seu número de seguidores havia disparado desde o dia anterior. Eva andava experimentando, tentando entender que hora do dia atraía mais gente para suas publicações.

Frankie abominava mídias sociais. Paige, o cérebro da empresa, compreendia a importância de desenvolver conexões com os clientes, mas não tinha tempo. Por isso, coube a Eva gerir todas as contas da Gênio Urbano, bem como as suas próprias. Interagir convinha à sua personalidade sociável e ela adorava ver o interesse pela empresa crescer como resultado de seus esforços. Incentivada por Paige, iniciara um canal no YouTube em que ensinava receitas e estava se tornando popular.

Talvez filmasse algo enquanto assava alguns pães ali. Aquela cozinha seria um belo cenário.

A comida finalmente ficou pronta, mas Lucas não havia dado sinais de vida.

Eva estava prestes a arriscar sua vida levando outra bandeja, quando ouviu o som da porta abrindo e passos na escada.

Lucas tinha arregaçado as mangas da blusa até os cotovelos, revelando antebraços fortes, de músculos bem delineados. Não parecia ser do tipo de cara que passava o dia colado no computador. Parecia mais um operário sexy. Tinha o cabelo amarrotado, barba por fazer e parecia distraído.

Estava com a cabeça no livro ou em sua finada esposa?

Ele olhou em volta da cozinha.

— O que você está fazendo?

— Cozinhando. Você precisa comer.

— Não estou com fome. Desci para pegar um whisky.

Eva disse a si mesma que os hábitos alcoólicos de Lucas não eram de sua conta.

— Você devia comer algo. Uma nutrição balanceada é importante e você está *sim* com fome.

— E como você sabe disso?

— Sei porque você está irritado e de mau-humor. Fico do mesmo jeito quando estou com fome. — Eva torceu para que o comentário soasse mais bondoso do que crítico. — É claro, você também poderia estar mal-humorado porque as coisas no trabalho não vão bem, mas não tenho como saber. Coma. Isso pelo menos vai deixar sua companhia mais agradável.

— O que faz você pensar que meu trabalho não vai bem?

— Vi a tela de seu computador... havia apenas duas palavras nela.

— O processo de escrita consiste em mais do que colocar palavras na página. Às vezes também envolve pensar e olhar pela janela. — Algo no tom de voz de Lucas dizia que Eva havia tocado em um ponto sensível.

— Tenho uma amiga que também é escritora e ela diz que parece mágica quando as palavras fluem.

— E quando não fluem, é uma maldição?

Eva serviu a comida.

— Não sei. Não sou escritora, mas imagino que possa ser assim. É assim?

— Talvez eu esteja irritado e de mau humor pois tenho uma hóspede indesejada.

— Talvez. Mas por que não come algo e vemos se é isso mesmo? Passar fome não vai ajudar seu humor nem sua inteligência. — Eva empurrou o prato para frente de Lucas e viu sua expressão mudar.

— O que é isso?

— É um suflê maravilhoso. Experimente.

— Já disse, não estou...

— Toma um garfo. — Ela lhe entregou o talher e temperou a salada com o azeite de oliva orgânico e o aceto balsâmico que comprou na Dean & DeLuca.

— Quem se dá o trabalho de fazer um suflê todo incrementado em casa?

— Quem se dá o trabalho de comprar um forno lindo desses e não usá-lo? — Ela empurrou a salada na direção de Lucas. — É como comprar uma Ferrari e deixá-la na garagem.

Em certos aspectos, Lucas parecia com uma Ferrari. Elegante. Lindo. *Areia demais para o caminhãozinho dela.*

— O forno veio com o apartamento. Eu não cozinho.

Eva teve a sensação de que tudo naquele apartamento era do melhor.

— Se não cozinha, o que come?

— Enquanto trabalho? Não costumo comer. Às vezes peço algo.

— Isso é não é nada saudável.

— Na maior parte do tempo estou ocupado demais para me importar com comida.

Ela o observou deslizar o garfo pelo suflê leve e aerado. *Experimenta*, pensou, *e descubra o que é se importar com comida.*

Ele levou um pedaço à boca e acenou com a cabeça.

— Está bom. — Ele levou mais outro pedaço à boca e fez uma pausa. — Não, me enganei.

Eva ficou ofendida.

— Você não acha que está bom?

Ele pegou mais uma terceira e quarta garfadas e então pousou o garfo lentamente.

— Primeiro ela droga suas vítimas...

— Oi?

Lucas encarou o prato. Não parecia ter ouvido o que Eva disse.

— Ela os convida para jantar. Uma noite romântica. Música ambiente. Vinho. Tudo vai bem. Ele acha que vai se dar bem...

— E então ela quebra a garrafa na cabeça dele?

Lucas ergueu o olhar e piscou.

— Ela nunca faria algo tão brusco.

— Mas eu faria — disse Eva em tom doce —, se você insultasse meus talentos culinários.

— Quando insultei seus talentos?

— Você disse que não estava bom.

— Não está bom. Está mais do que bom. — Ele deslizou o garfo pelo suflê macio, examinando-o com atenção. — Está perfeito. É como comer uma nuvem.

O elogio fez a atmosfera congelante derreter e Eva observou Lucas esvaziar o prato.

— Nesse caso, você está perdoado. — Mesmo sem admitir, ela estava aliviada de vê-lo comer. Aquela geladeira enorme e vazia a deixou preocupada. Não comer era um mau sinal. Ela sabia. Eva perdeu sete quilos quando sua avó morreu. Era difícil de sobreviver o curso das horas e cada dia parecia um mês. Eva sentiu uma forte onda de empatia.

Ele encarou o prato.

— Se você fosse me envenenar, como faria?

A empatia evaporou-se.

— Continue sendo detestável comigo e você descobrirá.

Ele pousou o garfo lentamente.

— Eu estava sendo detestável?

— Você questionou se minha comida estava envenenada.

— Você é sempre sensível assim?

— Ficar ofendida quando alguém questiona seus dotes profissionais é ser sensível? Se alguém lhe perguntasse como você prefere entediar seus leitores, você também ficaria ofendido.

— Eu nunca entedio meus leitores.

— E eu nunca enveneno as pessoas que alimento.

— Foi uma pergunta abstrata, não pessoal. Eu estava falando hipoteticamente.

— Então escolheu uma hora ruim. É abstrato quando você não está com um prato de comida recém-preparada na sua frente.

O olhar de Lucas fixou-se no de Eva e ela percebeu que seus olhos não eram pretos, mas de um marrom escuro e aveludado. Um vagaroso e perigoso calor espalhou-se pelo corpo dela até seus membros ficarem com a consistência líquida de mel quente.

Ele foi o primeiro a abaixar o olhar.

— Você tem razão. Eu estava com fome — disse em tom calmo enquanto pegava outro pãozinho. — E, só para deixar registrado, tenho uma Ferrari e a deixo na garagem.

O coração de Eva batia forte. O que aconteceu? *Que olhar foi aquele?*

— Você tem uma Ferrari em Nova York?

— É por isso que ela fica na garagem a maior parte do inverno. Ela pelo visto não gosta de ficar parada no trânsito nem do frio congelante. — Ele olhou para o prato dela. — Você não vai comer?

— Quero ter certeza de que você não vai morrer antes de experimentar.

Lucas sorriu e Eva compreendeu naquele instante por que ele tinha que lutar contra as mulheres. Aquele sorriso continha níveis indecentes de charme sedutor. Eva apressou-se a comer para desviar seus pensamentos do curso que tomavam.

— Então, me conta — disse ele, partindo um pedaço de pão —, o que você está planejando infligir a meu apartamento?

— Como é?

— Pelo menos me poupe dos pinheiros...

— Um abeto-do-Cáucaso está para chegar a qualquer momento.

— Cancele o pedido.

— Você não pode passar o Natal sem uma árvore.

— Consegui nos últimos três anos.

— Mais um motivo para ter uma árvore extragrande neste ano.

— Essa resposta não tem nenhuma lógica.

— Eu não opino sobre como você deve escrever seu livro. Então não me diga como decorar seu apartamento.

— A diferença é que meus leitores estão esperando pelo livro. Eu não estou esperando que você decore meu apartamento. — O sorriso sumiu. — Na verdade, a última coisa que desejo é que você decore meu apartamento. Por que então deixaria que você o fizesse?

— Para agradar a sua avó.

— Como ficar andando sobre um carpete de folhas pontiagudas de pinheiro e ser cercado de decorações sem qualquer sentido poderia agradar minha avó?

— Você precisa deixar que ela mostre que se importa com você. Você vai permitir que eu faça o que ela pediu e depois vai lhe dizer que aquela ideia excelente fez você se sentir mil vezes melhor.

— Ela saberá que estou mentindo.

— Então você vai precisar se esforçar mais para parecer convincente.

— Ou poderia ser honesto e dizer que não quero que meu apartamento seja decorado.

— Isso machucaria os sentimentos dela e você não gostaria disso. Você é uma pessoa gentil. — Eva disse em tom firme e viu as sobrancelhas de Lucas erguerem-se.

— Desde que quase te deixei inconsciente, você me acusou de ser detestável, mal-humorado e irritado. E agora acha que sou bondoso.

— Não disse que você é bondoso *comigo*, mas sei que é com sua avó. E sei disso porque você comprou um cachorrinho para ela. — Eva usou sua melhor cartada. — Ela estava se sentindo solitária, passava tempo demais em casa e você lhe comprou um cachorro. Ela adora aquele cachorro e sai todos os dias para passear com ele. Bem, quase todos os dias. Às vezes a artrite dela fica atacada e ela liga para pedir ajuda.

— E então liga para você.

— Sim. Ou pede pelo aplicativo e arrumamos alguém para passear com ele. Contratamos uma empresa incrível do Upper East Side. Não fica longe daqui na verdade. Se chama Os Guardiões do Latido.

— Você sabia que eu que comprei o cachorro. O que mais ela te contou sobre mim?

— Nada demais. — Eva foi vaga de propósito. — Ela só falou uma ou duas vezes de você.

— Deixa eu adivinhar. Enquanto vocês estavam ali, bebericando um chá e comendo bolo, ela comentou sobre o neto viúvo e como gostaria de vê-lo bem de novo. — Com o olhar penetrante e intenso, Lucas se inclinou para frente. — Ela mandou você. Você acha que eu vou acreditar que você veio por causa do meu apartamento?

— É por isso. — O trabalho era bom e Eva não tinha nada a esconder. Ela confessaria tudo sob o fogo brando do olhar de Lucas. — Tenho uma notícia para você, sr. Blade. Não sou uma pessoa complicada. Os homens acham que as mulheres são um mistério, mas eu sou simples e direta. Eu sou o que você está vendo. Nunca fui muito boa em esconder as coisas. Isso, porém, não me torna ingênua.

— Se você acredita que minha avó te mandou aqui para cozinhar e decorar meu apartamento, então você é ingênua. — Ele voltou o olhar para o prato e terminou a comida. — É por isso que está preparando essas refeições deliciosas? Acha que o caminho para o coração de um homem passa pelo estômago?

— Sou cozinheira, não cardiologista. Não consigo pensar em um motivo sequer por que me interessaria no seu coração. E considerando que sua avó nem sabe que você está aqui, não entendo como alguém com os seus supostos poderes de dedução acreditaria que isso aqui é um encontro às cegas. — Nervosa por pensar coisas que não deveria estar pensando, Eva levantou-se e limpou os pratos, batendo-os conforme enchia a máquina de lavar louça. — Garanto que não sou parte dos planos de sua avó.

Longe disso. Ela e Mitzy conversaram sobre o assunto diversas vezes e Eva sempre disse que achava que a amiga não devia ficar empurrando mulheres para cima dele. Se ele fosse encontrar alguém, teria que ser em seu tempo e ritmo.

— Pode ficar tranquilo, sr. Blade. Você não faz meu tipo. Você é um autor cínico de romances policiais que acha que todo mundo está escondendo segredos. Já assistiu aquele filme, *Enquanto você dormia*?

— Não.

— Imaginei. É meu filme predileto. Então, como eu disse — terminando, ela sacudiu as mãos —, você não faz meu tipo.

— Agora fiquei intrigado. — Ele se reclinou na cadeira e ficou observando Eva. — Qual é o seu tipo?

Ela pensou em alguns dos encontros desesperadoramente frustrantes que teve nos últimos anos:

— Não saio muito com homens e não tenho um tipo específico, apesar de ter uma lista de desejos.

— Continue.

Era uma piada interna que tinha com suas amigas.

— Ombros largos, abdomes definidos, senso de humor, habilidade de tolerar meu velho ursinho de pelúcia e energia o suficiente para dar um fim decente à minha última camisinha antes que termine o prazo de validade dela, como aconteceu com a outra que eu levava na bolsa. — Ela riu e observou a expressão de incredulidade no rosto de Lucas. — É uma brincadeira. Mais ou menos. Deixa para lá. Informação demais. Vamos em frente.

— Estou começando a entender por que você não sai muito com caras. Você é uma romântica inveterada esperando pelo Príncipe Encantado? — O leve toque de humor alfinetou Eva, mesmo acostumada com as provocações acerca de suas visões de vida um tanto coloridas.

— Não, mas até você concordará que o Príncipe Encantado é mais atraente do que o Jack, o Estripador.

— Mais atraente, mas menos interessante. Garanto que até o Príncipe Encantado tem um lado sombrio.

— Não quero nem pensar nisso. — Ela terminou de limpar a cozinha. — Já é tarde e, se estiver tudo bem por você, eu gostaria de dormir. Qual é seu quarto?

— Por que você quer saber?

Ela praticamente sentia os muros erguendo-se entre os dois.

— De que outra forma eu poderia entrar no seu quarto e seduzi--lo de madrugada, sr. Blade?

Algo reluziu nos olhos dele.

— Pegue qualquer um dos quartos à esquerda da escada. E se for passar a noite aqui, pode parar de me chamar de sr. Blade. É melhor nos apresentarmos adequadamente. Meu nome é Lucas, sou um escritor cínico de suspense.

— Meu nome é Eva. Uma romântica inveterada. Prazer em conhecê-lo.

Lucas esboçou um sorriso com o canto dos lábios. Um sorriso tão irresistível que Eva correspondeu.

Ai, merda. Ela estava encrencada.

Capítulo 5

O sonho de alguém é o pesadelo de outro. Tudo depende do ponto de vista.

— Lucas

HÁ DIAS QUE NÃO SE sentia tão forte. Semanas talvez. As imagens sombrias que o paralisavam sumiram como nuvens depois da tempestade. Lucas desceu a escada atrás dos aromas de dar água na boca, mas não foi só a comida que lhe devolveu energia. Foi a conversa também. Algo em Eva alimentava sua criatividade. Cada troca, cada conversa, fornecia outra peça do quebra-cabeça.

Lucas tinha sua assassina e agora suas motivações.

Ela começaria a vida cheia de esperanças, acreditando no amor e em finais felizes.

Tudo isso foi por água abaixo quando ela conheceu...

Michael?

Richard?

Lucas franziu a testa enquanto tentava escolher o nome da primeira vítima de sua assassina. Era um papel pequeno na trama, mas crucial para as motivações da personagem. A vida foi estraçalhando gradualmente seu incansável otimismo, maculando sua visão radiante da realidade.

Suas vítimas eram pessoas que a haviam decepcionado.

O pensamento de Lucas vagueou por Eva.

A maioria das pessoas são apenas o que parecem.

Ela acreditava mesmo nisso? Pela experiência de Lucas, as pessoas raramente eram o que pareciam.

Eva, por exemplo. Era uma inocente ou uma oportunista que tirou vantagem de sua avó? Ela usou de sua relação com uma idosa vulnerável para extrair informações sobre ele?

E o restante de sua vida?

Lucas pensou em que segredos ela escondia pois, se havia uma coisa que sabia, era que *todos* possuem segredos.

Sentou-se à frente da tela do computador e as palavras começaram a fluir.

Lucas raramente baseava seus personagens em pessoas de verdade. Pelo contrário, preferia inspirar-se nelas, pegando características para forjar novas pessoas. Em sua cabeça, porém, sua personagem principal estava tomando forma e era unicamente a forma de Eva. Ele imaginou como Eva mudaria se conhecesse as pessoas erradas, se a vida lhe desse oportunidades diferentes. Imaginou que estrago a vida poderia fazer com alguém como ela.

Ela tinha oito anos quando descobriu que nem todos os finais eram felizes. Na ocasião, estava de pé ao lado do corpo de seu padrasto. Ela não sabia que uma pessoa tinha tanto sangue no corpo.

As palavras transpunham o bloqueio que impedia Lucas de escrever. Era por isso que tinha esperado tanto. A sensação era de que era impossível segurar as palavras. De que a história despejava-se sobre a página.

O pânico bruto se dissipou, mas ele sabia que ainda teria um trabalho hercúleo para entregar o livro até o Natal.

A árvore chegou depois do jantar. Bem maior do que esperava, Eva e Albert colocaram-na próxima à janela da sala de estar. O cômodo imediatamente pareceu alegre e habitado.

Eva torceu para que Lucas não a jogasse pelo poço do elevador. O cansaço percorreu o corpo dela. Fora um longo dia. Acordaria cedo no dia seguinte e decoraria a árvore. Naquele instante, porém, ela tomaria um banho, escreveria em seu blog e atualizaria as mídias sociais da Gênio Urbano.

Eva ocupou o maior dos dois quartos vazios e parou um momento para admirar a vista. Independente do cômodo, o melhor daquele apartamento era a vista. Ela tornava as pinturas ou qualquer tipo de decoração obsoletos, pois nada poderia competir com a paisagem urbana do lado de fora dos vidros.

Eva estava esperando que os quartos tivessem a mesma sensação impessoal do resto do apartamento, mas não era o caso.

Duas grandes luminárias inundavam o quarto com uma discreta luz dourada. Uma manta aveludada se esparramava sobre a cama enorme, chegando a tocar o chão. Ela convidava o hóspede a se aconchegar e admirar o branco invernal de Nova York encasulado no conforto.

Eva afundou na beirada da cama.

Havia dito a si mesma que estava ficando por causa do trabalho e porque não queria deixar Lucas sozinho, mas sabia que não estava sendo completamente honesta. Em parte, ia ficar porque *ela* não queria ficar sozinha. O que o fato de querer ficar no apartamento de um estranho em vez de ficar em sua própria casa dizia sobre ela?

Dizia que precisava dar um rumo em sua vida. Precisava se esforçar para sair e conhecer pessoas.

Soltou um suspiro e espalhou-se sobre a cama, tragada pelo conforto da manta aveludada e macia. Era de um verde musgo escuro, a mesma cor do chão das florestas.

Quando Eva e sua avó se mudaram para Nova York, viveram em um apartamento sem área externa. Nos finais de semana, as duas trabalhavam na minúscula cozinha e preparavam um piquenique. Colocavam tudo em uma cesta e iam sempre ao mesmo lugar no Central Park. Não iam nem a Sheep Meadow, nem a Great Lawn, mas a Great Hill, ao norte do parque, onde comiam em uma das mesas de piquenique cercada de ulmeiros majestosos. Observavam as pessoas brincar na grama, jogar frisbees e, de vez em quando, assistiam a algum show de jazz enquanto o sol se punha.

Eva puxou a manta para mais perto, aconchegando-se mais em suas dobras acolhedoras.

Sentia como se tivesse perdido a âncora. Sua segurança. Mesmo suas amigas incríveis não impediam que se sentisse vazia por dentro e terrivelmente sozinha.

Deslizando para fora da cama, tirou as roupas da mala, tomou um banho no luxuoso banheiro da suíte e vestiu o pijama. Ele era macio como pêssego, um presente extravagante que comprou em comemoração aos seis primeiros meses da Gênio Urbano. Foi em um de seus passeios com Paige pela Bloomingdale's. A amiga comprou dois vestidos e um paletó, perfeitos para reuniões de negócios. Eva escolheu um pijama.

Não importava que ninguém o veria além dela: usá-lo fazia com que ela se sentisse bem.

Depois de atualizar o blog e responder a mensagens no Facebook e no Twitter, Eva tentou dormir.

Faltavam três semanas para as festas e seria o seu segundo Natal sem a avó.

Em seus últimos anos, a avó de Eva viveu em uma comunidade para idosos no Brooklyn, não muito longe do prédio onde a neta vivia com as amigas. Eva a visitava regularmente e, às vezes, as duas cozinhavam juntas, como nos velhos tempos.

Se sua avó estivesse viva, estariam assando doces de Natal para os outros idosos e funcionários, incluindo sua cuidadora predileta, Annie Cooper.

Todo ano Eva ajudava a decorar o pequeno apartamento de sua avó, bem como as áreas comuns, incluindo o jardim que tinha vista sobre o rio. Ela conhecia bem os funcionários e muitos dos outros moradores. Tinha a Betty, cuja filha morava na Califórnia. Betty foi dançarina e ainda gostava de dançar, quando sua artrite cooperava. Tinha o Tom, que cresceu no Maine, não muito longe da avó de Eva, e que passava o tempo fazendo aquarelas, muitas das quais decoravam o quarto dela.

Eva juntava-se a eles em todos os Natais. Era o assunto de muitos meses para a sua avó.

Insone, Eva conferiu o telefone. Eram três da madrugada. A hora mais solitária. Hora que presenciava quase todos os dias desde a morte de sua avó. Eva odiava a noite, quando sua mente percorria caminhos turbulentos que eram proibidos durante o dia.

Desistindo de dormir, saiu do quarto, parando junto à escuridão que a envolveu.

Recuperando o celular que tinha ficado no quarto, usou a lanterna e atravessou o corredor escuro que levava à escada.

Percebendo que a porta do escritório de Lucas estava entreaberta, fez uma pausa.

— Você não devia ficar espreitando por aí — disse uma voz profunda —, senão vou achar que é uma invasora e vou te usar como desculpa para praticar de novo meu golpe de jiu-jitsu.

Eva deu um pulo.

— Você quer me matar do coração?

— Estava alertando sobre minha presença.

— Acender as luzes seria melhor. Por que você está no escuro?

— Por que você não está dormindo? — Lucas apertou o inter-ruptor e o cômodo foi iluminado por uma luz suave.

Ele estava jogado no sofá. Havia uma garrafa de whisky ao seu lado e o laptop estava aberto sobre a mesa. Seu olhar percorreu lentamente o corpo de Eva, que desejou ter vestido um roupão. Sabendo como a mente de Lucas funcionava, ele provavelmente acharia que o seu pijama de seda fazia parte de um grande plano criado por ela e a avó dele.

— Você também não está dormindo. — Ela abriu a porta. — Como vai o livro?

— Melhor, graças a você.

— Não fiz nada além de alimentá-lo.

— Suas palavras... ajudaram. Dei o pontapé inicial no livro.

Ela ficou ridiculamente feliz.

— Isso já aconteceu com você antes?

— Se você está perguntando se uma estranha já invadiu meu apartamento para cozinhar e decorar, a resposta é não. — Lucas captou o olhar de Eva e suspirou. — Você está falando de bloqueio criativo? Só nessa época do ano.

— Mas você escreveu um livro no ano passado e no retrasado. Deve ter encontrado um jeito de lidar com isso.

Ele se inclinou para frente e serviu mais whisky no copo.

— Minha forma de lidar com isso é terminar o livro antes dessa época.

— Mas não conseguiu nesse ano.

— Eu estava em turnê. Fui para seis países da Europa e 12 estados nos Estados Unidos. — Lucas colocou a garrafa sobre a mesa. — Faltou tempo.

— Agora você precisa entregar o livro e está sob pressão, o que piora ainda mais as coisas. É como ter apenas um dia para chegar ao topo do Everest quando ainda está no acampamento na base da montanha.

— Sua comparação é fantasticamente precisa. — Lucas sorveu o whisky de um único gole. — Agora você pode vender essa história para a imprensa. Vai ser seu bônus de Natal.

— Ah, francamente. Pareço o tipo de gente que vende história para a imprensa? — Eva revirou os olhos. — Desculpa... sempre esqueço que você acha que todo mundo tem um lado secreto. Por que você escreve?

— Oi?

— Por que você escreve?

— Tenho um contrato, prazos, leitores... quer que eu continue?

— Mas antes... nem sempre você teve isso tudo. O que fez você começar a escrever?

— Não consigo lembrar de um passado tão remoto.

Sem esperar pelo convite, Eva se sentou de pernas cruzadas ao lado de Lucas no sofá.

— Minha avó me ensinou a cozinhar. Fazíamos isso juntas. Era algo que adorávamos fazer juntas. Nosso passatempo. Nunca achei que um dia viveria disso. Era um prazer, nada mais.

Ele abaixou o copo devagar.

— O que você está querendo dizer?

— Sei que o mundo está esperando o seu novo livro, mas imagino que nem sempre foi assim. Deve ter tido uma época, antes de ser publicado, em que você escrevia para si mesmo, pois era algo que amava fazer.

— Teve essa época, sim.

— Que idade você tinha?

— Quando escrevi minha primeira história? Oito. Tudo parecia bem mais fácil na época. — Lucas olhou dentro do copo e colocou-o sobre a mesa. — Me ignore. Volte para a cama, Eva.

— E deixá-lo com a sua amiga, a sra. Garrafa de Whisky? Não. Se você quer companhia, converse comigo. — Os dois cruzaram olhares. Os olhos de Lucas, escuros e aveludados, eram tão pecaminosamente sensuais, que deviam ter sido criados para tentar as mulheres a abandonar o autocontrole e a viver o momento. A humanidade nunca se extinguiria enquanto houvesse homens como esse no planeta.

As chamas ondulavam na lareira, mas ela sabia que o fogo não era responsável pelo súbito rompante de calor que lhe atravessou a pele. Ela viu o mesmo calor emanar dos olhos dele e sentiu a queimadura aguda e selvagem da tensão sexual.

O olhar de Lucas desceu até a boca de Eva e, por um instante louco e selvagem, ela pensou que ele fosse beijá-la.

Ela parou de respirar, paralisada pelo instante, e então Lucas desviou o olhar, voltando a atenção à garrafa de whisky.

— Hemingway disse certa vez que "um homem não existe até ficar bêbado".

Liberta daquele olhar, Eva soltou a respiração e sentiu como se tivesse sido acordada de um transe hipnótico. O que tinha acontecido? Fora tudo fruto da imaginação? Estaria ela tão desesperada que não conseguia olhar para um homem sem pensar em sexo?

Eva alcançou um copo vazio e serviu uma dose de whisky para si mesma. O líquido queimou sua garganta e limpou sua mente.

— E Fitzgerald disse que "primeiro você toma um drinque, depois o drinque toma um drinque e então o drinque toma você". — Ela abaixou o copo e interceptou o olhar curioso de Lucas. — Minha avó foi professora de inglês antes de se aposentar. No lugar desse whisky, eu poderia fazer para você um de meus famosos chocolates quentes. Garanto que você nunca provará algo melhor. Talvez te ajude a dormir.

— Não tenho tempo para dormir. Preciso terminar essa porcaria de livro.

— Estou preocupada com você.

— Por quê? Você nem me conhece. — O tom de Lucas trazia um alerta, mas Eva o ignorou.

— Sei que você está escondido aqui. E sei que sou a única que sabe dessa informação. Isso o torna responsabilidade minha. Quero ajudar.

— Você não é responsável por minhas emoções ou trabalho.

— Se você não terminar o livro, minha amiga Frankie não vai parar de reclamar. Tenho um interesse secreto em vê-lo terminar. Então, você escreveu sua primeira história aos oito anos. E quando foi que vendeu um livro?

— Aos 21 anos. Foi quando meu agente entrou em contato... bem, digamos que daí em diante eu pensei que fosse ser só calmaria.

— Mas não foi. — Eva escolheu as palavras com cuidado. — Acho que quando perdemos alguém próximo, pode ser difícil encontrar a concentração necessária para fazer o que antes era simples. E na época das festas a dor fica ainda mais aguda.

— Agora você vai dizer que sabe como me sinto ou que o tempo cura tudo?

— Não ia dizer nenhum dos dois. — Ela hesitou. — Talvez você esteja forçando a barra. Você se machucou, precisa ser cauteloso, ir devagar. Seja gentil consigo mesmo. Escrever é algo natural para você. Talvez você deva se preocupar em escrever apenas algumas palavras, em vez de pensar no livro inteiro. Como fazer um queijo quente ao invés de uma ceia gourmet. — Como nada no rosto de Lucas encorajava Eva a continuar, sua voz estancou. — Vou calar a boca. Nenhuma palavra mais sobre o assunto. Bico fechado.

Ele deu um sorriso leve.

— Não conheço você há muito tempo, mas sinto que isso é difícil para você.

— É difícil, sim. Sinto que, se eu não conversar, meu corpo vai explodir. — Eva encarou os lábios dele, imaginando qual seria a sensação de tê-los contra os seus. Sabia instintivamente que Lucas beijava muito bem e, dessa vez, ela que se insinuou a ele.

O breu criou uma falsa intimidade, encobrindo obviedades e fatos que seriam evidentes à luz do dia.

— Volte para a cama, Eva. Já é tarde. — A voz de Lucas soou suave, mas foi suficiente para transportá-la do transe sensual e das fantasias que com certeza não devia estar criando.

— É o jeito masculino de dizer "não quero falar no assunto". — Ela permaneceu sentada por um instante, sentindo que havia algo mais a dizer. Alguma coisa esteve prestes a acontecer naquela noite. Os dois tocariam no assunto ou fingiriam que nada aconteceu?

— Boa noite. — Havia algo de definitivo no tom de Lucas e Eva se levantou.

Pelo visto fingiriam que nada aconteceu. O que provavelmente era melhor.

— Boa noite, Lucas. Tente dormir.

Capítulo 6

Seja um raio de sol, não a chuva.

— Eva

A NEVASCA CAIU COM FORÇA total logo após o sol nascer. Rodopiava do lado de fora da janela, lançando muito mais camadas de neve sobre as ruas de Nova York.

Lucas nem se deu conta. Tinha trabalhado a maior parte da noite, parando algumas horas para dormir no sofá quando seu cérebro ficava cansado demais para continuar.

Apesar da soneca rápida, havia acordado revitalizado e pronto para continuar. Seguiu escrevendo até ouvir o barulho de Eva cantando.

A cantoria não era alta, mas era suficiente para tirar sua concentração.

Foi até a escada. Dali de cima tinha a vista perfeita para todo o andar de baixo, incluindo a cozinha.

Quando se mudou para aquele apartamento, não levou nada da vida antiga além dos livros. O lugar não carregava memórias, nada que lhe recordasse do passado. Era impessoal, o que agradava a Lucas.

Até aquele momento, quando mal podia reconhecer o apartamento.

Uma imensa árvore de Natal dominava o espaço próximo à janela, várias revistas abertas estavam espalhadas pelo sofá, bem como um suéter verde claro. Uma caneca de chá bebida pela metade esfriava na mesinha de centro e um par de sapatos estava jogado no lugar em que fora tirado.

O apartamento parecia... *habitado*.

Mas a grande mudança era Eva. Ela preenchia o lugar com seu aroma de verão e sua voz. Lucas viu a cascata de cabelo cor de mel e o balanço dos quadris enquanto ela dançava ao som da música. Sem sombras de dúvida ela sabia requebrar e, ai meu Deus, como sabia. Era como se estivesse seduzindo a cozinha enquanto, em tom melodioso, dissesse ao Papai Noel que tinha sido uma excelente menina naquele ano.

Eva estava cortando, picando e esmagando ao mesmo tempo em que encarnava uma atriz digna da Broadway.

Era capaz de cantar e dançar tão bem quanto cozinhava.

Lucas sentiu uma gota de suor brotar na nuca.

Se dependesse dele, ela não seria uma boa menina por muito mais tempo. Levaria Eva do bem para o mal tão rápido quanto Papai Noel joga um embrulho pela chaminé. Quase a tinha beijado na noite anterior, mas, para a sorte dos dois, algo o impediu.

Lucas encarou aqueles quadris como se fosse um *voyeur*.

Se dissesse uma palavra, ela pararia de dançar. Eva pararia de requebrar os quadris como uma dançarina de boate e deixaria de cantar com aquela voz ressoante.

Ele abriu a boca, mas som algum saiu.

Aqueles quadris poderiam muito bem deixar um homem cego, imaginando que outros movimentos habilidosos seriam capazes de fazer. Era arte pura. Recordou-se de Eva no pijama de seda, das curvas que revelava e do tom creme de sua pele. O pijama fora substituído pela saia mais curta que Lucas já viu na vida. Eva a vestia com meia-calça preta, o que a deixava deliciosa, mas, ainda assim, perfeitamente decente. O suéter preto, cuja cor fazia dramático contraste com o dourado de seu cabelo, lhe abraçava a cintura e quadril.

Ela virou-se para pegar uma faca e viu Lucas.

Eva congelou com a faca na mão e, por um instante, Lucas se perguntou se não escolheu a arma errada para sua assassina.

Ela talvez não envenenasse as pessoas. Talvez os fatiasse habilmente como uma talentosa chefe de cozinha.

Jill, a Estripadora.

Lucas poderia ter virado as costas, voltado ao escritório e se posto a escrever, mas como Eva sorria, decidiu ficar algum tempo para conversar, ainda mais porque conversar com ela lhe dava novas ideias.

— Hum... bom dia. — Eva abaixou a faca e tirou os fones do ouvido. Um sorriso brotou no canto de sua boca. — Minha cantoria te atrapalhou?

— Não. — *Ela* o deixou atrapalhado. Lucas quis que Eva não o tivesse notado ali. Ela remexeria aqueles quadris mais um pouco, deixando-o suspenso em um mundo guiado por instintos básicos e mais nada. Ele apontou para a sala com um gesto. — Arrombaram a casa?

— Fiquei um pouco à vontade. Espero que não se incomode. Vou limpar mais tarde.

— Devo desculpas a você.

— Por quê?

— Por ontem à noite. Fui grosseiro.

— Você não tem por que pedir desculpas. A casa é sua e você não estava esperando visita.

— Você é sempre compreensiva assim?

— Você preferiria me ver triste?

Seria a reação mais natural. Anos de experiência e estudos assíduos permitiram que Lucas predissesse com precisão quase absoluta qual seria a reação de uma pessoa em dadas circunstâncias. Eva parecia desafiar todas as suas expectativas.

— Por acaso alguma coisa no mundo te incomoda?

— Várias coisas. Crueldade contra animais, motoristas de táxi que ficam buzinando, caras que nunca vi na vida e que chegam em mim dizendo "oi, meu amor", ou que conversam comigo olhando para o meu peito, pessoas que tossem sem colocar a mão na boca... — Deteve-se. — Quer que eu continue?

— Bom saber que você é humana. Aliás, devo um agradecimento a você. Aceitei seu conselho e fiz um queijo quente. Obrigado, escrevi vinte mil palavras.

— Em uma noite? Não foi um queijo quente. Foi uma refeição de nove pratos. — Eva pareceu impressionada. — Como conseguiu?

— Um queijo quente levou a outro.

— Sou uma adoradora de queijos quentes, entendo muito você. Sempre foi meu fraco. — Ela acenou para o balcão da cozinha. — Sente-se. Já que minha comida disparou seu surto criativo, vou preparar um café da manhã.

Lucas sabia que a fonte de sua motivação não tinha nada a ver com comida. Tinha tudo a ver com ela. A personagem que Eva inspirou seria uma das mais complexas e interessantes já criadas por Lucas.

— Nunca tomo café da manhã.

— Você não parece comer nunca. Mas estou aqui para mudar isso. — Eva começou a cantarolar novamente e Lucas percebeu que se tratava de um hábito.

— Você conhece alguma que não seja sobre o Papai Noel?

— Oi?

— Pensei em quem sabe mudarmos de música. Não sou um grande fã de canções natalinas.

Eva deslizou uma assadeira com tomates para dentro do forno.

— É sempre um prazer aceitar sugestões do público. Sei que você gosta de Mozart. Que tal ouvirmos a ária de *As bodas de Fígaro*?

— O que a faz pensar que gosto de Mozart?

— Ahá! — Triunfante, Eva chacoalhou a colher na direção de Lucas. — Você não é o único que sabe analisar as pistas. Eu poderia estar no seu próximo livro. Daria uma ótima agente do FBI. As pessoas talvez me subestimem por causa do cabelo loiro e do corpão. Mas eu sempre vou lá e, *pá!*, pego todo mundo.

Lucas pensou que aquele não era o melhor momento para lhe contar que certos aspectos seus estariam em seu próximo livro, mas que ela não estaria no lado certo da lei.

— Isso acontece sempre?

— Se as pessoas me subestimam? O tempo todo.

— Deve ser frustrante.

— Na maioria das vezes são eles que ficam frustrados. — Eva lançou-lhe um sorriso malicioso. — Não se preocupe. Sei cuidar de mim mesma.

— Com aquele golpe mortal do qual me alertou?

— Esse mesmo. Quando você menos esperar, vou te pegar de surpresa e, *vrau*, você já era.

Lucas tinha saído do escritório com o objetivo de pedir-lhe que fizesse menos barulho. Sua intenção era voltar a trabalhar, mas, no momento, não tinha pressa nenhuma de fazê-lo. Ao invés disso, juntara-se a ela na cozinha. A energia e o entusiasmo de Eva eram contagiantes. Conversar com ela fazia com que ideias brotassem na cabeça dele. Sua personagem estava ficando cada vez mais nítida. Camada após camada.

— Que poderes de dedução você usou então para descobrir meu gosto musical?

— Você tem CDs ao lado da estante de livros. Vi uma prateleira inteira de Mozart. — Eva abaixou a colher. — Você não ouve na internet, como o resto das pessoas?

— Os CDs foram do meu pai. Ele foi o primeiro violoncelista da orquestra da Metropolitan Opera.

— Sorte a sua. Imagino que você não precisava se estapear por ingressos como o resto de nós, mortais.

— Você gosta de ópera?

— Adoro. — Eva solfejou algumas notas de *As bodas de Fígaro* em italiano e afinação perfeitos.

— Não me conte... seu avô foi professor de música.

— Meu avô na verdade foi pescador de lagostas, mas adorava música. E amava minha avó também. Minha infância foi regada a música e a Shakespeare. Se minha cantoria incomodar, vou tentar me policiar e parar. Mas é automático, você talvez precise ficar me lembrando.

— Não me incomoda, não. — A cantoria não chegava nem perto da confusão que gerava o vaivém daqueles quadris.

— Paige, que dividia apartamento comigo, usava fones de redução de ruídos direto. Ela precisa de silêncio para se concentrar.

— É por isso que virou sua ex-companheira de apartamento?

— Não. Ela é minha ex-companheira de apartamento porque se apaixonou.

— Ah. Recebeu o beijo do Amor Verdadeiro?

— Acho que estava mais para o sexo gostoso do Amor Verdadeiro, mas a ideia é a mesma.

— E agora você vive sozinha?

— Sim. — A expressão de Eva mudou. Ela abriu a porta da geladeira e espiou dentro para que Lucas não pudesse ver sua expressão. — Não totalmente sozinha, pois minha outra amiga vive no andar de cima com o irmão da Paige, o Matt. Ele é dono do prédio inteiro. E no andar de baixo mora a Roxy com a filhinha, Mia, que é um amor. Roxy trabalha para o Matt. Ela ficou sem casa no último verão, então ele deu um lugar para ela morar. Paige passa tanto tempo lá quanto na casa do Jake, então não é tão quieto assim. Além disso, tem a Garrinhas. — Sem parar para respirar, Eva pintou um retrato de sua vida. Lucas esperava uma resposta monossilábica, mas, quando ela parou de falar, já sabia mais sobre aquela mulher do que de pessoas que conhecia há uma década. Demorava meses de proximidade para obter essa quantidade de informação da maioria das pessoas.

— A Garrinhas é a gata psicótica do seu amigo?

— Sim. Você poderia colocá-la em um dos seus livros. Daria uma boa arma de assassino. Ela tem o rostinho fofo e a personalidade psicótica. Mas não a culpo, pois teve uma vida horrível antes de ser resgatada pelo Matt. — Eva selecionou vários itens da geladeira e, antes de fechar a porta, Lucas viu tons e mais tons de cor.

— Você está de brincadeira? Se isso tudo é para mim, acho que você superestimou meu apetite.

— Vai tudo para o congelador. A ideia é que você possa comer uma refeição completa quando precisar. Discuti o cardápio com sua avó.

— Vocês duas discutiram cardápios para ajudar minha libido?

Eva ergueu as sobrancelhas.

— Discutimos alergias alimentares — respondeu lentamente. — Algumas pessoas têm alergia a amendoim, trigo ou mariscos. Eu precisava saber se você tinha restrição a glúten ou se era vegetariano. Tenho que saber se existe alguma chance de você ter um choque anafilático se comer nozes. Injetar adrenalina em clientes em colapso geralmente não consta entre os serviços extras que a Gênio Urbano oferece. Prevenir é melhor do que remediar. Gente morta faz mal para os negócios. — Eva deu um sorrisinho. — A não ser nos *seus* negócios, é claro. Você trabalha com gente morta.

— Então você e minha avó não ficaram discutindo como me seduzir?

— Eu amo a sua avó, mas se quero seduzir um cara, não costumo pedir conselhos a octogenários. — Ela estudou Lucas por um momento. — Você precisa de ajuda com a libido?

Não desde que a conhecera.

— Ela faria qualquer coisa para me ver casado de novo — disse, desviando da pergunta de Eva.

— Pode até ser. Mas até onde sei, você é um adulto, presumivelmente capaz de tomar decisões próprias. Se quer continuar no sexílio, não tenho nada a ver com isso.

— Sexílio?

— Exílio de sexo. Sexílio. Também estou nessa, ainda que não tenha culpa nenhuma, a não ser que seletividade excessiva conte. — Ela fez uma leve careta. — Mas você está nessa de propósito. Você escolheu viver em sexílio.

Lucas observou enquanto Eva lavava pimentões.

— O que minha avó te contou sobre mim?

— Sei que você odeia pepino, adora comida apimentada e prefere bife malpassado. É importante que eu conheça suas preferências.

Naquele momento, Lucas preferiria tê-la nua e em cima dele.

Sua pele era macia e cremosa como seda, pensou Lucas. Logo em seguida descartou a comparação clichê. Ele era escritor. Devia ser capaz de pensar em algo melhor do que isso. As bochechas dela estavam rosadas, mas sentiu que isso tinha mais a ver com o forno do que com maquiagem. Ele poderia jurar que Eva não estava maquiada, mas então lembrou de uma conversa em que Sallyanne zombou de seu comentário sobre o quanto gostava dela sem maquiagem. Em tom de piada, Sallyanne respondeu que o "sem maquiagem" havia lhe custado 45 minutos.

Ficou imaginando quanto tempo custou a Eva para parecer tão plena e inocente.

— Me mostre os cardápios. — Ele esticou a mão e Eva lhe entregou as páginas com que vinha trabalhando. Lucas as percorreu rapidamente com o olhar. — Empadão de frango? Não como isso desde os 12 anos.

— E vai se perguntar o porquê depois de provar o meu. É comida caseira de verdade.

— Me faz lembrar da escola.

— Meu empadão não vai fazer você lembrar da escola. Ele vai fazer suas papilas gustativas terem um orgasmo.

— Você parece fixada em orgasmos.

— É o que acontece quando você não consegue o que quer. — Ela tomou os cardápios da mão de Lucas. — É por isso que dietas nunca dão certo. Quanto mais você nega algo, mais você o deseja. E antes que você diga qualquer coisa, é claro que consigo me dar um orgasmo, mas tem certas tarefas que prefiro delegar.

— Então você está em uma dieta de sexo?

— A sensação é essa. Não fui eu que me impus, devo acrescentar. Só não encontrei muitos caras decentes nos últimos tempos, mas isso vai mudar.

— Vai?

— Com certeza. — Ela picou os pimentões. — É Natal. Vou sair para conhecer gente nova. Uma festa atrás da outra.

— Onde vão ser essas festas?

— Minhas amigas me chamaram para algumas.

— Você não parece muito empolgada.

Eva pousou a faca sobre o balcão.

— Para ser honesta, é meio... estranho. Tipo marcar encontros pela internet. Ninguém se conhece para valer. É que nem nas redes sociais. Só vemos o lado bom das pessoas.

— Você então admite que as pessoas nem sempre são o que parecem.

— Você faz isso parecer sinistro, como se fosse um grande disfarce, mas nas redes sociais as pessoas só apresentam o melhor de si.

— E você se pergunta qual seria a pior parte.

— Todos têm defeitos — disse suavemente. — Não seria realista esperar que uma pessoa fosse perfeita, não é mesmo?

— Quais são seus defeitos? — Seria como uma dessas perguntas de entrevista de emprego, pensou Lucas, em que, perguntado sobre suas fraquezas, o candidato responderia com um clássico "trabalho demais" ou "sou muito perfeccionista". Ninguém revelaria de boa vontade seus defeitos a estranhos.

— Sou bagunceira demais, exceto na cozinha. Largo as coisas em qualquer lugar, faço bagunça, perco as coisas e bagunço ainda mais tentando encontrá-las. Não funciono bem de manhã e sou um pouco medrosa — admitiu. — Não gosto de coisas muito assustadoras... sangue, hemorragias, ameaças, coisas que surgem no meio da noite.

Lucas absorveu a resposta, guardando os detalhes.

— Eu diria que seu defeito é confiar demais.

— Não vejo isso como defeito. — Ela lavou a faca. — É difícil se aproximar das pessoas e construir amizades profundas se ficar suspeitando que estão escondendo algo de você. Esse provavelmente é seu maior defeito, não é? Não confiar muito nas pessoas.

— Eu diria que é uma das minhas grandes qualidades. Quando você procurou encontros pela internet, o que escreveu no seu perfil?

— Não escrevi "loira desesperada e que confia em todo mundo busca sexo selvagem", se é isso que está perguntando. — Eva abriu o forno e deu uma sacudida na assadeira de tomates. — No final das contas, encontro pela internet não funcionou comigo. Preciso ver as pessoas ao vivo para saber se prestam. Tenho bons instintos. Ainda que seja uma forma perfeitamente válida de conhecer pessoas, especialmente no mundo agitado de hoje em dia, prefiro conhecer alguém organicamente.

— Você quer um orgasmo orgânico?

Eva riu:

— Essa é a meta. Todo mundo precisa de uma, não acha? Tudo bem. Não vou conhecer ninguém trancada em casa, por isso estou decidida a sair. Esse é o primeiro passo. Quero ter alguns encontros.

— Então não quer cortar a enrolação e ir direto para o orgasmo?

— Não. — Ela fecho o forno. — Nunca tive uma transa casual. Para mim, sexo deve envolver o cuidado com alguém.

— Você não é de guardar muitos segredos, né?

— Não. Não sou muito dos mistérios. Minha vida é um livro aberto... Jake fala que é um audiolivro, pois tudo o que penso sai pela boca.

A descrição fez Lucas sorrir.

— Quem é Jake?

— É o noivo da Paige. E agora chega de perguntas sobre mim. Qual é sua comida preferida?

— Não tenho nenhuma.

— Todos têm uma comida preferida. Algo delicioso ou relacionado a memórias felizes. Qual era sua comida preferida quando criança? Algo que faça você viajar no tempo e que traga boas sensações.

Lucas pensou nas reuniões de família e viagens pela Europa.

— Gosto de um bom queijo. Especialmente com o vinho certo. É um dos benefícios de fazer turnê de livro na França.

— Foi lá que você comprou todos aqueles vinhos?

— Alguns deles. Outros já coleciono há algum tempo.

— Você os bebe de vez em quando?

— Claro, ainda que algumas garrafas sejam valiosas. Estou guardando para uma ocasião especial.

— Se eu tivesse um bom vinho, beberia. Mas aposto que você diria que sou aquele tipo de gente que "vive o momento". — Eva afastou o cabelo dos olhos e Lucas tentou não pensar em que tipo de momento gostaria de viver com ela.

— O suflê que você fez ontem à noite estava ótimo.

— Fico feliz que tenha gostado. — Eva pegou a caneta e começou a escrever nas páginas à sua frente. — Estou tentando escolher o que cozinhar hoje à noite. Algum pedido?

— Você escolhe. Que livros de receita costuma usar? Ou vai pela internet mesmo?

— Nenhum dos dois. Uso as receitas da minha avó. Ou invento. — Ela deve ter visto algo no rosto de Lucas, pois sorriu. — Fica tranquilo. Não vou cozinhar nada que já não tenha feito centenas de vezes. Você não é minha cobaia e não vou te envenenar. Você já escreveu isso em algum dos seus livros? Sobre um assassino que envenena as pessoas?

Lucas se perguntou por que ela acharia que o assassino deve ser um homem.

— Não, mas é algo que estou considerando fazer.

— Como você escolhe o tipo de crime?

— A partir da personalidade e da motivação do assassino. Jack, o Estripador era bom com facas, o que levou muitas pessoas a especular que pudesse ser cirurgião.

Ela voltou a cozinhar.

— Não é à toa que você tem insônia. Passa o dia inteiro pensando em coisas horríveis.

— Acho essas coisas mais interessantes do que horríveis. — Lucas assistiu estupefato a forma como Eva picava alguns dentes de alho, regava com azeite e acrescentava o sal. Ela era espantosamente habilidosa com a faca. — Quem te ensinou a usar facas?

— Jack, o Estripador que não foi. — Eva lançou um olhar bem-humorado na direção de Lucas. — Foi minha avó. Também trabalhei em algumas cozinhas depois que terminei a faculdade. É o tipo de habilidade que você precisa desenvolver rápido caso não queira perder um dedo. — Depois de espalhar os ingredientes em outra assadeira, deslizou-a também para dentro do forno. Madeixas de cabelo flutuavam sobre seu rosto. Eva fez um O com os lábios e soprou delicadamente, como se apagasse as velas de um bolo de aniversário.

— O que você está preparando?

— Estou assando tomates e pimentões para uma sopa. Quando você estiver ocupado, poderá tirar uma porção do congelador e acrescentar um punhado de *croûtons* para comer algo nutritivo mais rápido do que o tempo que leva para abrir uma garrafa de whisky. — Em seguida, lançou um olhar afiado que Lucas preferiu ignorar.

Ele refletiu o quanto o processo criativo de cozinhar parecia com o de escrever. Começava com uma ideia, acrescentava um pouco disso e daquilo, ajustava de acordo com seus instintos e servia algo feito exclusivamente para agradar.

— Agora, para o café da manhã, você prefere meus ovos beneditinos ou panquecas?

Ele estava prestes a lhe dizer novamente que nunca tomava café da manhã, mas a palavra "panquecas" era boa demais para recusar. Lucas foi transportado diretamente para a sua infância e as férias que passava com a família em Vermont.

— As panquecas vêm acompanhadas de bacon?

— Podem vir, se você quiser.

— Eu quero. — Era a primeira vez que alguém usava a cozinha e Eva estava usando cada centímetro disponível. Os balcões estavam repletos de frutas e vegetais lustrosos. Parecia aleatório, mas Lucas teve a sensação de que não era.

— Você sempre canta enquanto cozinha?

— Quem canta seus males espanta. Costumo caminhar também, mas parece que o clima não vai cooperar muito para isso. — Eva colocou o bacon na frigideira e misturou a massa da panqueca sem medir os ingredientes ou consultar uma receita. — Se melhorar, vou dar um passeio mais tarde.

A atmosfera tranquila se desfez.

— Você não vai sair desse apartamento. Os ônibus foram cancelados, anunciaram que está proibido dirigir e fecharam os metrôs. As pontes e os túneis estão todos fechados e nenhum voo está saindo dos aeroportos.

— Não quero voar, dirigir ou pegar ônibus. Só caminhar.

— Você olhou pela janela hoje? — Lucas se levantou, buscou o controle remoto e ligou a televisão da sala de estar.

Os noticiários só falavam da nevasca, e o âncora alertava a todos, em tom sério, que permanecessem em casa.

— A chuva inundou praias, derrubou árvores e linhas de energia, deixando milhares de pessoas sem eletricidade...

— Ah, coitados. — Havia dor na voz de Eva.

Lucas desligou a televisão.

— Foi convencida?

— Sim. — Ela voltou a cozinhar. Depois de bater a massa, despejou-a na frigideira, esperando até que a superfície borbulhasse.

Algum tempo depois, virou a panqueca no ponto perfeito.

Finalmente, deslizou-a em um prato, acrescentou o bacon e entregou a Lucas junto com uma garrafa de xarope de bordo. A cor o fez lembrar do whisky.

As panquecas estavam macias, douradas e deliciosas. A doce e quente corrente de xarope de bordo contrastou com a perfeição crocante do bacon.

Lucas deu uma garfada generosa.

— Você perguntou qual é minha comida preferida. Essa aqui é minha comida preferida.

— Você disse que não tinha uma.

— Agora tenho. — Ele limpou o prato, perguntando-se porque repentinamente começou a sentir tanta fome, se por tanto tempo não ligava para o que comia. — Pelo visto você passa bastante tempo com minha avó. Por que não passa mais tempo com a sua?

Pela primeira vez desde que derrubara Eva no chão de seu apartamento, as palavras de Lucas não encontraram resposta.

— Eva? Por que você não passa mais tempo com sua própria avó?

— Porque ela morreu. — Sua voz engrossou e, sem aviso prévio, seus olhos encheram-se de lágrimas que lhe correram pelas bochechas.

Capítulo 7

Em tempos de crise, use batom vermelho e rímel à prova d'água.
— Paige

— DESCULPA. ME IGNORE. — Eva alcançou um guardanapo e enxugou os olhos, mas era como se tivesse vazamentos, como se as emoções tivessem inchado e crescido, pressionando contra a camada externa de seu autocontrole até rachá-lo gradualmente, permitindo que os sentimentos escapassem.

Conseguia ver Lucas a observando através do borrão quente das lágrimas.

Esperava que ele pedisse licença e escapasse mais rápido do que uma gazela fugindo de um leão, mas ele não saiu do lugar.

— Eva...

— Está tudo bem. — Ela assoou o nariz com força. — Isso acontece de vez em quando. Eu acho que estou melhor até que vem a pancada do nada e me derruba, que nem uma rajada violenta de vento. Vou me recuperar. Não fique preocupado assim. Me ignore.

— Você quer que eu ignore o fato de estar triste? Que tipo de pessoa você acha que eu sou?

— Você é um escritor de livros de terror. Uma mulher em prantos deve ser sua definição pessoal de terror. — Com dificuldade, Eva respirou fundo e se controlou. — Vou ficar bem.

— Mas você não está "bem", está? Conversa comigo.

— Não.

— Não quer desabafar porque não me conhece direito? Às vezes é mais fácil conversar com um estranho.

— Não é isso. Não quero ser uma nuvem escura no dia de ninguém. É melhor ser um raio de sol do que chuva.

— O quê? — As sobrancelhas escuras de Lucas franziram. — Quem te disse isso?

— A vovó. — As lágrimas voltaram a cair. Lucas suspirou e abriu os braços em um gesto de desculpas.

— Perdão. Não quis te magoar. Mas Eva, todo mundo fica triste de vez em quando. Não há por que você achar que deve se esconder.

— Mas você se esconde. Não é por isso que não contou a ninguém que está aqui? — Esfregou a mão no rosto e deu um sorrisinho.

— Bom argumento. Já que você está escondida aqui comigo, por que não fazemos um acordo de não esconder nossos sentimentos, pelo menos por enquanto?

— Me parece um bom plano. Obrigada. Você deveria voltar a escrever. Está com o prazo apertado. — A bondade de Lucas rompeu os últimos laços de controle de Eva, que virou-se para esconder as lágrimas que voltaram a cair. Esperava ouvir os passos dele na escada, voltando para sua zona de conforto, mas, em vez disso, sentiu a mão de Lucas tocar seu ombro.

— Quando ela morreu?

Eva estava dividida entre o desejo desesperado de que Lucas a deixasse sozinha e o de conversar sobre o que sentia.

— No ano passado. Durante o outono, quando as folhas mudam de cor. Eu me perguntava como tudo à minha volta podia estar tão vibrante depois que ela partiu. Me sinto culpada por ficar triste, ela já tinha 93 anos, e não sofreu nem nada. Foi melhor para ela, mas ruim para mim, porque eu fiquei em choque. — Eva ainda conseguia se lembrar do momento em que recebeu a ligação com a fatídica notícia. Ela deixara a caneca que estava segurando cair, derrubando café escaldante pelo chão e por suas pernas nuas. — Minha vó ficaria furiosa se visse meu estado agora... — Assoou o nariz novamente. — Lembraria como teve uma vida ótima, o quanto foi amada e como manteve as faculdades mentais ativas até o final. Ela sempre olhava para o que havia de bom na vida, nunca para o ruim, e queria que eu fizesse o mesmo. Mas isso não me impede de sentir saudades. Nesse momento você deve estar pensando "o que eu faço com essa mulher em prantos", mas, sinceramente, não precisa fazer nada. Continua com suas coisas. Vou ficar bem. Vou ser superlegal comigo mesma até me sentir melhor.

Lucas, porém, não foi embora. O que fez foi virá-la e puxá-la para seus braços.

Era tão surpreendente que, por um instante, ela ficou imóvel. Então aquele gesto inesperado de empatia foi a gota d'água e Eva se dissolveu em soluços profundos e sufocantes. Sentiu a força da mão de Lucas em sua cabeça. Ele acariciava delicadamente seu cabelo enquanto o outro braço puxava-a mais para perto.

Enquanto Eva se desfazia de tanto chorar, Lucas a abraçava e murmurava palavras de consolo indistintas. Ela inspirou o calor masculino, sentiu o peso reconfortante daquele braço que a sustentava e fechou os olhos, tentando se lembrar da última vez que havia sido abraçada daquela forma. Não era para ser tão bom. Ele era um estranho, mas havia algo naquele abraço forte que preenchia o vazio dela.

Por fim, esgotada toda emoção, Lucas afrouxou o abraço de forma a ver o rosto de Eva.

— O que "ser superlegal com você mesma" inclui? — A bondade na voz de Lucas tocou o âmago de Eva.

— Ah, você sabe... — Ela fungou. — Não ficar me dizendo que sou gorda, não me punir por não me exercitar o tanto que deveria ou por comer um cubinho a mais de chocolate.

— Você faz isso?

— Todo mundo faz, não? — Ela esfregou a mancha de lágrimas que deixou na camisa de Lucas, envergonhada, mas ao mesmo tempo grata. — Me sinto melhor. Obrigada. Nunca teria imaginado que seu abraço é tão sensacional. É melhor você ir, senão vou ficar chorando só para você me abraçar. Vai trabalhar.

— Me diz que é mentira que você se acha gorda.

— Só nos dias ruins. É porque adoro comida e, se não tomo cuidado, fico com umas curvinhas a mais.

— Umas curvinhas a mais? — Havia uma pontada de risada na voz dele. — É tipo um café extraforte? Ou, dizendo de outra forma, mais daquilo que já é bom?

— Agora entendi porque você é escritor. Você sabe exatamente que palavras usar. — Eva se forçou a recuar um passo. — Obrigada por fazer com que eu me sinta melhor.

— Sei como é perder alguém que se ama. — A risada sumiu da voz dele. — Você acha que está bem, que tudo está sob controle e então, do nada, vem tudo de novo. É como estar navegando em um oceano tranquilo e, de repente, quase ser derrubado do barco por uma onda gigante.

Ninguém nunca descrevera o que ela sentia com tanta perfeição.

— É assim que você se sente?

— Sim. — Ele ergueu a mão e acariciou delicadamente a bochecha de Eva. — Em tese vai ficar mais fácil, então segura firme. — O olhar de Lucas captou o dela. Havia uma nova intimidade e um calor estranho e inesperado irrompeu no corpo de Eva contra sua vontade.

Excitação.

Ele a estava reconfortando e Eva se sentia excitada. Ficaria envergonhada caso não visse seus sentimentos espelhados nos olhos dele.

— É melhor você voltar a escrever.

— Sim. — Sua voz engrossou, Lucas deixou a mão cair e recuou um passo. — E é melhor você voltar a cozinhar.

Ambos estavam tensos e cheios de formalidade. Ambos negavam o momento.

Eva retornou à cozinha tentando esquecer a sensação de ser abraçada por Lucas.

Cozinhou o dia todo, bateu, despejou, ferveu e provou enquanto, do outro lado das enormes janelas de vidro, a tempestade caía freneticamente. Nova York estava eclipsada pela branquidão rodopiante; ruas e prédios estavam desfocados pela neve. Restaurantes, bares e até mesmo a Broadway fecharam.

Eva sentiu uma pontada de preocupação pelos serviços de emergência e pelas pessoas que ainda estavam na rua durante aquela terrível tempestade. Torceu para que ninguém se machucasse.

De tempos em tempos olhava para a escada, mas a porta do escritório permanecia fechada. Lucas, sabia, estava lidando com a própria dor.

No almoço levou uma bandeja consigo até o andar de cima, mas, ao ouvir as suaves batidas das teclas do computador através da porta, decidiu que a escrita era mais importante do que comida. Recuou com a bandeja pela escada e voltou a cozinhar.

Paige ligou duas vezes, a primeira para perguntar sobre uma festa de noivado que estavam planejando para um cliente em Manhattan e a segunda para checar a disponibilidade de Eva para o Réveillon.

— Estou disponível. — Eva abaixou o fogo sob a panela para cozinhar o molho em fogo brando. — Estou completa e totalmente disponível.

— Ótimo, pois quero que você conheça uma pessoa.

— Eu também quero conhecer uma pessoa. — Tentou não pensar no que sentiu ao ser abraçada por Lucas. Ele a havia consolado, só isso.

— Como vão as coisas? Quando você volta para casa?

Eva olhou através da janela.

— Meu plano era ficar o mínimo possível, mas a tempestade atrapalhou tudo. Eu te aviso. Aliás, mandei umas ideias para o pedido de casamento e estou trabalhando no jantar de noivado de Addison-Pope.

Ela encerrou a ligação e, com tudo na cozinha sob controle, voltou sua atenção à decoração da árvore, tentando não pensar que, no Natal de dois anos atrás, estava fazendo o mesmo com sua avó.

Era o começo da noite, Eva voltava para seu quarto para tomar banho e trocar de roupa quando a porta do escritório de Lucas se abriu.

Olhou fixamente para ela, sem foco, como se estivesse em outro mundo.

Talvez ela devesse ter batido na porta mais cedo. Não era saudável trabalhar tanto sem parar, certo?

— Como foi? Fez outro sanduíche de queijo quente?

— Fiz outro banquete. — Disse com a voz rouca e então sorriu.

— Você é um gênio.

— Eu? Sou apenas uma cozinheira que fala demais. — O coração batia forte no peito. Como pôde pensar que ele não fazia seu tipo? Teria sido mais fácil dispensá-lo quando não passava de um rosto insanamente bonito, mas agora Eva sabia que Lucas era gentil também. E não era do tipo de homem que fica desconfortável com emoções.

— As coisas que você fala são a razão da minha escrita.

O estômago de Eva rodopiou.

— Bom saber disso. E obrigada por não gritar comigo por causa da árvore. Ela é um pouco maior do que imaginei. Tirei fotos e mandei para a sua avó. Espero que não se importe. Não mencionei você, mas quis que ela soubesse que estou fazendo meu trabalho.

— Você poderia colocar um pavão no topo da árvore agora que eu não daria a mínima. — Ele passou os dedos pelo cabelo escuro e Eva pensou como aquilo o deixava ainda mais bonito. Se ela passasse os dedos pelo cabelo assim ia parecer que encostou em uma rede elétrica.

— Por que todo mundo fica tão obcecado com aves na semana de Natal? Não acho a melhor escolha para animal de estimação. — Os nervos de Eva pareciam uma corda tensionada e ela sabia que era por causa daquele abraço. Precisava se recompor. — Se você me der meia hora, eu faço o jantar. A não ser que queira trabalhar mais.

— Preciso dar um tempo. Trabalho mais tarde. Tomarei um banho também e depois vou escolher uma garrafa de vinho para nós. Precisamos comemorar.

Comemorar.

Parecia íntimo. Pessoal.

Eva precisou se lembrar de que aquilo não era um encontro. Era seu trabalho.

De pé sob a água escaldante do chuveiro, Lucas se sentia bem como não acontecia há meses. Ainda estava a milhões de quilômetros de distância de onde deveria estar tão perto do prazo do livro, mas pelo menos era um começo.

E Eva era o motivo.

Colocou uma calça jeans escura, uma camisa limpa e parou junto à escada quando ouviu um canto vindo da cozinha. A cantoria parou por um momento e Lucas ouviu o ruído do processador de alimentos. E então começou novamente.

Olhando do alto da escada, Lucas viu que Eva usava fones de ouvido de novo, mas dessa vez não estava dançando.

Quando o viu, Eva parou imediatamente.

— Perdão. Estava alto demais?

O comentário fez Lucas pensar em sexo e refletir sobre o que nela disparava esses pensamentos nele. Quis não tê-la abraçado, pois agora não sabia apenas como ela se parecia, mas também qual era a sensação de seu corpo.

— Tenho paixão por Ella Fitzgerald. Desde que você não cante canções natalinas, não tenho problema com sua trilha sonora. — Mas Lucas tinha problemas com outras coisas, como por exemplo as sensações ao abraçá-la. Como se tivesse saudades de algo que, até aquele momento, nem sequer sabia que desejava.

— O que você tem contra canções natalinas?

— Acho que já temos festividades o suficiente por aqui. — Olhou para a árvore de Natal. Seus galhos exuberantes agora traziam decorações prateadas e eram entremeados de luzinhas delicadas. Aquilo fez Lucas pensar se o tamanho extravagante servia para a compensar a falta de alegria festiva do resto do apartamento. — É uma baita de uma árvore. Você obviamente não é do tipo de mulher que acha que menos é mais.

— Não quando o assunto é árvore de Natal. — Eva sorriu e Lucas reparou que o batom dela era rosa. Isto o fez lembrar as balas que adorava na infância.

— Algo mais?

A covinha irreprimível apareceu.

— Essa pergunta é pessoal, sr. Blade.

— Você está vivendo no meu apartamento e eu a vi de pijamas. Acho que já adentramos o âmbito pessoal. — Lucas não mencionou o fato de tê-la abraçado. Nem precisava. Sentiu a mudança na relação e sabia que Eva também sentia isso. A atração casual havia se transformado em uma tensão que eletrificava o ar.

E não era somente física. Cada conversa com Eva revelava algo novo.

Ela era uma mina de ouro de inspiração.

Lucas parou diante da parede de garrafas de vinho.

— O que vamos comer?

— Vegetais assados com tartelete de queijo de cabra seguidos de raviólis de sálvia e abóbora. Fiz algo que você pudesse comer no computador, se quisesse.

— Não quero. Quero comer com você e uma refeição especial exige um vinho especial. — Caminhou até a adega climatizada e escolheu uma garrafa de vinho branco. — Provei esse aqui pela primeira vez em turnê pela Nova Zelândia e encomendei uma caixa. É fantástico.

— Um vinho para quem não se preocupa com os boletos. Meia taça para mim — disse ela. — Sou fraca para bebida. E se bebo antes de terminar de cozinhar, não garanto a qualidade da comida. Na verdade, talvez seja melhor não beber nada. Não quero perder minhas inibições.

— Você tem inibições? — Lucas abriu a garrafa. — Onde as está escondendo?

— Muito engraçadinho. Algumas pessoas gostam do fato de eu ser fácil de entender. Mas você, é claro, deve estar pensando no meu lado sombrio.

Talvez não com ela, mas com certeza pensava nisso a respeito da personagem que estava criando. Ela estava se tornando a personagem mais ambígua que já criara. Lucas preferia pensar nela do que na mulher de carne e osso de pé em sua frente.

Ele observou o rodopiar do vinho conforme o despejava nas taças.

— Experimente. É delicioso.

— Você vai tentar me impressionar com aquele discurso sobre tons tropicais, subcorrentes ensolaradas e toda aquela firula? Ou guarda os floreios verbais apenas para os livros?

Ele pensou na realidade sombria que estava criando.

— É, tipo isso. Beba.

Eva inalou o perfume do vinho e o provou devagar, com cuidado, como se quisesse se certificar de que não estava sendo envenenada.

— Ah... — Ela fechou os olhos por um instante e bebeu novamente. — Por que o vinho que tomo lá em casa nunca tem esse gosto? É caro?

— Vale o preço.

— Em outras palavras, ele *é* caro. Imagino que você saiba bastante sobre vinho.

— É um dos meus hobbies.

Eva pousou a taça sobre o balcão e voltou para a comida.

— E aposto que responder às correspondências não seja um deles. — Colocou um prato diante de Lucas. Era uma obra de arte. As arestas arredondadas da tartelete estavam crocantes e douradas; a superfície era um redemoinho de cores. — Você tem planos para elas?

Lucas pegou o garfo.

— Não estou aqui, lembra? Não posso abrir cartas se não estou aqui.

— Mas e se for algo importante?

— Não vai ser.

— Mas poderia. — Eva era persistente. — Posso abrir para você?

— Você realmente quer fazer isso?

— Sim. Alguém pode estar esperando uma resposta sua. Você não tem uma assistente?

— Meu editor tem uma equipe para lidar com minha comunicação pessoal.

Eva observava ansiosamente enquanto Lucas dava sua garfada.

— E aí?

— Espetacular. — De verdade. A tartelete amanteigada se desfazia na boca e a cremosidade do queijo de cabra se misturava ao sabor marcante da pimenta. — Você despertou minhas papilas gustativas do coma.

Eva pareceu contente.

— Ótimo. Sei que você também é ótimo no que faz. Nunca li nenhum dos seus livros, mas minha amiga Frankie é viciada. Ela só lê coisas repugnantes.

— Obrigado.

— Isso não soou do jeito que eu queria. — As bochechas de Eva coraram. — Não quis dizer que seus livros são "repugnantes", mas que o tema deles é. São assustadores demais para mim. Eu sei que não gostaria.

— Se nunca leu, como sabe?

— A capa já me dá pistas. — Eva fatiou sua tartelete. — O último tinha uma faca pingando sangue. Sem falar nos títulos. *A morte retorna* não é exatamente o tipo de livro que me faz correr para as livrarias. Eu teria que dormir de luz acesa e acordaria gritando no meio da noite. Alguém ia ligar para a polícia.

— Você ia ficar vidrada.

— Não acho que o tema me empolgaria. Me fala da história que escreveu quando tinha oito anos. Era terror também?

— O gato dos vizinhos foi encontrado morto na sarjeta. Todos diziam que tinha sido atropelamento, mas eu ficava me perguntando *"e se não foi?"*. E se tivesse acontecido algo mais sinistro com aquele gatinho? Deixei minha família louca com as explicações que criei. — Lucas viu a expressão de Eva mudar. — Você teria preferido continuar com a hipótese do atropelamento?

— Eu preferiria continuar com a hipótese do gato vivo, mas imagino que, com você contando a história, ela nunca poderia ter um final feliz.

— Temo que não. — Aquela declaração foi tudo o que Lucas precisou para lembrar-se das diferenças entre os dois. — Foi num verão. Eu me tranquei no quarto e não saí até ter terminado a história. Imaginei pelo menos nove jeitos diferentes de aquele gato ter morrido.

— Não os enumere, por favor.

Lucas deu um sorrisinho ao lembrar-se do final macabro que escolheu.

— Dei o conto à minha professora de inglês e ela me disse que nada na vida a aterrorizou tanto. Falou que teve que checar se as portas e janelas estavam fechadas duas vezes antes de dormir e que precisou trancar seu gato no quarto. Então sugeriu, de brincadeira, que eu considerasse fazer carreira como escritor de livros de terror.

— Mas você levou a sério.

— Ela disse que teve que ler o meu conto com todas as luzes acesas. Não acho que falou isso em tom de elogio. Mas para mim era o maior elogio que poderia receber na vida.

Eva pareceu pouco convicta.

— Então, você escreveu um conto aterrorizante sobre um gatinho... e depois?

— Continuei. Dava histórias, capítulo a capítulo, para meus colegas de classe. Descobri que gostava de deixar as pessoas em suspense. Continuei quando entrei na faculdade, mas com a diferença de saber que agora era sério.

— Você fez faculdade de quê? Escrita criativa? Letras? História da literatura?

— Estudei Direito na Columbia, mas estava mais interessado no porquê de as pessoas cometerem crimes do que em defendê-las. Terminei meu primeiro romance, entreguei-o a meu companheiro de quarto para que lesse e ele passou a noite em claro. Concluí que era aquilo que eu queria fazer.

— Deixar as pessoas com insônia?

— Sim. — Lucas observou a curvatura suave da boca de Eva e pensou que não teria nenhum problema em deixá-la acordada a noite inteira, mas que não precisaria de palavras para isso.

Sua avó talvez fosse mais esperta do que ele imaginasse.

— Alguém se apaixona nos seus livros?

— De vez em quando.

— Sério? — Eva pareceu surpresa. — Mas elas sobrevivem para viver felizes para sempre?

— Nunca.

— É por isso que nunca compro seus livros. Sou medrosa. E falando em ligar para a polícia... — Eva deu uma garfada na comida. — Aqueles policiais que vieram aqui ontem... vocês se conheciam.

— Exatamente. — Lucas deu outra garfada generosa. Os sabores frescos e intensos estavam deliciosos.

— Mas você não tem antecedentes criminais... só escreve sobre. Então como os conhece?

— Eles ajudam de tempos em tempos com minhas pesquisas.

— Então você planeja um assassinato, liga para eles, diz "ei, pessoal, o que vocês acham disso aqui?" e eles dizem se funciona ou não?

— Praticamente isso.

— Você sai com eles às vezes?

— Nas patrulhas? Já saí, sim. Agora não muito. Quando não estou em turnê, estou escrevendo.

— E era assustador?

— As patrulhas eram mais interessantes que assustadoras. Mas a maior parte do que escrevo tem a ver com outros departamentos. Escrevo sobre... — Lucas alcançou o sal, ganhando tempo enquanto pensava quais palavras usar — ...casos complexos.

— Você quer dizer que escreve sobre assassinos em série. — Eva pousou o garfo sobre o balcão, deixando metade da comida intocada. — Por que escrever sobre pessoas horríveis fazendo coisas horríveis?

— Um assassino em série padrão não pensaria que ele, ou ela, é uma pessoa horrível. E escrevo sobre isso porque me fascina. Sempre gostei de coisas assustadoras. Isso não me torna assustador, nem

115

significa que tenho criancinhas trancadas no armário esperando para serem torturadas, como um repórter um dia pensou.

— Isso aconteceu?

— As pessoas imaginam que, por escrever sobre crimes, eu seja adorador do diabo. Você devia estar com medo de passar a noite aqui comigo.

— Não estou com medo. — O olhar de Eva deteve o de Lucas por um instante e então ela pegou a taça de vinho. — Só não entendo por que as pessoas escolhem ficar com medo.

A tensão sexual só crescia, mas Eva a ignorava.

E Lucas fazia o mesmo.

— Livros são seguros. Penso no que assusta as pessoas e uso seus medos. Algumas pessoas gostam de sentir medo. Querem sentir essas emoções de dentro de suas vidas seguras.

— Você fica com medo quando escreve seus livros?

— Se a escrita vai bem, sim. — Na maioria das vezes era a pesquisa que o aterrorizava, mas Lucas não diria isso a Eva.

— É por isso que você pratica artes marciais? Para se proteger dos demônios que cria?

— Detesto desapontá-la, mas faço mais porque é uma forma interessante de me exercitar e de criar disciplina mental. — Ele terminou a comida e se encostou na cadeira. — Chega de falar de mim. Agora é sua vez. Já que você não lê livros policiais ou de terror, o que lê? Clássicos?

— Sim. E leio romances, chick lit e livros de receitas. Sou viciada em livros de receitas.

— Pensei que você não usasse livros de receitas.

— Não costumo usá-los na cozinha, mas são uma boa leitura.

Lucas alcançou a taça e observou Eva servir o ravióli.

— Você já cogitou escrever um livro com as suas receitas?

— Tenho meu blog. E um canal no YouTube. Junto com meu trabalho na Gênio Urbano, eles ocupam todo meu tempo.

— Você tem um canal no YouTube?

— Cozinhar é algo visual. As pessoas gostam de ver como as coisas são feitas. E sou muito boa em demonstrar. As pessoas gostam de me ver. Isso deve surpreendê-lo.

Não era surpresa alguma.

Quem não gostaria de assisti-la?

Com aqueles enormes olhos azuis e sorriso doce, Lucas apostaria cegamente que ela tinha bastantes seguidores. Imaginou quantos deviam ser homens interessados de verdade em cozinha.

Tentando não pensar demais no assunto, deu uma garfada no ravióli e, por um momento, deixou de amaldiçoar sua avó por querer interferir tanto em sua vida.

— Está delicioso.

— Que bom.

— Sálvia e abóbora. — Lucas comeu mais um bocado. — Você não faz nada com carne?

As bochechas macias de Eva coraram levemente.

— Posso fazer uma carne se você quiser.

— Mas você nunca come carne?

— Nunca. Sou vegetariana. Não gosto de machucar os animais.

O coração de Lucas bateu forte. Ele largou o garfo. A comida à sua frente foi esquecida.

— Há quanto tempo você é vegetariana?

— Desde sempre. Fui criada por minha avó, ela tinha convicções firmes a respeito de respeitar os seres vivos.

— Então você é boazinha com todos os animais desde muito cedo.

— Não sou santa. Não faria carinho em uma aranha, mas também não piso nelas, se é isso que você quer dizer. Se aparecer alguma grandona, eu chamo Matt e ele pisa.

— Matt é o irmão da sua amiga?

— Isso. Ele mora no apartamento de cima do meu. É como se fosse da minha família.

— Entendi.

— Falando em família, você não vai contar para a sua avó que está de volta? Ela vai perguntar do serviço em algum momento e não quero ter que mentir.

Lucas percebeu que estava deixando Eva em uma posição difícil.

— Vou contar que voltei. — Sua atenção se direcionou para a superfície limpa da mesa na sala de estar. Demorou um momento até que ele percebesse o que faltava. — O que aconteceu com a faca que estava na mesa?

Eva não olhou para Lucas.

— Que faca?

— Havia uma faca sobre a mesa.

— É mesmo? — O tom dela era inocente. — Devo ter tirado. É perigoso deixar facas por aí. Todo mundo que já trabalhou em cozinha sabe disso.

Ele a encarou demoradamente.

— Por que você acha que a faca estava ali, Eva?

Ela deu um gole generoso no vinho.

— Não sei bem. Mas me pareceu mais seguro guardá-la.

— Você achou que eu pudesse feri-la com a faca?

— O quê? Não! — Eva pareceu horrorizada. — Nem por um momento. Apesar do sangue jorrando na capa dos seus livros, sei que você é uma boa pessoa.

Lucas sentiu uma tensão fustigar a nuca.

— Então por que tirou a faca dali?

O olhar de Eva voltou para o prato.

— Porque temi que pudesse usar em si mesmo.

Ele a encarou em silêncio.

— Foi por isso que ficou aqui? Porque ficou preocupada comigo?

— Não. Fiquei pois tinha trabalho a fazer e prometi para a sua avó. Mesmo que ela não fosse cliente, tenho um respeito profundo por avós em geral.

— Eva...

— Está bem, sim! Parte do motivo para eu ficar foi estar preocupada com você.

— A faca estava ali para me inspirar no livro. Só isso.

— Ótimo, mas não tive certeza quando a vi. Você estava com olheiras enormes, parecia tão *sozinho* e ninguém sabia que você estava aqui... — Ela deu outro gole generoso no vinho. — Tive um mau pressentimento, só isso. Você provavelmente não acredita em mim. Pensou que eu tinha ficado porque queria seu corpinho... e como não pensaria, já que você tem um *corpão*? Droga, falei para você colocar só meia taça de vinho.

Fez-se um silêncio pesado e carregado, entrecortado de correntes de tensão sexual.

Recordar a sensação do corpo dela contra o seu trouxe a Lucas outro ataque intenso de desejo.

Ele percorreu o cabelo com os dedos, tentando se controlar.

— Acho melhor eu voltar ao trabalho.

— Não fique apavorado com meu último comentário. Já te disse, você não faz meu tipo.

Lucas começava a cogitar que talvez ela fizesse o tipo *dele*. Esse pensamento o surpreendia, já que desde a morte de sua esposa nenhuma mulher havia despertado seu interesse.

— Pensei que você não tivesse um tipo preferido.

— Não deveria ter. Levando em conta o tanto de tempo que não transo, meu tipo deveria ser qualquer pessoa com um pinto e frequência cardíaca normal, não é mesmo?

Lucas engasgou no vinho.

— Sério que você acabou de dizer isso?

— De qualquer forma, não entramos em acordo sobre os perigos de prejulgar as pessoas? Quem sabe o que existe sob a superfície?

Lucas entrevistara assassinos em série o suficiente para saber que era melhor não saber o que a maioria das pessoas escondia sob a superfície.

— Alguma vez você edita seus pensamentos antes de chegarem à boca?

— A culpa é sua, de ter me servido vinho. — Eva mexeu na comida. — Mas eu realmente costumo ser espontânea.

— Como sobreviveu tanto tempo incólume?

— Não passei incólume. Saí com uns verdadeiros babacas.

— Mas isso não afetou sua crença no "felizes para sempre"?

— Não. Aprendi que há babacas no mundo, mas isso eu já sabia. Há caras ótimos também. Acontece que não conheci muitos deles ultimamente. E sei que não se conhece a pessoa certa escondido em seu apartamento.

— Estamos falando de mim ou de você?

— Dos dois. Prometi a mim mesma que não passaria o Natal inteiro sozinha em meu apartamento vendo reprises de filmes cliché e fazendo ménage com Ben & Jerry. — Eva lançou um olhar a Lucas. — É uma marca de sorvete, caso você não saiba.

— Estou "escondido" em meu apartamento, como você diz, pois estou trabalhando.

— Ambos sabemos que não é verdade, Lucas. E mesmo que fosse, você não tem como trabalhar o tempo inteiro.

Ele pensou no prazo e em quanto estava atrasado.

— Não era nem para eu estar aqui sentado conversando com você. — Ainda assim estava e não tinha pressa nenhuma em mudar isso.

— Vá. Quanto mais cedo terminar o livro, mais cedo poderá recuperar sua vida. — Eva se levantou, tomando cuidado para não olhar para Lucas. — Vou limpar tudo. E abrir sua correspondência.

— Faça o que quiser com ela.

A correspondência era o menor dos problemas dele.

—⟋ɯ⟍—

Sério que ela disse que ele tinha um corpão?

Eva ia ter que colocar fita adesiva na boca. Ou grampear o maxilar. Qualquer coisa que a impedisse de tagarelar como uma idiota na presença de Lucas.

Mas parte da culpa *era* dele. Sempre que Lucas a olhava, Eva se sentia queimar pelo calor da tensão sexual. Cada olhar ardente fervia seu cérebro, incinerando os últimos traços de seus filtros ineficientes.

De nada servia dizer a si mesma que Lucas não estava interessado ou que ele estava indisponível. O corpo de Eva não ligava.

Decidida a manter a boca fechada na próxima vez que estivessem juntos, Eva limpou a cozinha, lustrou o fogão até que brilhasse e se acomodou junto ao balcão da cozinha com seu vinho e uma pilha gigante de cartas.

Começou dando um jeito no lixo, rasgando cuidadosamente a parte que continha o endereço e descartando no cesto de recicláveis. Depois voltou-se ao resto.

A maior parte era de convites. Quatro festas de editoras, o lançamento de outro autor, nove bailes de caridade, uma noite de ópera e duas pré-estreias de filmes. Além disso, havia 12 cartas com pedidos de doação.

Ela sequer sabia que as pessoas ainda escreviam cartas. E *nove* bailes de caridade?

Eva analisou os convites espalhados à sua frente com mais do que uma pontada de inveja.

Ali, diante de si, estavam as provas de uma vida interessante.

Se sua vida social fosse assim, suas chances de encontrar alguém aumentariam significativamente.

— Lucas Blade — murmurou —, para alguém que não é tão chegado em festa, você recebe muitos convites. — Eram festas a que ele, sem dúvida, não iria.

E Eva sabia que o motivo para não ir a esses eventos não tinha nada a ver com o prazo de entrega do livro.

No estado mental em que se encontrava, julgava a companhia de estranhos pouco atraente, assim como ela.

Eva pegou o laptop e começou com as cartas.

"Prezada Caroline" digitou, "obrigado por suas palavras gentis sobre meus livros. Fico lisonjeado em saber que..." Eva fez uma careta, estremecendo-se um pouco enquanto digitava, desejosa de poder mudar aquele título. "*Morte, com certeza* foi sua leitura predileta do ano."

Escreveu a resposta demoradamente e então assinou com "Meus melhores votos, Lucas Blade".

Era formal demais?

Com um sorriso, deletou o *Blade* e colocou "Beijos". Eva poderia apostar que Lucas nunca terminaria uma carta com beijos.

Cada carta teve o mesmo tratamento. Depois, Eva partiu para os convites, recusando educadamente cada um, até chegar ao último da pilha.

Do lado de fora da janela, o breu se estendia e o Central Park ficou banhado em uma mistura etérea de luz e de neve.

O último convite era para o Baile Snowflake, no hotel Plaza.

O convite era em forma de floco de neve e trazia relevos em prata.

Eva o encarou. Se recebesse um convite lindo assim, mandaria enquadrar e penduraria na parede. Ele tinha sorte por ela estar colocando a correspondência em ordem.

Faltava menos de uma semana para o baile. Era tarde demais para responder? Não. Lucas era convidado VIP. Sempre teria lugar, independente do quão tarde confirmasse o RSVP.

Eva conferiu os detalhes. A renda do evento iria para uma obra de caridade que treinava e cedia cachorros de terapia para idosos. O coração de Eva derreteu. Ela sabia quantos idosos eram solitários.

Pegou o telefone num impulso.

— Oi, estou ligando em nome de Lucas Blade... Sim, trabalho para ele... — *Não era mentira, era?* — O sr. Blade comparecerá ao Baile Snowflake. Sim e com uma convidada. Vamos informar o nome depois. Muito obrigada. — Ela desligou, imaginando o que teria acontecido se não tivesse aberto a correspondência.

Ele perderia o baile, o maior evento social no calendário nova-iorquino.

Ficaria furioso consigo mesmo.

E agora ficaria tão grato a ela.

— Você fez o quê?

— Liguei para o Plaza e avisei que você irá ao Baile Snowflake. Que sirva de lição para você abrir sua correspondência. Você quase perdeu essa.

— Eva... — A raiva fez a voz de Lucas engrossar, mesmo sabendo que era errado despejá-la sobre ela. — Não quero ir ao baile. — Só a ideia o fazia congelar. Como sempre, ambos viam as coisas de modo diferente. Ela ouvia a palavra *baile* e pensava na luz das estrelas e em romance, enquanto ele sabia que seria uma noite repleta de olhares curiosos e espiadelas simpáticas.

— Sei que você está ocupado, mas vai ser incrível e é só uma noite. Recusei uma dezena de convites. Esse foi o único que aceitei.

— Não era para ter aceitado.

Ela congelou.

— Você disse para eu cuidar da sua correspondência como achasse mais conveniente. Achei conveniente aceitar um baile cujos rendimentos irão para uma boa causa.

— Se eu ajudasse todas as causas para que me pedem dinheiro, nunca mais trabalharia e estaria falido.

— Mas não está falido e não estamos falando de *todas* as causas, só essa. É uma organização que cede cachorros de terapia e...

— Mas não é só para essa, não é? — Para desviar o pensamento da porcaria do baile, ele perscrutou as cartas que Eva espalhou em sua frente. — Tenho que mandar livros autografados para um leilão? O que faz você pensar que tenho esses livros todos?

— Você que escreveu. Deve ter algumas cópias. Talvez pareça generoso, mas demanda menos tempo do que ir pessoalmente ao leilão, sem falar que vai angariar dinheiro para pessoas menos favorecidas do que você. Achei que seria o meio-termo perfeito. Aliás, por que essas pessoas escrevem cartas para você? Por que não mandam ao seu editor?

— Elas mandam — respondeu Lucas, em tom exausto. — Era para o meu editor dar conta delas, mas estão com uma nova assistente no escritório que manda as cartas diretamente para mim. Você faz ideia de quantos convites recebemos? Não temos como aceitar todos, Eva.

— Não *todos*, é claro — disse ela —, mas você pode aceitar esses. Conferi todos. Esses são por boas causas.

— Há algo que você não julgue ser uma boa causa?

— Claro que sim. Sou mais objetiva do que você imagina. — Eva se endireitou. — Dei uma olhada nos balanços deles e chequei que porcentagem das doações é usada diretamente na causa e quanto é gasto com salários etc. Essas são as melhores. Você só precisa assinar as cartas, autografar os livros e eu faço o resto.

Entendendo que nesse caso era melhor se render do que lutar, Lucas pegou a caneta.

— Você já trabalhou com arrecadação de obras de caridade?

— Eu não prestaria para trabalhar com caridade. Choraria o tempo todo. Não sou tão durona. Não rabisca muito — acrescentou enquanto Lucas assinava. — Eles podem achar que não é você.

Ele assinou com um rabisco exagerado.

— Meu editor costuma responder com um recibo de elogios padrão.

— Achei que assim seria mais pessoal. Eles vão guardar a resposta como se fosse um tesouro.

Lucas escolheu uma das respostas e leu em voz alta:

— *Gostei muito de escrevê-lo e com certeza está entre meus favoritos.* Qualquer pessoa que me conheça saberia que eu nunca escreveria isso. Nunca confesso ter um livro predileto.

— Por que não?

— Por que soa como se você achasse que os outros livros que escreveu não fossem tão bons.

— Isso é ridículo. Se eu disser que vou fazer um dos meus pratos favoritos, você não vai supor que vou envenená-lo com qualquer outro prato que eu cozinhe, né?

Lucas continuou a ler.

— *Concordo que é uma pena que um personagem tão cordial, tão amável tivesse que morrer no segundo capítulo.* — Irritado, ergueu o olhar. — Você não pode escrever isso. Eu não concordo. Esse personagem tinha que morrer.

— Por quê? Não poderia apenas se machucar e se recuperar depois de bons cuidados médicos? Por que todos os seus personagens têm que *morrer*? É deprimente demais.

Ele abaixou a carta.

— Eu por acaso digo como você deve cozinhar? Sugiro que os ovos devam ficar um pouco mais no forno ou que os biscoitos que fez precisavam de mais pedaços de chocolate?

— Não.

— Então não venha me dizer como escrever meus livros. — Ele retornou o olhar à página. — *Concordo que sua obra de caridade está arrecadando dinheiro para uma excelente causa.* Tampouco eu diria isso. Já estou inundado de histórias meladas sobre causas excelentes.

— É por isso que é ainda mais importante fazer sua resposta soar pessoal. Eles vão valorizá-la.

— E vão me mandar cada vez mais cartas. — Continuou lendo. — *Ainda que não possa comparecer dessa vez ao evento, será um prazer anexar um exemplar assinado para que incluam no leilão. Desejo sucesso no evento e na arrecadação.* Você se despediu com beijos. E pediu para manterem contato.

— Os beijos foram uma brincadeira. Fiz para você rir. — Ela recuperou a carta das mãos de Lucas, que sentiu uma pontada de culpa.

— Se começar a mandar beijos, minhas redes sociais vão ficar congestionadas de leitoras querendo se casar comigo.

— Não se engane. Você é bem assustador quando está de mau humor.

— Agora sou mal-humorado porque não quero ir a um baile?

— Como eu poderia saber que você não quer ir? Esse baile é especial. É com tema de inverno, flocos de neve e árvores de Natal. Prata — Eva encarou o convite e teve a impressão de se esquecer da presença de Lucas. — Eu faria de tudo para poder ir nesse baile. Pronto... está aí uma motivação para assassinato que você nunca cogitou.

— Mas não é você quem vai. Serei eu. Graças a você.

— Você não pode passar o final do ano inteiro trancado no apartamento.

— Você está começando a falar como minha avó.

— Acontece que acho que ela tem razão a respeito de algumas coisas. Não em ficar arranjando pretendentes para você

— acrescentou rapidamente —, isso nunca dá certo. Mas sobre você começar a sair de novo.

— Agora você vai dizer que já faz tempo demais. — Essas palavras saíram como um rosnado e Eva lançou-lhe um olhar firme.

— Nós dois sabemos que não vou dizer isso. Você não é o único em luto, Lucas. Não detém monopólio desse tipo de dor. Não é porque as pessoas acham que você devia sair de vez em quando para respirar um pouco de ar puro, que todo mundo pense que você deva se "recuperar", seja lá o que isso quer dizer. Talvez você se sinta melhor dando uma volta.

— Ou talvez eu me sinta mil vezes pior. O que sei com certeza é que nada do que estou sentindo vai ser "consertado" indo a um baile. Se você quer viver em um mundo de fantasia, vá em frente, mas não espere que eu me junte a você.

— Eu não iria querer que você se juntasse a mim. No meu mundo de fantasia não há espaço para cínicos. — Eva pegou a bolsa e colocou seus últimos pertences nela. — Você devia ir, Lucas.

— Por quê? Pois há grandes chances de eu conhecer alguém, me apaixonar e viver feliz para sempre? É isso o que você ia dizer?

— Na verdade eu ia dizer que coisas ruins acontecem e tudo o que podemos fazer é seguir em frente da melhor forma possível. — Ela fechou a bolsa. — Ficar trancado não é seguir em frente, Lucas. É se esconder. Sua avó tem razão quanto a isso. Você devia ir ao baile. Vai ser uma noitada incrível.

— Ligue de volta para eles e diga que não vou.

— Não vou ligar.

— Você está passando dos limites. — Lucas ouviu a frieza em sua voz, mas não pôde evitar. — Eu não tolero que minha família se meta em minha vida, com certeza não vou tolerar interferências de estranhos.

Um brilho de dor percorreu o olhar de Eva.

— Posso até estar passando dos limites, mas não vou ligar para cancelar — disse com voz rígida e colocou os convites cuidadosamente de volta na mesa. — Se não quiser ir, terá que ligar você mesmo. — Dito isto, afastou-se e subiu a escada.

Lucas xingou baixinho e passou a mão na nuca. Sentiu como se tivesse chutado um filhotinho de cachorro.

Qual era seu problema?

Estava machucando-a de propósito, vendo o quanto poderia provocá-la sem sequer saber por quê. Tudo o que sabia é que a presença de Eva o deixava abalado, e pensar em bailes de flocos de neve e finais felizes o abalava ainda mais.

Lucas ouviu o som de passos na escada e, erguendo o olhar, viu Eva de pé diante de si, com a mochila em mãos.

Um choque percorreu seu corpo.

— Você está indo embora?

— Deixei as instruções para a comida na lousa da geladeira — disse Eva em tom formal, sem olhar nos olhos dele. — Se tiver alguma dúvida, ligue para o escritório da Gênio Urbano. O número também está na lousa.

Lucas pensou em como uma pessoa tão pequena e frágil podia trazer tanta perturbação à sua vida em tão pouco tempo.

— Não vou ao baile, Eva, e você ir embora não vai mudar isso.

— Já entendi isso. E também já entendi que você não quer minha ajuda então, sim, estou indo. Não é bom para o meu bem-estar emocional ficar perto de gente com raiva, principalmente quando estão com raiva de *mim*. Não quero ficar com úlceras no estômago ou aterosclerose, por isso vou embora enquanto ainda estou saudável.

Essas palavras intensificaram o sentimento de culpa de Lucas e fizeram-no sentir-se um idiota.

— Solta essa mochila. Você não pode ir embora. Ainda está nevando.

— Gosto muito mais de neve do que de gente gritando comigo. E, se não tenho o direito de me preocupar com o que acontece com você, então você não tem o direito de se preocupar com o que pode acontecer comigo. O governo já suspendeu a proibição de viajar e terminei o que vim fazer aqui.

A verdade é que tinha feito mais. Eva era o motivo para Lucas voltar a escrever. De ter uma trama, uma personagem e uma ideia forte o suficiente para conduzir a história a uma conclusão.

O saca-rolhas da culpa entrou um pouco mais fundo.

Ele sabia que devia estar agradecendo, ou pelo menos pedindo desculpas, mas as palavras entalaram em sua garganta. A situação toda era como andar sobre areia movediça emocional. Os dois seriam tragados muito facilmente.

— Eva...

— Boa sorte com o livro e tente não deixar que esse lance sombrio todo que você escreve dite as cores com que você vê o mundo. Você parece achar que qualquer forma de interação é manipulação ou interferência, mas, às vezes, são só pessoas preocupadas com você. Feliz Natal, Lucas. — Eva enfiou o gorrinho na cabeça, ergueu a mochila sobre os ombros estreitos e caminhou em direção à porta.

Ele fez menção de esticar a mão e puxá-la de volta. Mas o que diria? *Não vá.*

Seria melhor para ambos se ela *de fato* partisse.

Lucas poderia voltar a trabalhar em seu livro com paz e silêncio. Seria capaz de esquecer aquelas curvas delicadas, o sorriso doce, seu otimismo irritante e o jeito de cantar enquanto cozinhava.

Poderia se concentrar no livro cem por cento do tempo.

Exatamente o que queria, não era mesmo?

Capítulo 8

Todos têm malas mas, na viagem da vida, leve apenas a bagagem de mão.

— Frankie

MARY ELEANOR BLADE, MITZY PARA os amigos, que eram muitos, estava sentada na poltrona estilo Queen Anne que seu filho lhe dera de presente e posicionara-se cuidadosamente para ter a vista mais encantadora da janela.

Naquele momento, porém, não olhava pela janela. Olhava para seu neto.

Mesmo com 90 anos, ainda era capaz de reconhecer um homem bonito, e Lucas certamente era bonito.

Havia herdado a beleza da mãe e a força do pai. Tinha 1,90m de altura e sua beleza tentadora, combinada à aura de força e controle, garantia-lhe uma legião de fãs que muito provavelmente nunca abriram seus livros.

Mitzy sentiu uma pontada de inveja ao admirar seu cabelo escuro e brilhante. Há muito tempo estava em paz com seu elegante corte chanel grisalho, mas lembrava-se bem da época em que seu cabelo era preto como o dele.

Um tabloide menos sério o descrevera como "perfeito", mas Mitzy sabia mais. Lucas era inteligente e tinha o senso de humor afiado, mas também tinha o temperamento arisco e uma forma obstinada de lidar com a vida que muitos descreveriam como implacável.

Mitzy não achava isso. Sabia que ele não era implacável, mas determinado. E qual o problema nisso? Quem é perfeito? Mitzy sempre suspeitou da perfeição. Nunca a achou interessante. Ela e Robert foram casados por 60 anos e Mitzy adorava seus defeitos tanto quanto as qualidades. Com Lucas era o mesmo. Ele era interessante. E atormentado também, o que Mitzy queria mudar desesperadamente. A mãe dele, sua nora, diria a ela que recuasse, que deixasse Lucas se ajeitar por conta própria, mas Mitzy percebeu que, se não pudesse mudar as coisas aos 90 anos, não fazia muito sentido estar viva. O lado bom da idade é que as pessoas se tornam mais indulgentes com as intromissões. Começam a enxergar esse traço como uma excentricidade encantadora. Com a mente tão perspicaz quanto aos 20 anos, Mitzy entrava no jogo. Se intrometer-se era tentar ajudar alguém que amava, então sim, era intrometida. Isso dava a ela um propósito.

— Como foi em Vermont? — perguntou em seu tom mais casual, mas percebeu pelo olhar incendiário que Lucas enviou em sua direção que teria que trabalhar mais se quisesse parecer inocente.

— Ambos sabemos que eu não estava em Vermont.

— Ah, não?

— Vó... — seu tom beirava a impaciência — ...não se faça de tonta.

Ela pestanejou.

— Você é escritor. Imaginei que pudesse encontrar uma expressão mais eloquente que essa.

— Poderia, mas nenhuma descreveria tão perfeitamente o que está acontecendo aqui. Por que você fez aquilo?

Alto, Lucas a olhava de cima, mas Mitzy já tinha visto muitos carnavais para sentir-se intimidada por qualquer pessoa, especialmente por seu neto. Ela dirigiu ambulâncias durante a guerra. Lucas precisaria de mais do que um olhar sombrio para fazê-la perder as estribeiras.

— Fiz o quê? Quer um chá? Descobri uma marca nova deliciosa.

— Não quero chá. O que quero — disse com firmeza — é entender por que você cooptaria alguém como Eva para seus planos. O que passava na sua cabeça?

— O que passava era que você precisa comer. E Eva é uma excelente cozinheira, o que espero que você tenha descoberto. — Sempre de cabeça baixa, Mitzy serviu o chá, resistindo à vontade de sorrir.

Se sorrisse agora, tudo estaria perdido.

— Você acha que eu sou idiota, vó?

— Não. — Achava que era impetuoso, e ela adorava homens com paixões. Seu Robert havia sido assim. — Teimoso, equivocado de vez em quando, mas nunca idiota.

— Nós dois sabemos que a ida de Eva não teve nada a ver com suas habilidades gastronômicas. Sabemos o que você esperava que acontecesse. E, aliás, não aconteceu. Não encostei um dedo sequer nela.

Então você é um tonto, pensou Mitzy, mas manteve o pensamento para si.

— Fico feliz em ouvir isso. Não mandei aquela mocinha para que você a molestasse. Eu ficaria terrivelmente decepcionada se você fizesse isso.

Irritado, Lucas balançou a cabeça.

— Ficamos ilhados pela neve.

— Ah, não. — Mitzy arregalou os olhos em horror, deleitada pela previsão do tempo não tê-la decepcionado dessa vez. — Que *terrível* para ela.

— Para *ela*?

— De ficar tão perto de você e do seu mau humor. Ambos sabemos que, quando você não consegue escrever, parece um urso com enxaqueca. Ah, querido... — Ela passou a mão no peito em um gesto dramático. — Espero não ter feito a coisa errada. Pensei que ela fosse ficar bem. Não achei que fosse encontrá-lo.

— Por que a senhora está com a mão no peito, vó? Está com dor? Posso buscar algo para a senhora? Ligo para alguém? — A preocupação na voz de Lucas a reconfortou.

Sob aquele exterior emburrado havia um menino afetuoso.

— Estou um pouco apreensiva, é só isso. Espero que você não tenha sido indelicado, Lucas. — Mitzy viu algo como um lampejo de culpa atravessar o rosto dele. Houve um silêncio breve antes que Lucas respondesse.

— Não fui indelicado.

Mitzy parou de passar a mão no peito.

— Você *foi* indelicado?

— Não nos despedimos nos melhores termos — disse em tom severo. Mitzy refletiu se a natureza irascível de neto fora excessiva até mesmo para sua querida Eva.

— Se você machucar essa moça de alguma forma, Lucas, juro que vai descobrir que mesmo minha paciência tem limites. Eva tornou-se uma boa amiga. Não imagino minha vida sem ela. — Talvez essa fosse a sua declaração mais honesta desde que o neto entrou no apartamento.

— E o que ela faz em sua vida? A senhora já perguntou a si mesma por que uma jovem da idade dela iria... — Lucas parou de falar e Mitzy ergueu a sobrancelha.

— Iria o quê? Iria querer passar seu tempo livre com alguém velho e chato como eu? É isso que você ia dizer?

Os homens às vezes não têm tato nenhum, pensou. *É espantoso que a raça humana ainda não tenha desaparecido.*

— Não é o que eu ia dizer. Você é a pessoa mais interessante que conheço, mas precisa admitir que é uma forma estranha de passatempo para uma jovem solteira e bonita.

Então ele *achou* Eva bonita.

Nisso Mitzy não errou.

— Só você consideraria estranho duas pessoas aproveitarem a companhia uma da outra, pois você insiste em acreditar que toda e qualquer interação é motivada por razões escusas. Sua imaginação pode ter feito uma fortuna, Lucas, mas no mundo real ela presta um desserviço. Quando está trabalhando, insisto em pagar pelo tempo que ela gasta comigo, mas Eva às vezes vem depois do expediente, por vontade própria. Faz bolos para mim e passeia com o Amendoim se eu não puder sair.

— E a senhora nunca se pergunta por que ela faz tudo isso?

Porque ela se sente sozinha.

Mitzy manteve o tom de voz estável.

— Você acha minha companhia tão entediante que não imagina por que outra pessoa possa desejá-la? Ainda bem que meu ego é tão robusto quanto o seu.

As maçãs do rosto de Lucas coraram ainda mais.

— A senhora está me entendendo errado de propósito.

— Se você precisa se perguntar o motivo de Eva gostar tanto da minha companhia significa que não passou muito tempo conversando com ela.

— Nós conversamos.

— Talvez então precise melhorar a capacidade de escuta.

— Minha capacidade de escuta está... — Ele suspirou. — Onde a senhora quer chegar? O que eu não sei?

— Você é um escritor com percepção aguçada da natureza humana. Longe de mim ensiná-lo como conhecer alguém. É por isso que vocês não se despediram em bons termos? Você só pensou em si mesmo? O que você fez?

— Eu não *fiz* nada — respondeu irritado. — A propósito, ela é mais forte do que parece. Nós discutimos, só isso.

Ciente de quão sensível Eva era, Mitzy sabia que bastariam algumas poucas palavras afiadas de seu neto para machucá-la.

— Que delito horrível ela cometeu?

— Ela aceitou um convite em meu nome para o Baile Snowflake no Plaza sem me consultar.

Mitzy lançou um olhar demorado ao neto.

— Um crime abominável, de fato.

— Não preciso de seu sarcasmo, vó.

— Eva provavelmente também não precisava de sua raiva. — Pensar naquilo incomodava Mitzy.

— A senhora quer que eu sinta culpa?

— Não. Se você é o homem que sei que é, já está se sentindo culpado. — Mitzy quase sentiu pena do neto ao vê-lo percorrer o cabelo com os dedos. Lucas ainda se parecia com o menininho que roubou o último pedaço de bolo de chocolate de sua cozinha.

Ele tinha um bom coração, Mitzy sabia, mas um coração tão gravemente ferido, tão abalado, que não deixava ninguém se aproximar.

Lucas achava que a avó não sabia como ele se sentia, mas ela sabia.

Ela sabia tudo e sofria por ele. Esperava que o neto conversasse sobre seus sentimentos, mas ele nunca o fazia. Mitzy se perguntava se Lucas havia contado a alguém sobre como se sentiu depois da morte chocante de Sallyanne. Provavelmente não.

— Então ela foi embora. Imagino que era isso que você queria. Então qual é o problema?

Ele passou a mão na nuca.

— Preciso dela de volta.

O coração de Mitzy voou longe, mas ela manteve a expressão neutra.

— Se você a dispensou, por que precisa dela de volta?

— Não sei, só preciso. E preciso que você me dê o endereço da casa dela.

Mitzy não se lembrava de ver o neto tão desesperado. Quase ficou com dó dele. Então pensou na sua doce e querida Eva.

— Não sei se tenho. Ou talvez tenha, mas esqueci. Você sabe como minha memória é.

— Sua memória é perfeita, vó.

Ela emitiu sons vagos.

— Você pode passar meus óculos de leitura e meu celular?

Lucas encontrou ambos sobre o piano e entregou-os à avó.

— Você sempre anota os endereços em um caderninho.

— A Eva me ensinou a usar esse celular maravilhoso. — Mitzy devia ajudar? Se tudo desse errado e não saísse conforme o planejado, duas pessoas que amava ficariam magoadas.

Lucas estendeu a mão.

— Posso ver?

— Não. Você vai apertar ou fazer alguma firula e eu nunca mais vou conseguir achar meus números.

— Vó...

— Por que você precisa do endereço dela?

— Porque... — Com a respiração pesada, Lucas fez uma pausa. — É pessoal. Prefiro falar cara a cara.

— Pessoal? — Ah, que perfeito. E as pessoas ainda dizem que se intrometer é ruim. — Não tive nenhuma neta, você sabe, e adoraria ter uma. Estou cercada de homens. — *Homens que, invariavelmente, diziam a coisa errada.* — Eva ocupa esse lugar em meu coração. Por que é pessoal? Você vai levá-la ao baile?

A expressão de Lucas se fechou.

— Não. Vou ligar para o Plaza e cancelar.

Imersa em pensamentos, Mitzy encarou o telefone.

— Não. Não tenho o endereço dela.

Irritado, Lucas olhou para a avó:

— Nunca houve nenhuma expectativa de que eu a convidasse ao baile. Nem ela esperava por isso.

— Talvez não, mas é sempre bom quando um homem supera nossas expectativas. Se você quer que eu descubra o endereço dela, terá que prometer levá-la ao baile.

— Você não vai me chantagear.

Mitzy largou o telefone.

— Então é melhor ligar no escritório dela.

— Já te disse que não quero discutir o assunto pelo telefone.

— Então terá que *ir* ao escritório dela. — Cada vez melhor, pensou Mitzy. O espaço do escritório era aberto e eram grandes as chances de Lucas ter que fazer seu discurso na frente das duas amigas e sócias de Eva, duas das mulheres mais fortes que Mitzy conheceu na vida. — Boa sorte, Lucas.

— Não vou ao baile, vó.

Ah, que rapaz lindo. Lindo, forte e decente. Uma parte dele estava ferida, mas poderia ser curada, Mitzy tinha certeza disso.

Sim, Eva era uma moça de sorte, sem sombra de dúvidas.

Eva sentou-se em reunião com Paige e Frankie, tentando se concentrar nos planos de negócios para o próximo trimestre. Sua mente recusava-se a cooperar, desinteressada naquela conversa sobre crescimento e novos clientes. Ao invés disso, seus pensamentos mantinham-se teimosamente preocupados com Lucas.

Parte dela continuava triste e ofendida. Ela tinha sido *cuidadosa*, pelo amor de Deus. Eva achou que tinham alcançado certo nível de intimidade, mas Lucas a afastou, deixando claro que a intimidade não passava de coisa de sua cabeça.

Mas nem assim era capaz de parar de se preocupar. Eva não resistiu à tentação de pesquisar sobre Lucas na internet e o que leu dispersou imediatamente sua raiva. O fato era que o dia em que apareceu em seu apartamento era o aniversário de morte de sua esposa.

Lucas estava escondido como um animal ferido e ela o atrapalhou.

Eva apareceu no momento exato em que ele queria ser deixado sozinho com sua dor.

O que estaria fazendo agora? Será que saiu do escritório? E será que se deu ao trabalho de comer o que ela preparou? Imaginá-lo ali, sozinho, dava um aperto no coração de Eva.

— Ev, você está ouvindo?

Com a consciência pesada, Eva deu um pulo:

— Sim, claro.

— Você não parece estar ouvindo. — Frankie apertava sua bola antiestresse em formato de latinha de refrigerante.

Eva forçou a própria concentração.

— Vou fazer uma lista com os melhores produtores de casamento e entrarei em contato.

— Mais um novo negócio fechado. — Paige fechou o arquivo. — Algum contrato em andamento que vocês queiram discutir?

Quem o convenceria a deixar o apartamento? Até onde Eva sabia, nem a avó de Lucas sabia que ele estava lá.

Algo bateu de leve em sua testa. Ela levantou o olhar e viu Frankie rindo com a mão erguida.

— Você jogou sua bolinha antiestresse na minha cabeça?

— Joguei. A melhor parte de ser a própria chefe é poder ser infantil como quiser sem ser demitida. O que está passando nessa sua cabecinha?

— Nada. Principalmente depois de você me dar com esse negócio na testa. — Eva forçou a concentração. — Está tudo certo para o pedido de casamento da Laura. Mandei um e-mail com o plano.

— Eu vi. Está excelente. Um pedido perfeito em pleno Natal. Fiquei com inveja da Laura. Ela vai se lembrar desse dia para sempre. — Paige lançou um olhar agradecido à amiga. — Não acredito que você ajeitou tudo de última hora. Você é tão boa em consertar as coisas para os outros.

Para os outros, pensou Eva. *Nunca para mim.*

E não foi capaz de consertar Lucas. Encheu a geladeira, decorou o apartamento, mas ele continuava escondido do mundo.

— A gente devia acrescentar "agência de encontros" em nossa lista de serviços. — Frankie recuperou a bolinha antiestresse. — Lembram quando a gente trabalhava para a Cynthia?

Paige franziu a testa.

— É algo que tento esquecer.

— Parecia que ela achava que se divertir no expediente era sinal de não estar trabalhando o bastante. — Frankie reclinou-se na cadeira, colocou os pés na mesa e riu. — E aqui estamos nós, dando duro *e* nos divertindo. Vá lá, Ev. Terminamos a parte do trabalho e agora quero a verdade sobre sua distração. Resuma sua estadia com Lucas Blade. Você roubou algum exemplar autografado? Ele estava trabalhando freneticamente? Não vejo a hora de ler o próximo livro.

Eva deu às amigas uma versão editada da estadia com Lucas, deixando de fora seu bloqueio criativo. Era segredo dele. Não cabia a ela espalhar.

— Passei o tempo todo na cozinha — disse com sinceridade. — E ele no escritório.

— Então vocês comeram separadamente?

— Jantamos juntos.

— Então devem ter conversado sobre alguma coisa.

— Na verdade não. — Eva estava sendo reticente de propósito e Frankie trocou olhares com Paige.

— Ev — disse Frankie em tom paciente. — Estamos falando de você... Você não consegue ficar cinco minutos quieta. Lembra quando brincávamos de vaca amarela na escola e apostávamos quem conseguia ficar mais tempo calada? Você nunca chegou perto de ganhar. Nada. Nem um centavo sequer.

Eva corou.

— A gente ficou de conversa fiada. Não lembro o assunto.

Com o olhar caloroso, Paige largou a caneta.

— Você gosta dele, né?

Frankie franziu a testa.

— É claro que ela não gosta dele. Ele gritou com ela!

— A culpa foi minha — disse Eva. — Eu não devia ter aceitado o convite sem consultá-lo antes.

— Como você nasceu com essa capacidade de perdoar? — Frankie tirou os pés da mesa. — O cara foi grosso com você. Você deveria ter dado um soco nele e ido embora.

— Ela foi embora — disse Paige, e Eva sentiu uma pontada de arrependimento.

— Eu terminei o trabalho. — Mas podia ter encontrado uma desculpa para ficar, o que parte dela desejava. Como era possível sentir saudades de alguém que conhecia havia apenas dois dias? — Ele está machucado. Perdeu o amor da vida dele. Os dois tinham se conhecido ainda crianças.

— Como você sabe disso?

Eva sentiu as bochechas queimarem.

— Eu sei e pronto. — Ela não contou às amigas que tinha lido matérias sobre o assunto. A esposa de Lucas escorregou no gelo enquanto entrava em um táxi. Sofreu um traumatismo craniano grave. Nunca acordou do coma. Tudo aconteceu algumas semanas antes do Natal.

Agora Eva compreendia por que Lucas não queria que ela fosse embora naquela noite. Por que olhava para a nevasca como se fosse algo repugnante. E ela com seus comentários inocentes sobre a magia da neve...

— Ele deixou bem claro que não queria ir a lugar algum. Eu errei em tomar a decisão por ele. Odeio quando fazem isso comigo.

Frankie lançou-lhe um olhar especulativo.

— Tem algo mais envolvido além do seu coração de marshmallow?

— O quê? Não. Claro que não. — Eva sentiu o rubor começar no pescoço e viajar lentamente até o rosto. — Ele passou por momentos horríveis, foi só isso.

— Você está sentindo pena então? — Frankie olhou a amiga demoradamente. — Vai, Ev. Conta a verdade. A Paige tem razão. Você gostou dele, né?

Ela desistiu de fingir.

— Sim, eu gostei dele. Ele é inteligente, uma boa companhia. E é interessante.

— Achei que vocês não tinham conversado muito.

Paige sufocou o sorriso e voltou à mesa.

— Deixa a menina com os segredos dela, Frankie.

— Não deixo, não. A Eva quer amor, o que a torna vulnerável. É meu trabalho checar qualquer homem por quem ela se apaixonar.

— Não estou apaixonada! — Os protestos de Eva foram ignorados.

— Vou checar qualquer forma de tesão bruto também, pois há grandes chances de você se apaixonar pelo primeiro que dormir com você.

— Não é verdade!

Frankie arqueou as sobrancelhas:

— Então *rolou* um tesão bruto? Pois se ele for minimamente parecido com a foto na orelha do livro, eu teria que lutar para não arrancar as roupas dele.

Eva recordou aquele momento de tirar o fôlego, no escuro, quando pensou que Lucas a beijaria.

Muito provavelmente havia sido coisa de sua imaginação hiperativa. A química quase a cozinhou viva. Eva nunca desejou tanto um homem em sua vida. Recuou antes de ficar tentada a fazer algo estúpido. Conseguia apenas imaginar o que Lucas diria se o agarrasse e beijasse.

— Ele não era *tão* gostoso assim na vida real. Sabe como é — mentiu. — O Photoshop deixa qualquer um bonito. Um homem fica bem diferente sem se barbear.

— Barba por fazer deixa alguns homens mais atraentes ainda.

— Não no caso dele. — Eva parou de falar quando Lara, a recepcionista, entrou na sala.

— Tem uma tonelada de pedidos no aplicativo — disse às três. — Resolvi os mais fáceis e mandei o resto pra você, Paige. Tem um relatório completo na sua caixa de entrada. Estamos recebendo mais pedidos de passeio com cachorros. São clientes idosos que não querem arriscar sair na neve.

Paige era só negócios. O assunto Lucas ficou para trás.

— Mais clientes do que os Guardiões do Latido dão conta? Devo pensar em outro prestador de serviços além deles?

— Ainda não. Os Guardiões estão pensando em contratar outra pessoa. Falei com Fliss ontem. — Lara colocou uma latinha de refrigerante diet na mesa de Frankie e uma caneca de café em frente a Paige. — Não preparei nada para você, Eva, pois você já tinha feito um chá verde e disse que queria... Ah, droga. — Ela parou de falar ao olhar através do vidro do escritório.

— Certeza que eu não queria droga... — disse Eva decidida. Em seguida, percebeu que Lara não estava prestando atenção. — O quê? Para onde você está olhando?

— Para *ele* — disse Lara em tom avoado. — Sou casada e tenho dois filhos. Não posso olhar para um homem e sentir vontade de tirar a roupa dele...

— Não tem problema em sentir vontade — disse Paige. — Fazer é que tem problema. — Ela ergueu o olhar. — Aquele é o...

— Lucas Blade. — Eva esbarrou na caneca de chá. O líquido esparramou-se por toda a mesa, ensopando tudo à vista.

— Acho que isso responde a nossa pergunta sobre ele ser tão bonito pessoalmente quanto é na foto do livro. Eu ia falar para você agir naturalmente, Eva — disse Paige —, mas acho que é tarde demais. — Ela se levantou, resgatou o computador da amiga, pegou um punhado de guardanapos que sobraram de um evento e tentou estancar o fluxo.

— Nem um pouco gostoso na vida real. — Através do espelho, Frankie encarou o homem de pé na recepção. — Nem gostosinho ele é. Você tem razão... aquela barba por fazer... bem, sem palavras para descrever.

— Cala a boca. — Roxa de vergonha, Eva abaixou-se e tentou desfazer a catástrofe que criou na mesa. — O que ele está fazendo aqui?

— Sei lá, mas acho que vamos descobrir em breve, pois acabaram de apontar nessa direção. — Paige jogou fora os guardanapos.

Frankie, que raramente se abalava, parecia nervosa.

— Vou tietá-lo para valer.

— Você? Você é a sra. Tranquila. Eu que estou com uma mancha enorme na saia. Parece que fiz xixi nas calças. — Eva esfregou o tecido sem êxito, tornando a situação ainda pior. — Posso me esconder debaixo da mesa e vocês avisam que não estou aqui.

— Fica sentada aí — aconselhou Frankie. — Não costumo ser tiete, mas vocês acham que pegaria mal se eu pedisse para tirar uma foto com ele? Sério, não acredito que vou conhecer a mente por trás dos livros que amo.

— A mente dele é um negócio bem estranho — resmungou Eva. — Aliás, o que ele está fazendo aqui? — O coração dela batia acelerado. As mãos tremiam um pouco. — Ele parece nervoso? Será que é por causa do baile no Plaza? Talvez ele tenha tentado cancelar, mas vão mandar a conta mesmo assim. Fico contente que ele finalmente tenha saído daquele apartamento, mas parte de mim queria que o motivo não fosse eu.

— Quem disse que o motivo é você? Há mil motivos para ele estar zanzando por Manhattan. Fica calma. — Com um sorriso caloroso e profissional no rosto, Paige ficou de pé. — Sr. Blade. Não sabia que o senhor tinha hora marcada.

— Eu adoro os seus livros! — Frankie tropeçou nas palavras e Lucas retribuiu com um sorriso.

— Bom saber disso.

Frankie enfiou a mão na bolsa e puxou um exemplar.

— Imagino que você não...

— Você anda com isso por aí? — Paige ficou embasbacada. — Não fica com dor nas costas?

— Não consigo largar. Leio na minha mesa quando vocês não estão vendo.

— Sério? — Paige revirou os olhos. — Tire um dia para leitura ou algo do tipo e volte concentrada.

— Quer que eu autografe? — Lucas estendeu a mão e Frankie entregou o volume como se estivesse sonhando. — Para Frankie, correto?

— Sim. Qualquer coisa está b-bom.

Eva e Paige se entreolharam.

Frankie estava gaguejando?

Lucas assinou com um floreio de mão e entregou-o de volta. — Meu preço são cinco minutos sozinho com Eva.

Eva sentiu as entranhas ficarem com a consistência de neve derretida. Recordou, porém, a forma como haviam se despedido.

— Se for sobre o Baile Snowflake no Plaza...

— Não é. Vou ligar e explicar que foi engano. — Lucas respirou profundamente. — Podemos conversar em algum lugar?

Eva sentiu uma pontada de decepção. Esperava que fosse mais fácil que Lucas comparecesse ao baile do que cancelasse.

— Pode dizer aqui o que precisa dizer — falou Paige em tom agradável, mas firme. — Não se importe conosco.

Ele captou o olhar de Paige por um instante e então voltou-se a Eva.

— Você precisa voltar.

— Oi?

— Você precisa voltar ao meu apartamento.

— Por quê? Os galhos da árvore caíram? — Eva cavou a palma das mãos com as unhas. — Tem algum problema com a comida que fiz?

— A comida está deliciosa e a árvore, desde a última vez que a vi, continua intacta. É uma ótima árvore. Para quem gosta de árvores.

— O que não é seu caso.

A sombra de um sorriso insinuou-se no canto da boca dele.

— Estou me acostumando a ela.

— Então se não é a árvore nem a comida, o que você precisa?

— Preciso de você — disse com voz suave. — Preciso que você volte.

Eva foi tomada de confusão.

— Por motivos de?

Houve um silêncio tenso. Um músculo oscilou no queixo definido de Lucas.

— Inspiração.

— Como é?

Ele respirou fundo.

— Como você sabe, eu estava com problema para escrever...

— Pensei que tinha passado.

— Também pensei, mas acabou que, desde o momento em que você partiu, não fui mais capaz de escrever.

— Não entendo.

— Tampouco eu entendo. — Havia um brilho de frustração nos olhos de Lucas. — Algo na sua presença, em nossas conversas, animava minhas ideias. Essa época do ano é difícil para mim e você me distraiu.

— Você está pedindo que eu volte para distraí-lo? Não sei nada sobre escrita ou processo criativo — disse. — Não entendo como posso ajudar. Não seria melhor conversar com seu editor? Ou com seu agente? Ou, se precisar de outra escritora, minha amiga Matilda tem mais chances de simpatizar e entender o que está acontecendo com você.

— Pode esquecer — disse Frankie, acenando com a mão. — Ela e Chase estão no Caribe fazendo bebês.

Lucas balançou a cabeça.

— Não preciso da simpatia de ninguém. Preciso de inspiração criativa. Você me deu ideias para uma personagem do livro. Enquanto você estava lá, eu conseguia vê-la nitidamente, imaginá-la, ver suas ações. Quando você foi embora, ela despareceu.

— Eu virei uma personagem no seu livro? — Eva sentiu seu corpo esquentar. Não conseguia respirar. — Você me pôs no seu livro?

— Não você especificamente, mas certos aspectos de uma personagem foram inspirados por você. Achei que tivesse o bastante para escrever o livro até o fim, mas me enganei. Ficou difícil de escrever quando você foi embora.

O coração de Eva batia forte. Lucas havia pensado nela. *Tinha a colocado em seu livro.* Ela não ia tentar interpretar o sentido profundo disso. Não. Não mesmo.

— Então servi de inspiração para uma de suas personagens? Ele hesitou.

— De certa forma. Vagamente.

— Nunca estive em um livro antes, nem vagamente, nem de outro jeito. — Eva se sentia imensamente lisonjeada. Dizia a si mesma que era isso, e nada mais, que fazia seu coração cantarolar. — Me sinto honrada, mas não posso voltar. Preciso trabalhar. Sou o polo criativo da empresa e estamos bem cheias.

— Eu vou te pagar. — Lucas nomeou uma cifra que fez Frankie engasgar com a bebida.

— Não se trata apenas do dinheiro. — Paige estava calma. — Eva tem razão. Ela tem um papel crucial na Gênio Urbano. É o cérebro criativo e os clientes a adoram. Sempre perguntam pessoalmente por ela. Mesmo que pudéssemos remarcar algumas das reuniões presenciais, ainda precisaríamos dela para conferências por telefone. O senhor ficaria contente se ela fizesse isso de seu apartamento?

— O terceiro quarto pode facilmente ser convertido em escritório. Ela poderá trabalhar de lá.

— Nesse caso, eu vou propor o valor. — Paige digitou no computador. — Você a quer até o Natal? São três semanas, além de expediente diurno e noturno...

— Ei, isso aqui não é *Uma linda mulher* — protestou Eva, mas Paige a ignorou e deu um preço que fez o queixo de Eva despencar.

— Feito — respondeu Lucas sem hesitar. — Você é linha-dura na barganha. Entendo por que o negócio de vocês está prosperando.

Paige lhe ofereceu um sorriso calmo:

— Cobramos o preço justo por nossos excelentes serviços e os negócios estão prosperando porque somos as melhores no que fazemos. Você quer Eva em tempo integral, pessoalmente, e ela não é barata.

Eva pestanejou:

— Eu...

— Negócio fechado. — Lucas estava de pernas abertas e braços cruzados sobre o peito: verdadeira amostra de magnetismo masculino e confiança arrogante.

— Espera um pouco. — Com as pernas tremendo, Eva levantou-se. Concordar implicaria que tudo aconteceria nos termos de Lucas. Ele era o tipo de homem habituado a ter as coisas feitas de seu jeito, mas Eva precisava vê-lo dobrar-se um pouco. Por princípios. — Se vou fazer algo por você, quero que você faça algo por mim.

Ele levantou uma das sobrancelhas escuras.

— Com a quantia que estou pagando você poderia comprar um carro esportivo italiano de pequeno porte.

— Não quero um carro esportivo.

Ambos prenderam olhares e a tensão se tornou visível.

— Então o que — Lucas perguntou em tom suave — você gostaria que eu fizesse por você? — A intimidade naquele olhar fez o coração de Eva bater forte nas costelas.

— Quero ir com você ao Baile Snowflake.

Houve um silêncio longo e carregado.

A expressão de Lucas era ilegível.

— Por que você se importa tanto se eu for ou não a essa porcaria de baile?

— Me importo porque *eu* quero ir e não vou sozinha. Você vai me levar.

Assim pelo menos estaria um passo mais próxima de atingir seu objetivo de tirá-lo do apartamento.

— E se eu disser não?

— Então não irei trabalhar para você.

Lucas estreitou os olhos.

— Acho que suas sócias dificilmente permitiriam que você recusasse um negócio desse porte.

— Sou sócia igualitária. A decisão é minha — disse Eva baixinho. — E aí, qual vai ser?

— Sério mesmo?

— Se for ficar trancada pelas próximas três semanas em seu apartamento, quero pelo menos essa oportunidade para sair e conhecer gente.

— Então não está nos seus planos ser minha companhia. Seu plano é me usar descaradamente para entrar no baile e então me abandonar?

— Sim. E isso não devia incomodá-lo, pois tenho certeza de que irá se formar uma pequena multidão de mulheres exuberantes em torno de você assim que pisar no local. Se tiver sorte, você também conhecerá alguém.

— Também?

— Sim. Eu vou me dar bem. Tenho um pressentimento. — O que ela queria de verdade, é claro, era se dar bem com ele, mas sabia que não iria acontecer. Lucas não estava pronto para se relacionar e Eva não estava pronta para se envolver com alguém que não estava pronto. Ela precisava de um relacionamento franco que a fizesse feliz. Não tinha resistência emocional para suportar mais traumas, independente do quão ardente fosse a química entre eles.

— Você andou falando com minha avó?

— Não. Planejei dar uma passada lá amanhã no caminho de volta para casa. Então, qual é sua resposta, sr. Blade? O senhor me levará ao Baile Snowflake?

— Se este é seu preço, então sim. — Um sorriso sarcástico tocou os lábios dele. — Foi você quem me meteu nessa. Nada mais justo do que suportar a noitada comigo.

— Suportar?

— Ah, sim, o Baile Snowflake no Plaza vai ser realmente dureza para ela — murmurou Frankie. — Tortura a rigor.

Eva disparou um olhar rápido na direção da amiga antes de voltar-se de novo a Lucas.

— Temos um acordo?

— Temos. Mas e se o baile não corresponder a suas expectativas? Sei que conhecer alguém está no topo da sua lista natalina, mas suas exigências foram bem específicas.

Paige franziu a testa.

— Você sabe da lista dela?

— Sei. Quais eram mesmo os critérios? — Lucas enumerou--os nos dedos. — Ombros largos, abdome definido, senso de humor... capacidade de tolerar seu velho ursinho de pelúcia e vigor o bastante para dar um destino decente à sua camisinha antes que vença o prazo de validade, como aconteceu com a última que você carregava na bolsa.

Chocada, Paige encarou Eva.

— Ev...?

Eva sentiu o rosto queimar. Por que sua boca era tão grande?

— Não vejo nada de errado em ser honesta, mas admito que não tive intenção de lhe contar tudo isso. E não é um ursinho. É um canguru.

Frankie deixou a cabeça cair na mesa.

— Não é seguro que você saia sozinha. Se for ao baile, o que te impedirá de passar a noite na companhia de um pervertido?

— Sei julgar muito bem a natureza humana.

Frankie ergueu a cabeça e direcionou a Lucas um olhar firme e demorado. Ele respondeu com um aceno de cabeça quase imperceptível, como se estivessem em perfeito acordo sobre algo.

— Ela estará segura comigo. Prometo não deixá-la sair com nenhum tipo repugnante.

— Você se julga capaz de dizer se alguém é confiável ou não só de olhar?

— Não. — A resposta de Lucas foi imediata. — É por isso que vocês sabem que ela está segura comigo. Não tenho ilusões sobre a natureza humana.

— Não mesmo — confirmou Eva. — É bem perturbador. E gostaria que vocês parassem de falar de mim com seu eu fosse algum filhotinho abandonado em busca de um lar. Muito obrigada, mas sei morder quando preciso.

Lucas voltou-se a Eva novamente.

— Agora que estamos de acordo quanto a isso, você voltará a trabalhar para mim?

— Sim. Preciso pegar algumas coisas. Vou amanhã.

— Hoje à noite. O prazo está apertado. — Lucas checou as horas. — Me passe seu endereço que vou mandar um carro para buscá-la. Não quero que você vá de metrô.

— Vamos mandar o contrato para o seu e-mail imediatamente. — Paige falou de forma curta, direta e profissional. Lucas respondeu com um rápido aceno de cabeça e saiu da sala.

Eva encarou as amigas.

— Vocês acabaram de me vender. Para o comprador com maior lance...

— Ele era o único comprador — disse Frankie em tom bem-humorado. Paige sorriu enquanto abria o contrato padrão no computador.

— Eu não te "vendi". Arranjei um belo contrato para a Gênio Urbano.

— Você me vendeu pelo preço daquela ilhota no Caribe onde Matilda e Chase estão hospedados.

— E você ainda vai poder trabalhar de lá. É o acordo do século. Adoro meu trabalho. E você, sra. Jordan, é muito boa no que faz. Suspendi sua agenda. Vamos remarcar os compromissos externos e o resto você poderá fazer do apartamento do Lucas. Só mande notícias de tempos em tempos.

— Nunca fui personagem de livro antes — disse Eva, com a voz levemente trepidante.

— Que demais! — exclamou Frankie com um aceno de mão.

— Eu quero esse livro! Ele é o único escritor que me faz priorizar leitura a sono. Você é sua inspiração. Sua musa. Ou sei lá o quê. Está na cara que ele transformou você em uma de suas vítimas adoráveis e vulneráveis. Que fofo. Não vejo a hora de ler como ele vai te matar.

— Vítima? — A ideia deixou Eva desconfortável. — Eu estava na esperança de virar uma agente inteligente do FBI ou coisa do tipo. Se for vítima, vou revidar. Vou usar aquele golpe mortal que você me ensinou.

Frankie encostou-se na cadeira.

— Só ensinei um? Alguns a mais podem ser úteis.

Eva visualizou Lucas e seu corpo enrijecido, pressionando-a contra o chão.

— Você acha que ele vai me matar?

— Apenas na história, Eva. É tudo ficção. Não sei como funciona a mente de um escritor, só leio os livros. Tudo pela arte, né? Se ele precisa de uma musa, vá em frente.

— Não quero uma morte horrível. Talvez seja tudo um equívoco.

— Não é equívoco coisa nenhuma. Para além do fato de ele estar pagando dinheiro o bastante para nenhuma de nós trabalhar pelos primeiros seis meses do ano que vem, a não ser que queiramos, ele vai com você ao baile, Ev. Você vai amar. Pensa em todos os Príncipes Encantados que poderá conhecer.

Capítulo 9

Na estrada da vida, seja o motorista, não o passageiro.

— Frankie

LUCAS HAVIA SIDO MANIPULADO PARA valer. Não sabia se batia em algo, dava risada ou admirava Eva.

Ela era muito mais durona do que parecia.

E agora iria ele teria que ir ao baile, a última coisa que faria com seu tempo livre. Lucas estava desesperado demais para discutir.

Sua escrita, que fluiu perfeitamente enquanto Eva esteve no apartamento, havia cessado no momento em que ela foi embora. Era como se puxassem de repente os freios de um carro.

Como sempre fora alguém que nunca havia precisado de mais do que papel em branco e caneta para escrever, Lucas se enfureceu, mas, depois de lutar um dia inteiro, perdendo um tempo que ele não podia desperdiçar, curvou-se à necessidade.

Mantendo os olhos desviados da vastidão coberta de neve do Central Park, atravessou seu apartamento.

Ambos chegaram ao acordo de que Lucas a levaria ao baile, mas não sobre quanto tempo ficaria ali. Lucas permaneceria dez minutos e iria embora. Enviaria um carro para buscá-la quando estivesse cansada.

Tendo encontrado uma solução satisfatória, voltou a trabalhar.

Horas depois, ouviu batidas tímidas na porta.

— Lucas? — A voz dela veio de fora da porta, fazendo-o levantar-se repentinamente, culpado por não tê-la recebido na sala.

Com a mente presa no mundo de ficção que criava, abriu a porta do escritório.

Eva estava sorrindo com uma bandeja em mãos.

Lucas fitou a curvatura delicada daquela boca.

Estava seriamente tentado a puxá-la para dentro para fazer aquilo que queria ter feito na noite em que Eva apareceu de pijama de seda, mas isso levaria a mais complicações do que estava disposto a lidar. Lucas sabia o bastante sobre Eva para saber que ambos não viviam na mesma terra de contos de fada.

— Por favor, diga que não é chá de ervas.

— Você disse que minha presença o inspirava. Como não sabemos exatamente que parte do que fiz curou seu bloqueio criativo, achei melhor fazer o mesmo de antes. Na última vez você bebeu meu chá de ervas.

— Na última vez joguei seu chá de ervas na privada.

— Ah. — Havia uma pontada de repreensão na voz dela. — Você não é muito cuidadoso com os sentimentos dos outros, não é mesmo?

— Você não sabia que eu tinha jogado na privada.

— Até o momento.

Lucas deu um meio sorriso.

— Ser honesto me pareceu a única forma de interromper o fluxo de chá de ervas que, de outra forma, não cessaria de vir em minha direção.

— Outra forma seria bebê-lo.

Ele se inclinou junto à porta.

— Então vai ser assim? Para ficar em minha casa você irá me obrigar a tomar essa coisa intragável?

— Intragável, não... *saudável*. Você quis dizer saudável. — Ela empurrou a bandeja nas mãos de Lucas. — Você bebe cafeína e álcool demais.

— Tenho outros pecados que você planeja corrigir enquanto estiver aqui? Que tal minha ética de trabalho?

— Não há nada de errado com você trabalhar bastante. Admiro sua dedicação.

A resposta o surpreendeu. As pessoas costumavam dar sermão sobre sua forma de trabalhar.

— E sobre a carne? Você não vai dar sermão sobre minha ingestão de carne vermelha?

— Não vou te preparar carne vermelha. Teremos meu risoto vegetariano especial no jantar de hoje.

— Estou começando a me arrepender do impulso que me levou a convidá-la de volta.

— Você vai adorar. E você não convidou. Você exigiu. E pagou adiantado, então não pode desistir agora.

— Quer dizer que não tenho mais voz aqui?

— Exatamente. Estou no comando. — Eva sorriu. — Aproveite seu chá de ervas.

No dia seguinte, tentando evitar a imagem daqueles olhos abrasadores e daquele corpo absurdamente sexy, Eva instalou-se para trabalhar no lugar que lhe era mais natural: a cozinha.

Tinha planejado postar em seu blog duas novas receitas para as festas de fim de ano, algo de que Lucas se beneficiaria, pois comeria os espólios.

Ela passou a tarde cozinhando, gravou um novo vídeo no YouTube, editou as imagens habilidosamente e o postou. Lucas não apareceu em nenhum momento do processo.

Eva ocasionalmente olhava para o topo da escada, mas a porta do escritório permanecia firmemente fechada, o que a confundia um pouco. A impressão era de que sua presença como inspiração dispensava que fosse vista.

Veio o crepúsculo e encobriu o branco argênteo do parque com a luz do luar. Ainda não havia sinal dele e o silêncio a enervava em níveis insuportáveis.

Em certo momento subiu a escada, bateu à porta do escritório e parou junto à porta, tentando escutar o que se passava dentro.

Não havia som.

Estava prestes a voltar à cozinha quando a porta se abriu.

Lucas estava junto a ela.

— Pois não?

Era o tipo de cara que poderia vestir smoking e jeans com a mesma segurança. Hoje era o jeans, que Lucas preenchia bem com o volume potente de suas coxas musculosas. Sua camisa estava aberta na altura do pescoço, revelando alguns pelos do peito.

Uma onda de sensações rastejou sobre a pele de Eva.

— Oi.

Ele pareceu preocupado.

— Você precisa de alguma coisa?

A mente dela ficou em branco.

Confrontada por aquela sensualidade masculina, não era capaz de recordar por que havia batido à porta.

Eva encarou os olhos de Lucas, sentiu os joelhos se enfraquecerem e o estômago revirar.

— Queria saber se você está com fome. — Olhou por sobre o ombro dele e sentiu-se ridiculamente contente em ver a tela do computador coberta de letras. — Você voltou a escrever? Me ter aqui está funcionando?

Lucas pestanejou e finalmente focou o olhar:

— Sim — disse. — Está funcionando.

— Então eu ficar lá embaixo é inspiração suficiente? Quer dizer, você não é daqueles artistas que precisam da modelo sentada ao lado para conseguir criar? Sou sua musa, mas você não precisa de mim no quarto fazendo coisas de musa? — Eva julgou ter visto um brilho de humor nos olhos de Lucas.

— A conversa que tivemos quando você trouxe o chá me bastou.

— Você se recusou a beber e eu te ameacei. Como isso pôde ser inspirador?

— Resolvi que minha personagem beberia chá de ervas e seria vegetariana.

— Ela é vegetariana como eu? — Eva se sentiu extasiada. — E é gentil com os animais?

Lucas lançou um olhar demorado e especulativo.

— Ela é gentil com os animais.

— Ótimo. A Frankie me disse que você não escreve livros com personagens simpáticas, mas esse pelo visto é diferente. No final das contas, talvez eu deva ler um deles. Qual você recomendaria? — Ela entrou no escritório, analisou as fileiras e mais fileiras de livros, pensando como Frankie ficaria babando naquele lugar. Nunca era difícil de escolher um presente para a amiga. Ela sempre queria livros e parecia que com Lucas acontecia o mesmo.

De perto, pôde ver que uma parede era dedicada à sua própria obra, com edições em inglês e em línguas estrangeiras.

— Se você está em busca de um final feliz, não vai encontrar nessas prateleiras.

Eva se deteve e admirou um retrato na parede. Era uma cabana de madeira cercada de pinheiros cheios de neve, aninhada em uma floresta, junto a um lago.

— Que idílico. Onde fica?

— Em Snow Crystal, Vermont.

— É onde você fingiu que estava em retiro de escrita? Parece maravilhoso. — Eva examinou a foto mais de perto, observando as árvores nevadas na floresta ao fundo. Imaginava que o lugar era perfeito para alguém que quisesse fugir de tudo. — Que romântico. Vou colocar na minha lista de pedidos. — Virou-se e captou algo a cintilar nos olhos dele. Algo que fez seu coração disparar a toda. A tensão sexual se desenrolava em Eva, espalhando-se pelos seus membros e transformando seus ossos em líquido.

Será que Lucas percebia o efeito que tinha sobre ela? Eva torcia para que não, mas sabia que não era boa em esconder pensamentos e sentimentos.

Estava ali para cozinhar e oferecer inspiração. Devia salivar com a comida, não com o cliente.

— Há décadas eu frequento esse lugar. O resort é da minha família. Você esquia?

— Nunca tentei, mas amo neve... — Ela parou, ciente de ter sido indelicada. — Perdão.

— Perdão por quê?

— Porque... — Umedeceu os lábios. — Sei que você não gosta de neve.

O rosto de Lucas não trazia expressão.

— Você andou lendo sobre como minha esposa morreu.

Ai, droga.

— Sim. Não porque sou enxerida, mas porque temi dizer algo que o fizesse se sentir mal. Não queria que isso acontecesse. Sei quanto você a amava.

Surpreendentemente, havia poucas fotos dos dois juntos na internet, mas as que Eva encontrou os mostrava grudados, com os corpos se tocando como se não suportassem ficar separados, tão próximos e abraçados que quase machucava olhar para os dois.

Olhando as fotos, pôde perceber por que Lucas odiava aquela época do ano. Ela havia roubado o amor de sua vida e não havia dúvidas de Lucas Blade amava sua esposa. Amava de verdade. Amava tanto que seguir em frente era praticamente insuportável.

Apesar da dor que ele obviamente sentia naquele momento, ainda assim Eva desejava amar e ser amada com aquela intensidade.

— Não discutimos os termos de nosso contrato — disse ele em tom calmo e formal. — Trabalharei na maior parte do tempo, mas espero que você fique à vontade como se a casa fosse sua.

— Se eu fizesse isso, você me chutaria porta afora em um dia. Sou terrivelmente bagunceira, lembra? — Eva sorriu na expectativa desesperada de receber ao menos um relance de sorriso em troca, mas a menção à esposa fez Lucas recuar para trás do muro de proteção que ele ergueu entre si mesmo e o mundo. — Vou tentar lembrar que sou convidada aqui e evitarei deixar as coisas jogadas por toda parte.

— Observei você na cozinha. Você é meticulosa e organizada.

— Na cozinha funciono perfeitamente, mas no resto da vida a coisa às vezes me foge ao controle. É um dos meus grandes defeitos, além de falar demais e de demorar a pegar no tranco de manhã.

— Você não é uma pessoa matinal?

Eva balançou a cabeça.

— Já tentei. Tentei tomar banho frio, deixar o alarme no outro lado do quarto... fiz de tudo. Nada funciona. Não acordo direito até umas dez da manhã. Tento não usar facas antes desse horário. — Fez uma careta. — Isso é péssimo. Estou contando as piores coisas sobre mim. É a "sexta da imperfeição". — Finalmente ela viu um esboço de sorriso.

— Isso é o que você tem de pior? Deixar as roupas espalhadas por aí e detestar acordar cedo?

— Obrigada por fazer soar como se não fosse nada, mas acredite, isso enlouquece minhas amigas. A gente trabalhava na mesma empresa antes de sermos demitidas. Eu teria me atrasado todas as manhãs caso elas não me arrastassem até o metrô. Tinha dias que eu sequer me lembrava como tinha chegado até o escritório.

— Eu não sabia que você tinha perdido o emprego.

— Nós três trabalhávamos para uma empresa chamada Estrela Eventos. Eles perderam um negócio grande e nós pagamos o preço. — Eva lembrou o pânico terrível, avassalador, daquele dia. — No final das contas foi a melhor coisa que poderia ter acontecido. Decidimos fazer por nós mesmos o que fazíamos para a Estrela. Isso acontece na vida de vez em quando, não é? Algo terrível acontece, você acha que é o fim do mundo e acaba sendo uma benção. — Percebendo como suas palavras poderiam ser interpretadas, Eva fechou os olhos. — Não quis dizer que...

— Sei que não. E não precisa pisar em ovos comigo, Eva.

— É outro defeito meu — murmurou. — Minha falta de filtro entre o cérebro e a boca. Tenho algumas qualidades, mas você deve saber disso, caso contrário não teria me colocado no livro. Quais são seus piores defeitos? Além do fato de beber demais e gostar de ficar trancado no quarto...

— Considero que esses dois elementos são um estilo de vida, não defeitos. — Lucas pareceu relaxar de novo. — Diria que sou obstinado. Quando quero algo, vou atrás e nada fica no meu caminho.

— Não acho isso um defeito. — Ela se jogou no sofá sem esperar pelo convite. — Eu queria ser mais focada. Sou ótima no trabalho e na cozinha, mas o resto da minha vida é uma bagunça tremenda. Tenho ótimas intenções, mas a maioria não se concretiza.

— Tipo o quê?

— Tipo me exercitar. Paige e Frankie correm, mas só pela manhã, quando ainda estou em coma. Além disso, mal consigo caminhar, que dirá correr. Sempre prometo a mim mesma que irei mais tarde, quando estiver realmente acordada, mas é claro que fico ocupada, o dia passa, volto exausta para casa e entro em coma de novo. Daí, na maioria das vezes, caio na cama em companhia do Netflix.

— O quarto de cima foi transformado em uma academia. Fique à vontade para usá-la enquanto estiver aqui. Costumo ir às cinco e meia, mas tem espaço suficiente para os dois, tenho vários aparelhos de cardio e um monte de pesos livres.

— Cinco e meia? Essa observação mostra que você tem muito a aprender sobre mim. A coisa mais pesada que consigo levantar pelas manhãs são meus cílios, então não vamos competir pelos pesos. — Mas agora Eva sabia o que havia no topo da escada. Uma academia. A multidão suada das academias públicas ou o frio cortante de uma corrida pelas ruas de Nova York não eram para o bico de Lucas Blade. — Não preciso nem perguntar se você é matinal.

— Não durmo muito. Sempre tive uma rotina de trabalho irregular. Rotinas de trabalho com horário fixo não funcionam comigo. Escrever assim não dá certo para mim. Sou melhor quando escrevo rápido.

— Isso é ótimo, dado o tempo que você tem para escrever esse livro em particular. É possível? — A meta parecia impossível para Eva.

A boca de Lucas se inclinou em um sorriso de autodeboche.

— Acho que vamos descobrir em breve.

— Como posso ajudar? Não quero bater à porta e atrapalhá--lo no meio de uma frase, mas tampouco quero descobrir que seus músculos se atrofiaram por não sair da cadeira durante dias.

— Você pode ajudar — disse Lucas — não insistindo para que eu vá nesse baile.

— Concordo com qualquer coisa exceto isso. — Eva retornou à porta. — Volte a trabalhar. Vou usar sua academia.

No final das contas, a academia era um dos quartos principais do apartamento, com vidros em três lados que se abriam em uma varanda de cobertura.

Eva conseguia imaginar o lugar durante o verão, a vista para a extensão do Central Park com os prédios emoldurando o parque.

Talvez, se ela tivesse acesso a um lugar como esse, iria querer malhar com mais frequência, ainda que cinco e meia da manhã não fosse um horário que a tentasse.

Estremecendo-se com o pensamento, fez um rabo de cavalo e subiu no elíptico.

Colocando sua playlist predileta para tocar, suou a camisa, tomou um banho e desceu a escada para preparar o jantar.

Eles comeriam risoto e um risoto perfeito exige atenção total.

Enquanto regava e mexia o arroz, pensou no livro de Lucas.

Eva estava desesperada para ler um trecho, para ver o que ele havia feito com a personagem baseada nela.

O escritor chegou na cozinha quando ela estava na metade dos preparativos e se sentou junto ao balcão para observá-la.

— Que trabalheira.

— Eu acho relaxante. Algumas pessoas usam aplicativos de relaxamento. Eu faço risoto. — Eva ajustou a intensidade do fogo e voltou a mexê-lo. — O que você faz para relaxar?

— Costumava escrever para relaxar, mas isso foi antes de ser publicado.

— Imagino que é diferente quando vira trabalho.

— Fazer risoto é seu trabalho.

— Verdade. — Eva acrescentou mais líquido. — Mas escolhi fazer isso. Então, como você faz para relaxar agora?

— Eu malho. Acho relaxante. E pratico artes marciais. Vou em um lugar perto daqui.

— Lutar é relaxante?

— Não é lutar para valer. — Lucas escolheu uma garrafa de vinho e a abriu. — É disciplina, tanto física quanto mental.

— Nunca fui chegada em violência. Deve ser por isso que odeio filmes de terror. — Ela provou o arroz para ver se estava pronto enquanto ele serviu vinho em duas taças.

Entregou-a uma.

— Quando foi última vez que você viu um filme de terror?

— Faz muito tempo. O cara com quem saí achou que seria um jeito bom de eu me aconchegar no corpo dele. Não cogitou que eu pudesse gritar. — Desligou o fogo e deu um gole no vinho. — Hum, delicioso. Então você malha, pratica artes marciais... que mais faz para relaxar?

— Caminho pelas ruas de Nova York observando as pessoas. Sério que você gritou?

— Fiz mais barulho do que a heroína de quem estavam cortando a garganta. A mulher na fileira atrás da minha começou a gritar junto de tanto que a assustei.

Lucas riu.

— Queria estar lá para ver.

— Vai por mim, não queria não. Se algum dia eu perder de novo o emprego, vou tentar carreira como artista de grito, se é que isso existe. Tenho um grito que faria Hitchcock tremer.

— Quero ouvir seu grito.

— Guardo meus melhores gritos para momentos genuínos de terror. Se você não usa os gritos com discernimento, as pessoas prestam menos atenção. Elas vão pensar "ah, Eva está gritando de novo", e não "rápido, alguma coisa aconteceu com Eva".

— Quando foi a última vez que você gritou?

— Semana passada, quando achei uma aranha enorme na banheira. Está pronto. — Ela serviu o risoto cremoso em duas cumbucas, acrescentou algumas lascas de parmesão fresco e colocou a refeição na frente de Lucas. — Desfrute. Se depois de comer você for voltar ao trabalho, acho que vou dar uma volta. Como você não arredou o pé daquele escritório uma vez sequer durante a tarde, imagino que minha ausência não vá impactar seu fluxo criativo.

Com o garfo em mãos, Lucas permaneceu imóvel.

— Você não pode sair sozinha tão tarde.

— Estamos em Nova York. É quase impossível ficar sozinha e não é *tão* tarde. Não planejo me enfiar nos confins do Central Park. Só passear pela 5ª Avenida.

— As lojas vão estar fechadas.

— É a hora mais segura. — Ela garfou um pouco do arroz. — Fico perigosa quando estão abertas.

— Viciada em compras?

— Não muito. É que meu gosto excede minha conta bancária.

— Falando em gosto, o risoto está delicioso. — Lucas comeu tudo e aceitou mais um pouco. — Você tem uma loja favorita?

— A Tiffany's. — Eva nem precisou pensar para responder. — Adoro observar as pessoas que olham as vitrines. Às vezes é possível ver homens propondo casamento e o rosto das mulheres se iluminando com o pedido. É perfeito. Romance na vida real.

Terminaram de comer e Lucas se levantou.

— Vamos lá.

— Juntos? Agora? — Ela o encarou. — Tenho que limpar essa cozinha.

— Deixa tudo aí.

— Você não me parece adepto de terapia da compra... além disso, tem um livro para escrever.

— Preciso descansar. E gosto de ouvi-la falando.

— A maioria das pessoas gostaria que eu falasse menos.

— Você tem observações interessantes sobre o mundo.

Eva tentou não se sentir lisonjeada. Provavelmente era algo da pesquisa de Lucas.

— Então sua personagem vai dar uma volta na Tiffany's? Ela se apaixona e casa?

Ele abriu a boca e então sorriu.

— Ainda não pensei nos detalhes precisos da jornada dela.

— Bem, posso dizer que uma volta na Tiffany's seria o final perfeito para a jornada de uma mulher.

—⟋⟍—

Ambos se agasalharam bem e caminharam pela 5ª Avenida. A respiração deles condensava no ar congelante. A neve havia cessado e as máquinas limpa-neves finalmente venciam a batalha. A neve e o gelo esmaltavam as calçadas empilhados em montinhos e Nova York estava envolta em uma calma quase etérea.

As vitrines da Tiffany's estavam decoradas para as festas de final de ano. Uma teia de luzinhas emoldurava as vitrines e o brilho das decorações misturava-se com o cintilar dos diamantes.

Lucas observou Eva encolher-se dentro do casaco e fitar a bandeja de joias na vitrine mais próxima.

Ela então voltou o olhar para uma mulher que fazia a mesma coisa em outra vitrine.

Logo em seguida, a mulher se afastou e Eva acompanhou-a com o olhar.

— Que triste.

— Ela estava fazendo o mesmo que você. O que há de triste nisso?

— Ela estava chateada. Você não viu? Meu palpite é que o amor da vida dela terminou o relacionamento.

— Talvez tenha sido ela quem terminou.

Eva balançou a cabeça.

— Se fosse, ela não estaria encarando com tanta melancolia a vitrine da loja mais romântica do mundo. Ela se imaginou vindo aqui com ele para escolher uma aliança.

Tirando os olhos da boca de Eva, Lucas virou a cabeça e viu a mulher desaparecer na penumbra.

— E ainda assim você acredita em amor verdadeiro...

— Por que não? Posso acreditar em amor verdadeiro sem achar que todos os relacionamentos são perfeitos.

Ele se inclinou contra a parede, protegendo Eva da feroz mordida do vento.

— Onde você cresceu?

— Na ilha de Puffin, no Maine. É uma ilhota do tamanho de uma tampinha...

— ...na baía de Penobscot. Conheço. Então você é uma moça do interior na cidade grande.

— Imagino que é isso, ainda que eu tenha deixado minha cidadezinha há muito tempo.

Lucas discordava. Eva tinha aquela visão da humanidade típica de cidade pequena, onde todos se ajudavam.

Sua heroína teria a mesma qualidade, decidiu. Teria chegado à cidade grande cheia de esperança e então suas ilusões seriam despedaçadas uma a uma.

— Você ainda tem familiares na ilha de Puffin? — Lucas só conseguiu ver a respiração de Eva mudar porque observava suas reações de perto.

— Não tenho mais ninguém. Sou só eu desde que a vovó morreu. — Ela virou-se e deu um sorriso brilhante. — Vamos andando?

— Você morre de saudades dela.

— Ela que me criou. Era mãe e avó ao mesmo tempo. Vamos falar de outra coisa, caso contrário vou cair no choro e já foi bastante constrangedor na primeira vez.

Momentos antes, ele queria desesperadamente voltar ao apartamento e escrever. Agora, porém, tudo o que queria era saber mais sobre Eva. Havia nascido com isso, esse desejo de sempre saber mais, de ver em profundidade, mas Lucas sabia que, no caso de Eva, algo mais pessoal o impulsionava.

— O que aconteceu com seus pais?

— Nunca conheci meu pai. Minha mãe engravidou aos 18 anos, prestes a entrar na faculdade. Imagino que ele achasse que eu arruinaria sua vida. Queria que ela abortasse. Quando minha mãe disse que não, ele saiu da cidade para ir à faculdade e minha mãe permaneceu em casa com a vovó e o vovô. Ela morreu quando nasci por conta de alguma complicação rara no parto. A vovó se aposentou antes da hora para poder cuidar de mim.

Lucas raramente pensava em sua própria infância. Havia sido criado em uma teia estruturada de familiares próximos, incluindo pais, avós, tias, tios e primos. Suas memórias incluíam reuniões grandes e barulhentas — pois seus familiares tinham opinião sobre tudo —, além de brincadeiras com o irmão, joelhos machucados, esconderijos e discussões. Não havia nada ali que inspirasse a ficção sombria que escrevia. Nada escasso e solto como a família descrita por Eva.

— Desculpa.

— Não precisa pedir desculpas — disse Eva em tom tranquilo. — Não conheci minha mãe e minha infância não poderia ter sido mais feliz. Minha avó sempre dizia que eu que os salvei. Ela e o vovô haviam perdido sua única filha, mas não tinham tempo para sofrer pois eu estava na UTI neonatal com minhas próprias complicações. Eles praticamente viviam no hospital comigo e, depois de seis semanas, me levaram para casa. A vovó dizia que eu era o presente mais precioso deles. — Eva parou e olhou para a vitrine de uma loja como se não tivesse acabado de revelar algo profundamente pessoal.

Era uma revelação tremenda que o deixou atônito. Como Eva era leve e aberta, Lucas presumira que já sabia tudo sobre ela. Ela compartilhava tudo, mas não havia compartilhado isso.

— Não fazia ideia de que você tinha perdido a mãe tão cedo.

— Foi duro para a vovó.

— E para você.

Essa nova informação mudou sua visão dela. Era como se estivesse em um quarto escuro e alguém repentinamente abrisse as persianas, deixando a luz entrar. Agora Lucas compreendia por que a avó era tão importante para Eva e por que ela lutava tanto com sua perda. Isso explicava a sutura de vulnerabilidade que sentia dentro dela e o porquê dessa época do ano, com tanta ênfase em família e união, machucar tanto.

— Não foi duro para mim. Em meu mundo de contos de fada, no Planeta Eva, como dizem minhas amigas... — Eva lançou um sorriso breve —, a família não é feita de pessoas específicas, mas do que elas representam. Família é amor, não é? E segurança. Isso não precisa vir de uma mãe. Pode vir de um pai, uma tia ou, no meu caso, da avó. Uma criança precisa crescer com a consciência de que é amada e aceita pelo que é. Precisa de alguém do lado independente do que acontecer, alguém de quem possa depender absolutamente. Precisa saber que, não importa quantas vezes pise na bola ou outras pessoas se afastem, sua família sempre estará ali. Minha avó foi essa pessoa para mim. Foi minha mãe em todos os sentidos. Ela me amou incondicionalmente.

E Eva perdeu isso.

Lucas recordou-se das palavras de sua própria avó.

Talvez você precise melhorar a capacidade de escuta.

Sentiu uma pontada de culpa. Sua avó estava certa... ele não havia escutado Eva direito. Viu aquele sorriso feliz e não viu além... logo ele, que sempre se orgulhou de perscrutar em profundidade. Lucas não percebeu a solidão de Eva.

Quis dizer algo reconfortante, mas como o diria? Que o amor que ela buscava vinha com um preço?

— Olha aquilo. É tipo um vestido de sereia. — Havia um quê de admiração na voz de Eva. Lucas seguiu seu olhar e viu um longo vestido de noite em tons degradê de azul e turquesa, entrecortado de pequenas faixas prateadas.

— Você acredita em sereias?

Ela ergueu a mão em um gesto impeditivo.

— *Nem vem* dizer algo sarcástico ou cínico. Acho sim que quem usar esse vestido deveria com certeza acreditar em sereias. — Eva puxou o celular, tirou uma foto e enviou um e-mail rápido.

— Você mandou para sua fada-madrinha?

— Vou fingir que não ouvi isso. Compartilhei com Paige, pois acho que ela vai gostar.

— Se gostou, poderia voltar e comprá-lo quando a loja estiver aberta.

— Você está de brincadeira comigo? Eu nunca teria dinheiro para comprar um vestido desses. E se tivesse, onde vestiria? Acho que seria exagerado usá-lo para assistir Netflix comendo queijo-quente. Mas isso não significa que eu não possa sonhar.

Lucas olhou novamente para o vestido. Era um revestimento de tecido enganosamente simples, mas as faixas prateadas brilhavam sob as luzes.

— Você poderia usá-lo no baile que está me obrigando a ir.

— Já tenho vestido... — disse sem entusiasmo. Lucas buscou pistas no rosto de Eva.

— Mas...?

— Mas nada. É um vestido ótimo. Comprei em uma liquidação da Bloomingdale's há alguns anos, para um evento de gala. — Ela desviou o olhar da vitrine. — Já senti inveja demais por hoje. E é melhor você voltar. Precisa terminar o livro.

— Vou voltar quando você voltar.

— Por mim tudo bem ficar sozinha. Sempre caminho sozinha por Nova York.

— Pode até ser, mas no momento você está comigo e não quero que caminhe sozinha.

— Então, por debaixo dessa fachada cínica, há um cavalheiro.

— É por causa de minha fachada cínica que não quero que você caminhe sozinha. E agora você provavelmente vai me acusar de machismo.

— Não acho seu comentário machista. São bons modos. Minha avó teria gostado de você. — O cabelo de Eva, em tons de mel e manteiga, esvoaçava sob o gorrinho. As mechas douradas captavam a luz das vitrines. Lucas queria tomá-lo nas mãos para sentir a textura deslizar-lhe entre os dedos.

— Então você vai voltar comigo?

— Se for o que você precisa para escrever. — Eva se virou e escorregou imediatamente em um pedaço de gelo.

Lucas segurou-a tranquilamente, estabilizando-a antes que pudesse tocar o chão.

— Cuidado.

A mão de Eva segurou firme na lapela do casaco de Lucas, que pôde sentir o aroma de seu cabelo. Fazia muito tempo que não desejava beijar uma mulher, mas queria beijar Eva. Queria beijá-la até nenhum dos dois conseguir respirar direito, até não saber que dia era ou por que ficara tanto tempo longe de uma mulher.

Ela foi a primeira a se afastar.

— Você não está nem um pouquinho ansioso para o baile?

— Tão ansioso para o baile quanto para entregar minha declaração de imposto de renda.

— Que triste. Lá vai estar repleto de gente incrível e interessante.

— Triste é você achar que é possível encontrar o seu grande amor em um lugar daqueles.

— Nem todos têm a sorte de conhecer o amor da vida no jardim de infância.

Ele sabia que ela se referia a Sallyanne.

Lucas pensou em seu primeiro dia na escola, quando Sallyanne roubou sua maçã. Ela cobrou um resgate pela devolução da fruta. Lucas tinha seis anos.

— Você quer mesmo ir tanto assim?

— Sim — respondeu Eva com ênfase. — Prometi a mim mesma que sairia nesse Natal. Quero dançar até meus pés doerem. E quero conhecer gente. Cinderela não teria conhecido seu príncipe se tivesse ficado trancada na cozinha.

Lucas evitou pisar em um pedaço de gelo, apertando-se contra Eva.

— Ele ficou na cola dela, o que o torna um perseguidor seriamente perturbado. Com fetiche por pés.

Eva deu risada.

— Só você seria capaz de dar essa interpretação. Pode rir, mas quero conhecer alguém de verdade, o que não vai acontecer se ficar em casa. Aquele baile vai estar cheio de gente como eu, gente se divertindo, na esperança de se dar bem.

— Lá vai estar cheio de estranhos. Não vai ter nenhum conhecido.

— Eu conheço você. — O olhar de Eva percorreu o dele e então se afastou rapidamente, como se tivesse colocado a mão em uma chama que pudesse queimá-la. — Todos são estranhos antes de você conhecê-los.

— Aceite o conselho de alguém que conhece a natureza humana melhor do que você... cuidado com o quanto revela de si.

— Não precisa se preocupar comigo. Não sou estúpida e vivo em Nova York há uma década.

— Sua honestidade me assusta. Ela te colocará em apuros.

Eva deu um sorriso malicioso.

— Meu plano é exatamente esse. Escrevi minha carta para o Papai Noel confessando que planejo ser uma menina muito, *muito* má nesse Natal.

— Não é seguro que você saia. Vamos cancelar. — Ambos falavam e provocavam ignorando a tensão sexual dissimulada.

— Não. Quando o assunto é flertar e namorar, você está tão fora de forma quanto eu, por isso não vou aceitar seu conselho. — E deu uma batidinha no braço dele. — Relaxa.

Lucas não conseguia relaxar com Eva tão perto.

— Você não está falando sério sobre ser uma menina má...

— Ah, essa parte é bem séria. Mas prometo que vou tomar cuidado.

— Vai filtrar o que diz?

— Não. Vou usar minha camisinha.

Capítulo 10

O melhor acessório é a confiança.

— Paige

— Vá direto no cara mais bonito da festa. — A voz de Paige ecoou do celular da Eva. — Mande o nome dele que o Jake vai pesquisar os antecedentes para checar se ele não tem algum hábito secreto que você deva saber.

— Como ele consegue fazer isso? Na verdade, deixa para lá, não quero saber. — Envolta na toalha, Eva inclinou-se para mais perto do espelho do banheiro e passou rímel nos cílios. — Por que vocês estão tão desconfiadas? Você e Frankie estão piores do que o Lucas e isso não é um elogio. — Ela deslizou o rímel de volta para dentro da bolsa e conferiu o próprio reflexo.

Ela já sabia quem seria o homem mais bonito no recinto, mas ele estava fora de cogitação. Havia química, mas ele parecia não ter problemas em resistir a ela.

Ele não queria o que ela queria. E era por isso que ela resistia também.

— Cautela nunca é bastante, Ev.

— Excesso de cautela provavelmente é o motivo para eu não transar há tanto tempo. Fico contente de cometer um erro de vez em quando. — Mas havia um erro que não cometeria, e seu nome era Lucas. Sua mão pairou até o batom que escolheu. — Não vou mandar mensagem nenhuma e vocês não vão fazer pesquisas ilícitas de antecedentes ou sei lá o que estão planejando. Hoje, eu vou usar aquele velho método para checar alguém. Ele se chama "usar meus instintos".

— Não tenho certeza se esse método é infalível em um lugar como Nova York.

— Relaxa. — Eva escolheu o batom rosa brilhante. — Agora preciso ir. Ainda tenho que me vestir.

— O que você vai usar?

— Não sei por que você está fazendo essa pergunta quando ambas sabemos que tenho apenas um vestido de gala.

— Aquele preto? Você fica ótima nele.

— A gente sabe que ele é sem graça, mas não posso gastar uma pequena fortuna em um vestido que usarei apenas por uma noite. Converso com você amanhã. — Virou-se e soltou um suspiro de susto.

Lucas a observava de pé junto à porta. A expressão em seus olhos castanho-escuros roubou o ar dos pulmões de Eva.

— Caramba, você me assustou. — Ela pressionou o peito com a mão. — Esse é outro dos seus truques de escritor de terror? Espreitar pela porta e matar suas vítimas do coração?

Lucas já estava vestido. O tecido do smoking abraçava-lhe os músculos densos dos ombros.

— Eu bati. Você que não ouviu.

O fato de ele estar vestido tornava Eva ainda mais consciente de sua nudez.

Envergonhada, agarrou-se à toalha.

— Aí você decidiu entrar mesmo assim e me matar de susto. Que forma original de matar sua vítima.

O sorriso de Lucas se conectou diretamente com as entranhas de Eva.

Ela tentou puxar a toalha mais alto, mas percebeu que isso somente revelaria mais de suas coxas. O banheiro parecia minúsculo e havia no ar uma tensão inexistente que não estava ali mais cedo. Um calor lento e letárgico se espalhou pelo corpo dela. Seus nervos formigavam e o estômago contraía-se em um nó estreito. Era a mesma sensação que sempre tinha perto dele, mas Eva sabia que precisava ignorá-la.

— O que você quer, Lucas? — O sentimento de frustração a deixava excepcionalmente irritável.

— Comprei algo para você. Está em sua cama.

Eva ultrapassou Lucas, entrou no quarto e parou.

Ali, cuidadosamente espalhado sobre a cama, estava o vestido azul que admirara na vitrine.

— É o vestido de sereia. — Com o coração na garganta, virou-se para ele. — Eu disse que não poderia pagar.

— Mas eu posso. É um presente. Não que eu seja especialista nessa lógica de relacionamentos de contos de fada, mas imagino que, na hora de conhecer o Príncipe Encantado — disse com fala arrastada —, é melhor não estar usando uma toalha molhada.

Ele comprou um vestido para ela?

— Eu já tenho um vestido.

— Um vestido que não te fazia feliz. Se vamos a essa porcaria de baile, que pelo menos você se sinta feliz. Vou deixá-la se vestir. — Havia certa qualidade pura e sensual na voz de Lucas que sugeriu a Eva que, caso não saísse, a ajudaria a se despir.

Encarou-o por um momento enquanto se afastava e então chacoalhou a cabeça para dispersar a neblina atordoante do desejo.

Ele comprou um vestido para ela. Não qualquer vestido. *O* vestido.

Eva talvez devesse recusar o presente, mas era *maravilhoso*. Talvez a coisa mais maravilhosa que já teve. Recusar seria falta de educação, não é? Além do fato de Lucas ter visto o quanto ela queria e ter lhe comprado...

A imaginação de Eva ficou a todo vapor e levou sua frequência cardíaca junto.

Por quê? Por que ele o comprou? *O que isso queria dizer?*

Eva não percebeu que estava com lágrimas nos olhos até ter que piscar para limpar a vista.

Droga.

Aquele gesto não significava nada além de que ele era generoso. Sem chances de Eva ficar sentimental com Lucas. Sua meta com o baile era conhecer alguém, não se apaixonar pelo cara que não queria saber de relacionamento.

~m~

Lucas serviu um drinque para si. Sabia que seria o primeiro de muitos, caso quisesse encarar o evento à frente.

Ele se sentia desconfortável usando smoking, como se o traje fosse de outra pessoa, mas ele sabia que o problema não estava na roupa. Estava na mulher no quarto ao lado.

— Como estou? — A voz de Eva veio de trás. Lucas bebeu o resto de whisky que estava no copo e se virou.

Ficou feliz por ter engolido a bebida antes de olhar.

— Você está... — Com a boca ressecada, umedeceu os lábios. Que diabo ele fez? Lucas já estava achando difícil manter as mãos distantes de Eva e agora tinha tornado a situação ainda mais difícil.

— O quê? Você não vai dizer nada? — Ela deslizou as mãos sobre a curvatura do quadril e deu um sorrisinho tímido. — Ficou perfeito.

— Sim. — A voz falhou e Lucas limpou a garganta. — Ótimo.

— Como?

Ele tentou absorver a questão, mas seu cérebro havia parado de funcionar normalmente.

— Como o quê?

— Como é que entra tão perfeitamente? Você me dopou e tirou minhas medidas enquanto eu dormia? Roubou um dos meus vestidos e enviou à loja? — De olhos arregalados, ela levou a mão à boca. — Escute o que estou dizendo! Estou parecendo você. Você me transformou em uma cínica desconfiada em menos tempo de que é preciso para assar um bolo. Está orgulhoso?

Lucas não sabia o que estava sentindo, mas era bem desconfortável.

— Diga algo. — Abaixou a mão. — Não é fácil encontrar roupas que me sirvam. Tenho formas estranhas. Como você conseguiu?

As formas dela lhe pareciam perfeitas.

— Liguei para sua amiga Paige. Como agora sou oficialmente cliente da Gênio Urbano, tenho direito ao serviço completo de *concièrge*. Posso pedir que vocês entreguem flores à minha avó, façam um bolo ou passeiem com meu cachorro.

— Você não tem cachorro e acabei de falar com a Paige. Ela perguntou o que eu ia vestir.

— Imagino que ela estava tentando descobrir se eu já tinha dado o vestido a você.

Ela deu uma voltinha, lançando-lhe um olhar atrevido sobre o ombro.

— Então, o que você acha? Vou me dar bem hoje à noite?

Com o olhar, Lucas foi do azul ofuscante ao sorriso impecável. Uma coisa era certa: que homem em sã consciência não iria querer voltar para casa com ela?

— É possível. — Lucas sentiu uma pontada de mal-estar, pois Eva estava tão determinada, pronta e aberta ao amor. Não tinha barreiras, medos ou filtros.

Alguma vez Lucas foi assim? Talvez, antes da vida rasgar suas esperanças e jogá-las sobre sua cabeça como confete.

— Quero que você me apresente a todos os conhecidos. E se você também quer se dar bem hoje à noite, precisa estar ainda mais bonito. — O aroma suave do perfume de Eva o envolveu quando esta ficou na ponta dos pés para ajustar-lhe a gravata-borboleta. Ela cheirava a verão, a um buquê de flores recém-colhidas, a raios de sol, a dias longos e preguiçosos. Lucas queria enterrar a mão naquela cabeleira e provar daquela boca. E não queria parar por aí.

Era capaz de fazê-lo imediatamente. Poderia encaminhar tudo à conclusão natural e estava certo de que Eva o acompanharia.

E depois? O que aconteceria em seguida?

O calor aumentava dentro de si. Lucas tentou segurar a respiração na esperança de que, seja lá o que ela estivesse fazendo em sua gravata-borboleta, acabasse rápido.

— Desisti de "me dar bem" na adolescência.

As costas dos dedos de Eva roçavam-lhe a garganta.

— Imagino. Mas esse talvez seja seu primeiro passo em frente.

— Eu talvez não queira dar esse passo. — Lucas não conseguia desviar o olhar da boca dela. O batom que Eva escolheu era pouco mais do que um brilho, mas suficiente para captar sua atenção. — Eu talvez esteja feliz onde estou.

— Você não tem escolha, Blade. Agora sorria.

— Vou a um baile. Por que sorriria?

— Pois seu sorriso é mais sexy do que essa cara feia e hoje é dia de você atrair a mulherada.

— Eu não acredito que você está falando isso.

— Sou sua companheira de caça. Minha tarefa é ajudá-lo a encontrar uma moça. — A voz forte de Eva envolvia os sentidos de Lucas como fumaça.

— Não quero uma moça, então não preciso de uma companheira de caça.

— Sei que você está assustado, mas estou aqui para animá-lo.

— Não estou com medo. Estou desconfortável pois não gosto de me vestir para conversar com pessoas que têm tanto interesse em mim quanto eu tenho por elas. — E porque não conseguia se concentrar com Eva tão próxima.

— Você vai ficar bem, Lucas. — A bondade no olhar dela tirou-lhe o ar. Seu coração, congelado pelo que parecia uma eternidade, começou a bater.

— Eu sou o escritor, não você. Aliás, o que "bem" poderia significar?

— Antes que você continue com os insultos, devo te lembrar do bloqueio criativo antes da minha chegada. — Deu um cutucão nele. — Vou arranjar uma loirona de sorriso lindo que fará você esquecer dos seus medos.

— Já te disse, eu não tenho medos. — Que droga, ele não queria isso. Não queria remexer nas emoções.

— Todos têm medos e algumas pessoas temem mostrá-los o que, na verdade, as tornam duplamente medrosas. Você está com medo e tem medo de ter medo. É medo para caramba.

— Já terminou de me psicanalisar?

— Apenas comecei. Por que os homens *têm* tanto medo de admitir seus medos?

— Não sei. Talvez porque eu não tenha medo. E loiras não fazem meu tipo. — Lucas manteve o olhar afastado do cabelo loiro de Eva. — Prefiro as morenas.

— Então vou achar a morena perfeita.

— Não gaste seu tempo. Não vou conversar com ela.

— Pois está com medo.

— Está bem, estou com medo. É isso que você quer ouvir? Com tanto medo que estou cogitando ficar aqui.

— Você disse que "tudo bem". E não pode ficar aqui. Tínhamos um acordo, Blade.

— Você é uma sádica.

Ela lhe cobriu os lábios com a ponta dos dedos.

— Quieto.

Bastaria um mínimo movimento de lábios e os dedos dela estariam dentro de sua boca.

Lucas ergueu a mão e entrelaçou seus dedos nos dela.

— Por que estamos falando de mim se a noite é sua?

Eva parecia mal respirar. Seus dedos tremiam de leve dentro dos dele.

Lucas não fazia ideia de que poderia existir tanta tensão entre duas pessoas que sequer se olhavam.

Ela afastou a mão delicadamente.

— Você tem razão. A noite é minha e é melhor irmos — disse com a voz límpida e o olhar afastado do dele. — Essa noite é única. Não quero perder um minuto sequer. Vai ser incrível.

Uma noite única em que assistiria a Eva flertar com outros homens.

Lucas alcançou o paletó, se perguntando de que maneira aquilo poderia ser incrível.

***

O Hotel Plaza estava decorado como um palácio de neve, repleto de altas esculturas de gelo iluminadas por luzinhas cintilantes.

Era como entrar em uma gruta. Sentindo que Lucas estava prestes a se virar e voltar, Eva entregou rapidamente o casaco ao atendente que esperava.

— É como se estivéssemos em Nárnia, mas é engraçado que estejam usando neve de mentira quando há tanta neve de verdade lá fora.

— Imagino que não queiram a lama ou as inconveniências do gelo e do frio.

Qualquer um que escutasse acharia a conversa dos dois agradável, como se tivessem tido milhares de trocas como essa durante a relação. O que não seria fácil de perceber seria a corrente subterrânea de tensão latente entre os dois desde aquele momento partilhado no apartamento. Um dançava às voltas do outro e não era o tipo de dança que Eva tinha em mente.

No final das contas, Eva decidiu fingir que nada havia acontecido. Que nada havia mudado.

Nada *havia* mudado, certo? Foi um momento, só isso. E não foi a primeira vez.

Tendo atravessado a porta que levava ao salão, Eva notou a forma como as cabeças se voltavam para Lucas. Apesar da relutância em comparecer, ele parecia ser mais querido do que qualquer outra pessoa ali.

Eva sentiu uma dor profunda no peito. Não suportava querer o que não poderia ter.

— Está bem — disse, injetando entusiasmo na voz. — É melhor nos separarmos.

Com o olhar intenso e sem rir, Lucas se virou:

— Separarmos?

— Se as pessoas acharem que estamos juntos, ninguém vai pedir para dançar comigo, quem dirá algo a mais. — Ela viu a boca de Lucas se estreitar.

— Não vou deixá-la sozinha.

— Lucas, você precisa me deixar sozinha. Essa é a ideia.

— Esse lugar é um açougue.

— Espero que não, pois sou vegetariana. — Eva lançou-lhe um olhar, imaginando se algum homem já ficou bonito daquele jeito em black-tie. *Ele era uma tentação de smoking.* — Você poderia sorrir? Parece que estou te arrastando para o dentista.

— Prometi acompanhá-la. Não prometi curtir a festa.

— Se joga um pouco. Faz muito tempo que você não sai, poderia se surpreender com quanto pode ser divertido conversar com humanos de verdade. Você passa tempo demais no mundo dos assassinos em série. — Ela gesticulou com a cabeça. — Conhece aquele cara ali? O que está sorrindo para mim.

— O sorriso dele é falso. Dá para ver pelo jeito que puxa os lábios sobre os dentes. Ele está caçando.

— Caçando?

— A próxima vítima. Olha o foco do olhar dele.

Eva estava com dificuldades de focar em qualquer coisa que não fosse Lucas.

— Você acha que ele é um assassino em série?

— Está mais para adúltero em série. Já foi casado quatro vezes. Deixou a última mulher quando ela estava grávida de oito meses.

— Você sabe só de olhar o sorriso das pessoas? Que impressionante.

— Sei porque o conheço. Ele se chama Doug Peterson e é sócio na Crouch, Fox e Peterson. É um escritório de advocacia. Em *nenhuma* circunstância fique tentada a retribuir o sorriso.

— A meta da noite é que eu saia e conheça pessoas.

— Não pessoas como ele. Ele está vindo para cá. Vou cuidar da situação.

Eva estava prestes a protestar que era perfeitamente capaz de lidar com a situação por conta própria, mas Doug Peterson já estava diante deles.

— Lucas. Que bom vê-lo de volta à ativa. — Apertou a mão de Lucas, travou contato visual por uma fração de segundo e então voltou-se a Eva. — Quem é sua companhia encantadora?

Quem dera.

— Não sou...

— Esta é Eva. — Lucas lançou sua mão sobre o pulso dela, apertando-o em um gesto possessivo. — Não vamos segurá-lo, Doug. Tenho certeza de que você tem uma noite ocupada pela frente.

O olhar de Doug se deteve no decote de Eva. Ele então sorriu, fazendo aparecer seus dentes perfeitamente brancos.

Como um tubarão antes da refeição, Eva pensou, resistindo à tentação de puxar o vestido para cima.

— Devo cumprimentá-lo, Lucas. Você voltou em grande estilo. — Afastou-se e, incrédula, Eva encarou Lucas.

— Você o fez pensar que nós...

— Sim.

Ela era capaz de sentir a pegada forte dos dedos de Lucas em torno de seu pulso.

— Você não precisa fazer isso. Eu saberia lidar com ele.

— Eu cuidei dele por você.

— Não faça de novo. Se você ficar "cuidando" das pessoas por mim, não vou conhecer ninguém. Todos vão achar que estou com você. — E estar com Lucas era algo em que tentava não pensar. Cada vez que ele a tocava, que a olhava, ficava mais difícil.

— Farei, se for preciso para mantê-la segura.

— Não quero ficar segura! Eu quero *viver*.

— Quando eu encontrar alguém que julgo confiável, deixarei bem claro que não estamos juntos.

— Se esperarmos para encontrar alguém que *você* julgue confiável, ficaremos aqui a noite inteira. Você não confia em ninguém. — Ela abaixou o olhar para o pulso, ainda cingido pelos dedos fortes dele. — Você não vai me soltar?

Ele não afrouxou a pegada.

— Vou mantê-la longe de encrenca.

— Mas é para isso que quero que me solte. Estou tentando me encrencar e você está atrapalhando. — Ela perscrutou o salão e viu uma morena no extremo oposto da pista de dança. — Ela tem um sorriso bonito. Que tal ela?

— Você é bissexual?

— Eu estava pensando em você. Ela faz seu tipo.

— Como você sabe? — Seu tom de voz era afiado. — Você viu fotos da Sallyanne e pensou em encontrar alguém como ela, é isso? Uma substituta perfeita?

— Não. Você disse que não gostava de loiras e que preferia as morenas. — Ela viu um músculo se mexer no maxilar de Lucas.

— Me desculpe.

— Não peça desculpas por ficar triste e achar a coisa toda difícil. — Havia centenas de pessoas em volta, mas nenhum dos dois dava atenção a isso.

— Eu não devia ter vindo. Foi um erro.

— Acho que o fato de você achar difícil é um bom motivo para vir. Vai ser mais fácil na próxima vez. — Ela deslizou os dedos entre os dele. — Vou parar de tentar te arranjar um par. Não fique bravo. Minhas intenções eram boas, como imagino que foram as suas quando mandou aquele cara passear agora mesmo.

— Não é a mesma coisa.

— É sim. Estamos interferindo um na vida do outro. Vamos fazer assim. Eu não vou me meter na sua e você não vai se meter na minha.

O olhar de Lucas estava fixo na pista de dança.

— E se você quiser sair com um traste?

— Tenho doutorado em lidar com trastes. Tire aquela mulher para dançar. Ela tem um sorriso lindo.

— Você disse que não interferiria.

— Eu menti. — E deu-lhe um cutucão no braço. — Ela parece ser legal.

— Legal? Que tipo de palavra é essa, *legal*?

— Não tire sarro de mim. Se você fizesse ovos mexidos para mim e não estivesse perfeito, eu simplesmente agradeceria. Não ficaria apontando o que poderia ter feito melhor.

— Você tem razão. Me desculpe.

— Tudo bem. Sei que estar aqui te deixa mal-humorado e que a culpa é minha, pois eu o forcei a vir. Mas já que viemos, eu vou aproveitar, então para de ser desconfiado.

Com os olhos cintilando sob as luzes, Lucas virou-se para olhá-la.

— Talvez eu não esteja com medo. Talvez eu só não queira o que você quer. Isso já passou pela sua cabeça?

— Você não quer amizade e amor? Bem, é claro que não, pois ambos são terríveis. Ter alguém que se preocupe e evoque o melhor em você? Eca. É muito melhor viver sozinho e sem amor. Assim você tem certeza de nunca se machucar.

— O sarcasmo não te cai bem.

— Não? Achei que era o acessório perfeito para essa sua cara carranquenta.

— *Carranquenta*? Essa palavra não existe.

— Bem, deveria. E não se ache superior. — O pensamento de Eva, porém, não estava na discussão, pois ainda pensava no que ele havia dito. — Você estava falando sério?

— Que *carranquenta* não existe? Sim.

— Não. Eu quis dizer, é sério mesmo que você não quer amor.

Ele fez uma pausa longa o suficiente para que Eva soubesse a resposta.

Seu coração doeu por ele.

— Machuca tanto assim?

Com o olhar fixo na pista de dança, Lucas encarava o outro lado do salão.

— Sim.

Eva desejou que não estivessem tendo aquela conversa ali, cercados de tanta gente.

— Quando algo é difícil, a melhor coisa é sair e fazê-lo.

Lucas se virou para olhá-la.

— Você já se apaixonou alguma vez?

— Não, mas está em minha lista de pedidos.

— Se nunca se apaixonou, não está em posição de julgar se é algo que alguém poderia desejar mais de uma vez na vida.

— Não sugeri que você saísse por aí se apaixonando. Pensei em algo mais modesto. Comece dançando. Mesmo que você não vá, eu vou. Quero abrir minhas penas.

— Você quis dizer suas "asas". Suas "penas" estão um pouco desgrenhadas. — O gracejo leve trouxe novas camadas de intimidade. Ambos estavam na superfície por escolha, não por incapacidade de compreender um ao outro em profundidade.

— Começo a entender por que você continua solteiro. Se ficar corrigindo as pessoas, vão querer te estapear, não seduzir. Pelo menos converse com alguém. Não há uma mulher sequer nesse salão que não deseje secretamente dançar com você.

— É porque sabem que tenho dinheiro.

— É mais provável que seja porque você é bem bonitão quando não está de carranca. Ser sua companheira de caça é difícil. Acho que vou cobrar uns extras. — Eva lhe deu um cutucão. — Sorria. Tente e vejamos se as pessoas não se amontoam. Vou ficar do outro lado do salão observando.

Ele franziu a testa.

— Não. Eva, você não pode...

Ela forçou-se a se afastar, mesmo desejando ficar ao lado de Lucas mais do que tudo. Ele precisava encontrar alguém que lhe interessasse e isso nunca aconteceria com ela ali. Tampouco ela encontraria alguém pois, com ele por perto, não conseguia reparar em mais ninguém.

Eva esqueceria o fato de que ele era mais bonito e interessante do que qualquer pessoa ali. Esqueceria a forma como ele a escutava atentamente e como a fazia se sentir.

Ela conheceria alguém que quisesse de verdade um relacionamento.

Por que concordou em ir ao baile?

Lucas conseguia ver Eva do outro lado do salão, rindo com um homem virado de costas para ele. Era alguém que conhecia? Aquele ciúme bruto, de doer a barriga, era algo que Lucas nunca havia sentido e que certamente não esperava sentir naquela noite.

— Lucas! É você. — A voz feminina interrompeu o curso de seus pensamentos e Lucas virou-se para ver uma linda ruiva sorrindo.

— Caroline. — Inclinou-se para frente e, apropriadamente, deu-lhe dois beijos nas bochechas. Lucas sentiu o cheiro do álcool e reparou no brilho a mais que emanava daqueles olhos.

Era uma conhecida de Sallyanne, mas não pertencia a seu círculo mais íntimo.

— Não esperava vê-lo aqui. Veio sozinho? — perguntou e deslizou o braço por debaixo do dele. — Vamos dançar. Comemorar que somos jovens e estamos vivos. — Sua expressão congelou tão logo percebeu o que disse.

O olhar de Caroline guiou Lucas de volta à época da morte da esposa, quando todos pisavam em ovos para conversar com ele e tinha que reconfortar constantemente as pessoas que não faziam ideia do que lhe dizer. Queria apenas convencê-los de que tudo estava bem e então fazê-los sentirem-se da mesma forma.

Eventos sociais eram, quase invariavelmente, lugares cheios de falsidade, mas essa percepção havia se acentuado desde a morte de Sallyanne. Sorrisos falsos, alegria falsa.

E, tendo colocado o dedo na ferida, Caroline agora parecia determinada a compensar a gafe sendo excessivamente preocupada e carinhosa.

— Como você tem andado, Lucas? — perguntou e passou a mão pela manga da camisa dele, demorando-se um pouco demais para um gesto amigável.

Do outro lado do salão, ele viu Eva rir novamente. O homem que a acompanhava virou-se um pouco e aproximou-se dela.

Agora conseguia ver melhor e...

Droga. Era Michael Gough, que se fazia de *o* solteirão da cidade. Eva não teria chances contra ele. Independente de quão bom fosse seu radar, era improvável que captasse os defeitos de Michael. Superficialmente, aquele homem era encantador, mas Lucas sabia que havia cem por cento de chances de que ele usasse a camisinha dela e então partisse o seu coração.

— Lucas? — Caroline continuava a seu lado, um pouco perto demais.

— Tenha uma excelente noite, Caroline.

— Ah, mas...

Lucas não ouviu o resto da frase pois estava atravessando o salão, meio cego pelo brilho e pela agitação da pista de dança e suas luzes, evitando casais rodopiantes no caminho. A música não passava de um ruído fraco e longínquo, praticamente inaudível frente ao sangue que palpitava em sua cabeça.

Aproximou-se de Eva no exato momento em que Michael se inclinava junto a ela.

— Você — ronronou ele — é a mulher mais interessante que conheci em um bom tempo. Seus peitos são incríveis. E seu cabelo também. Quero ver como ele fica em meu travesseiro.

Com a visão turva de raiva, Lucas abriu a boca, mas, antes que pudesse falar qualquer coisa, Eva se adiantou e puxou um fio da cabeleira loira.

— Toma — disse em tom bondoso e entregou-lhe o fio de cabelo. — Leva esse aqui e descubra. Infelizmente meus peitos estão presos em mim, então não tenho como te dar um para levar para casa.

Lucas ficou imóvel. Sabia que Michael era considerado um partidão e esperava que Eva caísse como patinha em sua conversa fiada.

Em vez disso, ela percebeu o que poucas conseguiam. Ela o rejeitou.

Michael percebeu a indelicadeza e estreitou a boca, mas não desistiria tão cedo, principalmente quando percebeu que Lucas havia se aproximado.

— Vamos dançar.

Eva negou com a cabeça.

— Não, mas obrigada.

— Você é uma mulher muito bonita. Estou interessado em conhecê-la melhor.

— É mesmo? — Eva examinou-o cuidadosamente. — E que tal meu cérebro? Está interessado nessa parte de meu corpo? Ou nos meus sentimentos? No que me faz rir e chorar?

Michael pareceu ligeiramente perplexo.

— Eu...

— Imaginei que não. Quando diz que está interessado em mim, o que *realmente* quer dizer é que está interessado em me levar para algum lugar escuro para transar comigo. Não há nada de errado com isso, só que não estou interessada. — Ela sorriu. — Obrigada pelo elogio. Aproveite a noite.

Com isso, virou-se e caminhou na direção de Lucas.

— Minha vez de dançar, acredito. — Ele tomou a mão de Eva na sua e puxou-a para junto de si, ignorando seu olhar surpreso.

Michael ergueu as sobrancelhas.

— Lucas? Não percebi que vocês dois se conheciam.

— Estamos morando juntos. — Lucas viu os olhos de Eva estreitarem-se em advertência, e Michael, limpando a raiva do rosto, sorriu.

— Isso explica tudo. Você sempre foi um homem de excelente gosto. Aproveite o baile. — Afastou-se e Eva virou-se para Lucas.

— Por que você fez aquilo? Por que você *disse* aquilo?

— Ele estava jogando com você.

— E eu lidei com a situação! Mas agora ele acha que o motivo para eu ter recusado foi estar com você, não ele ser um babaca.

— Melhor assim. Ele é um homem muito zeloso com o próprio ego. Eu o conheço, Eva.

— Você conhece todo mundo! Eu infelizmente não, e nunca conhecerei, a não ser que você permaneça do outro lado do salão.

— Estou cuidando de você. Estou aqui para salvá-la de si mesma.

— Lucas ignorou a vozinha dentro de si dizendo que sua intervenção tinha pouco a ver com ela e tudo a ver com ele.

— Eu parecia precisar ser salva?

— Eva, ele é um destruidor de corações em série. E é casado.

— Eu sei.

— Sabe? Como?

— Ele tem marca de sol em volta do dedo, bem onde a aliança deveria estar. Prova de que só tira o anel quando não é mais conveniente ser casado. — Eva suspirou e deslizou o braço por debaixo dele. — Fico comovida que se importou de vir correndo até aqui para me salvar. É um gesto lindo, mas lido com caras como ele desde a adolescência. Caras que olham meus peitos, meu cabelo e me imaginam incapaz de articular uma frase.

— Primeiros encontros em um lugar como esse são quase sempre fundamentados em atração sexual.

— Verdade, mas sou capaz de dizer quando um cara só quer tirar minha calcinha ou quando gosta realmente de mim e quer me conhecer melhor. — Seu sorriso diminuiu. — Esse deve ser o motivo para eu estar solteira há tanto tempo. A dura verdade é que a maioria dos homens não quer me conhecer melhor, o que provavelmente me faz uma idealista.

Lucas pensou que isso tornava esses homens idiotas, mas não o disse.

Não queria pensar neles de forma alguma.

Soltou a mão de Eva e passou a mão em volta da cintura.

— Vamos dançar.

— Você detesta dançar. Você só disse aquilo para me afastar do Raptor Michael.

— Mas você adora dançar.

— Adoro, sim. Esse foi o motivo principal para eu querer vir hoje à noite. Quero dançar até meus pés doerem e a cabeça girar.

Lucas conseguiu imaginar centenas de formas de fazer a cabeça de Eva girar que não tinham nada a ver com dançar, mas reprimiu o pensamento rapidamente.

— Então vamos dançar.

Vários homens encaravam-na e Lucas puxou-a para a pista de dança antes que algum deles tivesse chance de reivindicá-la.

Nada garantia que não os daria um soco e deixaria inconscientes.

Eva colocou a mão em seu ombro, mantendo uma distância respeitável entre os dois.

— Adoro dançar. Fiz aula de balé até os 14 anos.

— Aposto que você fez o papel da Fada Açucarada.

— Sim, mas como você...?

— Deixa para lá.

— Todo Natal, vovó me levava para ver o balé municipal. Era nossa tradição e eu amava. Flocos de neve, purpurina e música linda. Eu sempre entrava no espírito natalino. Voltava para casa rodopiando, querendo virar bailarina profissional.

Lucas abaixou o olhar e imaginou Eva de collant rosa e sapatilhas brilhantes, dançando em seus sonhos. Depois, refletiu sobre como chegara à idade adulta sem perder as ilusões radiantes sobre a vida e sobre as pessoas.

Eva dançou da mesma forma que na cozinha, com movimentos suaves e fluidos, o cabelo espalhado sobre os ombros nus e o sorriso elétrico iluminando seu rosto.

— Que divertido.

Lucas não discordou.

— Com certeza é bem melhor do que ficar de papo furado com gente chata.

— Você é tão rude.

— Sou mesmo. E é bom que você esteja advertida a se afastar de mim.

— Tentei. Mas pelo visto o senhor, Lucas Blade, não consegue resistir a se meter em minha vida amorosa. Preciso ficar de olho para que você não acabe virando a manchete de amanhã.

O esforço para falar mais alto do que a música os aproximou.

— E eu tenho culpa? Você é descuidada e prometi à sua amiga Frankie.

— Sei julgar perfeitamente o caráter de uma pessoa.

— Se você pesquisar sobre homicídios, vai descobrir que a maioria das pessoas é morta por algum conhecido.

Com os olhos inquietos, Eva se afastou um pouco:

— Estamos em um baile, Lucas. Em um baile romântico, dos sonhos. E você vem me dizer que vou ser assassinada por um de meus amigos?

— Estou dizendo que, se você *fosse* assassinada, seria, muito provavelmente, por alguém que conhecesse. Estou tentando educá-la. Incentivá-la a ser mais cuidadosa.

— Você tem uma visão distorcida sobre a vida. E vamos dançar só mais um pouco. Primeiro porque, se eu conversar muito com você, vou ter que dormir de luzes acesas e segundo porque, se ficar dançando com você, não vou conhecer ninguém. E você também não.

A música ficou mais lenta e Lucas ficou na expectativa de que Eva se afastasse. Ao invés disso, ela apoiou a cabeça em seu peito e deslizou os braços em volta dele. A tensão sexual percorreu-lhe a pele e se infiltrou em seus ossos. Sua mente esvaziou. Seu cérebro pareceu lento, pesado. Lucas parecia incapaz de encontrar palavras que se adequassem à ocasião, mas Eva, por sorte, tinha muito a dizer.

— Você já fez suas resoluções de Ano Novo? Se ainda não, tenho uma perfeita para você. — O corpo de Eva, suave e flexível, derretia-se no de Lucas.

— Imagino o que seja. — conseguiu responder Lucas, o que julgou um grande feito, dado que mal conseguia respirar.

— Certeza que não. — Ela pousou a mão no peito dele, sobre o coração, e ergueu o olhar.

— Você quer que eu prometa me arriscar a sair em encontros.

— Errado. Quero que você pare de sempre procurar o lado ruim e oculto das pessoas.

— Esse é o meu jeito. Não é algo que eu possa simplesmente mudar.

— É claro que é. Seu trabalho te fez assim. Você precisa distinguir entre trabalho e vida real.

Olhando firmemente um para o outro, distantes das pessoas em volta, os dois balançavam ao som da música.

— Se eu pedisse que você desconfiasse mais das pessoas, você conseguiria?

— Talvez, mas não acho que seria uma boa maneira de viver. — Ela se aconchegou mais perto, Lucas ficou tenso e então deslizou a mão sobre as costas de Eva.

Sentiu o calor da pele dela através do tecido fino do vestido.

Do vestido que ele havia comprado. *Sedoso e sedutor.*

Deixando de se conter, trouxe-a ainda mais perto, ajustando as curvas suaves do corpo dela contra as formas retas e rijas do seu. Eva deslizou a mão em volta do pescoço de Lucas e pousou a cabeça sobre seu ombro. Calmamente. Naturalmente.

Ele foi atravessado de um desejo brutal e agudo. Refletiu sobre como uma pessoa poderia querer tanto algo mesmo sabendo que é um erro.

Lucas deveria soltá-la. Fazer algum comentário petulante sobre a necessidade de conversar e se misturar às pessoas, mas não o fez. Ele segurou-a mais perto, envolvendo-se no calor de Eva, tomando para si o que podia, enquanto podia. Não ouvia a música nem via as pessoas dançando à sua volta. Não se importava com o que os demais pensariam ou diriam. Não queria pensar neles nem em Sallyanne.

Só queria saber de dançar com Eva e fazer aquele momento durar o máximo possível.

Era como acender uma vela no escuro. Lucas não sabia quanto tempo a chama duraria até se extinguir, mas, até que acontecesse, aproveitaria cada momento da luz.

Raios de luz brincavam no teto do salão, deixando o cabelo de Eva com um dourado brilhante.

Ela estava com a cabeça inclinada. De seu rosto, Lucas só era capaz de ver o traço do nariz arrebitado e a delicada curvatura da boca.

A música mudou novamente, mas Eva não demonstrou sinais de querer sair dali e Lucas não tinha intenções de soltá-la. Os dois, portanto, continuaram a dançar, grudados, seguindo com os corpos o ritmo da música. Como Lucas nunca havia notado antes que dançar poderia ser tão íntimo e pessoal quanto fazer sexo?

Lucas sentiu o toque suave dos dedos de Eva na nuca, o calor do corpo dela contra a palma de sua mão e soube imediatamente que não queria que ela fosse para casa com outra pessoa.

Queria que ela fosse para casa com ele. E isso não tinha nada a ver com protegê-la. Esse seria um motivo altruísta e seus motivos eram bastante egoístas.

Como ambos estavam envolvidos tão intimamente, Lucas foi capaz de perceber a mudança em Eva também. Pôde sentir na postura dela, na quase insuportável tensão daquela estrutura esbelta.

— Vamos embora daqui — murmurou através do cabelo de Eva, quase torcendo para que ela resistisse. — A não ser que você queira ficar. Esse baile era seu sonho. — Lucas perguntou e sentiu-a imóvel nos braços.

Eva levantou a cabeça e Lucas sentiu o calor do hálito dela na sua bochecha.

— Você quer ir embora? — Suas palavras não passavam de um suspiro no ouvido de Lucas. — Eu queria que você conhecesse alguém interessante.

Fez-se um longo silêncio enquanto os dois admitiam, sem usar uma única palavra, que ele já havia conhecido.

Finalmente, quase sufocados com a tensão, Lucas afrouxou um pouco o abraço e olhou no fundo dos olhos de Eva.

— Estou com a única pessoa que me interessa.

Eva engoliu seco:

— Eu também.

Fingimentos, piadinhas e reticências sucumbiram, substituídos por honestidade nua.

Os dois não se moviam mais, não estavam mais fingindo dançar ou fazer parte da festa que rodopiava em torno deles. Estavam sozinhos em um mundo isolado e privado. Separados de todo o resto. Distantes.

As bochechas de Eva tingiram-se de rosa e os olhos cintilavam tons azul-safira sob as luzes.

— Vamos. — Ela tomou a mão de Lucas, que parou, detido pela consciência de que fariam algo impossível de ser desfeito.

— Tem certeza?

— Certeza? Ah, Lucas... — Eva tocou-lhe o rosto com a palma da mão. — Nunca tive tanta certeza de algo.

Capítulo 11

Seja sempre boa, a não ser quando é mais divertido ser má.

— Eva

SEM CONFIAR NA CAPACIDADE DE controlar o que sentiam, os dois mantiveram distância dentro do carro.

Visivelmente tenso, Lucas afrouxou a gravata-borboleta e abriu o botão do topo da camisa.

O olhar de Eva deslizou-lhe pela garganta. Ela não conseguia olhar para Lucas sem desejá-lo.

— Está com calor?

O olhar com que Lucas retribuiu foi tão íntimo que as entranhas de Eva derreteram.

— Algo do tipo.

Eva cogitou se poderiam pedir ao motorista que fosse um pouco mais depressa. O apartamento de Lucas não ficava distante. Muito provavelmente os dois poderiam correr mais rápido do que a velocidade em que ele estava dirigindo.

Sua mão vagueou na direção de Lucas que tomou-a com firmeza, pressionando-a contra o músculo rijo da coxa.

Cada toque aumentava a ansiedade. Eva estava trêmula e fraca de desejo.

Quando chegaram ao prédio, ela estava tão desesperada para beijá-lo que quase se dispôs a arrastá-lo para o parque, correndo o risco de congelar, a esperar mais alguns frustrantes minutos enquanto tomavam o elevador até o apartamento.

No momento em que a porta do elevador se fechou, os dois se grudaram como ímãs.

A mão de Lucas envolvia a cabeça de Eva enquanto sua boca se pressionava à dela. Tudo o que ela conseguia pensar era *finalmente, finalmente*. Depois disso, tudo desfocou. Eva sentiu a carícia erótica da língua de Lucas e a urgência de suas mãos enquanto a pressionava contra a parede do elevador, emboscando seu corpo no dele. Era intenso, estimulante e tão excitante que tudo o que Eva podia fazer era tentar respirar e segurar firme.

O beijo de Lucas beirava a brutalidade, mas isso pouco lhe importava. Ela cravou os dedos nas madeixas sedosas do cabelo dele e puxou-o para perto, tentado desesperadamente sorver mais daquele homem. De algum lugar distante ouviu soar um zunido mudo, e Lucas puxou-a para fora do elevador sem soltá-la.

Os dois foram cambaleando até o apartamento e, quando a porta se fechou atrás deles, todos os impedimentos sumiram.

Respirando fundo, Lucas afastou a boca da dela e tracejou com a língua o maxilar e o pescoço de Eva enquanto seus dedos afastavam as minúsculas tiras que mantinham o vestido no lugar. A roupa deslizou rumo ao chão e Eva sentiu o ar frio contra sua pele quente.

Com um gemido de admiração, Lucas tomou-lhe um dos seios na mão e passou o polegar sobre o mamilo endurecido. Eva arqueou o corpo contra o de Lucas e sentiu sua grossura enrijecida pressionar-lhe o corpo. Uma sensação levava a outra. Era como estar sob a queda de uma cachoeira sem chances de respirar.

Os lábios de Lucas seguiram os mesmos caminhos de suas mãos, e ele tomou Eva no calor de sua boca, deixando-a louca com os habilidosos movimentos de língua.

— Espera... minha bolsa... — Ela tentava se concentrar e encontrar onde jogara seus pertences, mas a cabeça girava.

— Você não precisa da bolsa.

— Minha camisinha...

Xingando baixinho, Lucas se afastou apenas para encontrar e resgatar a bolsa de Eva. Entregou-lhe nas mãos e então ergueu-a, com bolsa e tudo, nos braços.

— Aonde estamos indo?

— Para a cama.

— A parede está ótima para mim. — A necessidade de Eva eclipsava tudo.

Ela não conseguiria dizer como haviam ido da porta ao quarto, já que estava ocupada demais em lhe beijar o maxilar áspero, em explorar aquelas linhas rígidas, as texturas masculinas.

Lucas devolveu-a ao chão, estabilizando-a com a força do próprio corpo, uma vez que as pernas de Eva vacilavam. Ela o sentiu, duro e pronto, através do tecido fino da calcinha e cerrou os dedos na frente da camisa.

— Agora. Agora. Agora... — Eva repetiu a palavra várias vezes, como um mantra. Lucas a calou com um beijo na boca, respondendo com um brutal "não" emudecido pela pressão dos lábios.

Eva passou as mãos nas costas dele.

— Não me faça esperar. Faz muito tempo.

— Mais um motivo para fazermos a coisa direito. — Com as mãos no cabelo de Eva e boca na boca, os dois, insaciáveis, se beijaram como se a dança erótica de línguas e a troca quente de hálitos lhes fosse vital.

Era a primeira vez que Eva entrava no quarto de Lucas, mas sequer se deu ao trabalho de olhar. Pela atenção que dava ao entorno, poderia estar em qualquer lugar. Todo seu mundo se resumia a ele e não seria capaz de desviar o olhar do calor abrasador do desejo que aqueles olhos emanavam.

Eva deslizou a mão pelo corpo de Lucas e cobriu-lhe a grossura do membro com a palma da mão. A intimidade do toque pareceu impactá-lo com o frenesi que consumia ambos.

— Isso é loucura. — Gemeu contra a boca de Eva. — Você quer um amor verdadeiro e eu não sou o Príncipe Encantado.

— O Príncipe Encantado era um perseguidor perturbado com fetiche por pés. — Sem ar, Eva travou as mãos na nuca de Lucas, impedindo que se afastasse. — Você que me ensinou.

— Mas ele se casou com a princesa.

— Não quero me casar com você. Só quero que você me dê um orgasmo.

— Só um? Você tem expectativas baixas. — A boca de Lucas retornara à de Eva em um beijo habilidoso e deliciosamente explícito.

Algum beijo já proporcionou essa sensação antes? Não. Nunca. Ela puxou a camisa do cós da calça e, com a respiração entrecortada, Lucas deteve sua mão.

— Eva...

— Eu quero — disse, mas então lhe ocorreu, por entre as névoas do desejo, a ideia de que ele talvez buscasse um motivo para parar. — E você?

— Sim. — Lucas não hesitou. — Sim, eu também quero.

— Nesse caso... — Enganchou a perna na dele e, um segundo depois, Lucas estava deitado de costas na cama, encarando-a.

— O que foi isso?

— Isso — disse orgulhosa enquanto montava nele — foi meu golpe mortal. — Eva se inclinou e tentou abrir os botões da camisa de Lucas. — Preciso de você nu. — Seus dedos deslizavam no tecido, ao que Eva deu um grunhido de frustração e levou as mãos ao zíper da calça. — Deixa para lá. Ficar pelado é superestimado.

Ouviu Lucas xingar baixinho. Em seguida, ele a ajudou a terminar o serviço. Suas roupas foram ao chão, e Eva sentiu outra punhalada de desejo conforme percorreu os músculos poderosos e masculinos com as mãos.

Fazia tempo demais que não tinha uma relação que fosse além de conversas e beijos. Fazia tempo demais que não ficava nua com um homem. *Tempo demais desde que tocou e foi tocada.*

Talvez devesse estar nervosa, mas não estava. Eva nunca desejou tanto uma coisa em toda a sua vida.

Lucas virou-a para a cama e ficou por cima, prendendo-a com o peso.

Sem ar, ela deslizou a mão no ombro dele.

— O que foi? A mulher não pode ficar por cima?

— É o único jeito para que eu possa desacelerar. Você quis um orgasmo. Estou aqui para lhe garantir o melhor orgasmo que já teve na vida.

— Para ser honesta, qualquer orgasmo me cairia bem. — Ela se contorcia por debaixo de Lucas, que a prendia no lugar, mantendo-a imóvel.

— Você precisa aumentar suas expectativas, querida. Nunca peça o bom quando pode ter o ótimo.

— Está bem, mas você poderia ao menos...

— Não. — Ele a silenciou com a boca. — Eu vou decidir como vai ser. Deixa comigo.

Só para garantir que ela havia compreendido a mensagem, Lucas segurou-lhe os dois braços com uma de suas mãos enquanto foi caminho abaixo pelo corpo de Eva, com o objetivo de explorar cada centímetro.

Eva concluiu que ele obviamente sabia muito de tortura.

— Lucas... por favor...

Sua resposta foi tirar a calcinha dela e abrir as suas pernas.

Lucas ignorou o protesto silencioso da mesma maneira que ignorou o pedido de que se apressasse.

Com a carícia íntima da língua, que levou Eva a um clímax desconhecido, Lucas explorou o corpo dela. Era quase impossível não se mexer, não contorcer-se, mas ele a manteve presa, totalmente à sua mercê.

Eva sentiu o deslizar suave dos dedos de Lucas dentro de si e segurou a respiração conforme ele a incitava mais e mais, com paciência insaciável e habilidade que a deixava contorcida e desesperada.

Preenchendo o quarto com gemidos, Eva gozou em um jorro de prazer ofuscante.

Em seguida, Eva sentiu-se fraca e mole. Havia sido tomada de emoções. Os olhos encheram-se de lágrimas e ela os manteve firmemente fechados, não ousando olhar para Lucas caso a enxurrada de sentimentos transbordasse.

Sentiu-o subir no corpo e os pelos ásperos do peitoral tocando-lhe a ponta dos seios.

— Olhe para mim. — O comando suave de Lucas fez Eva abrir os olhos.

Ela torceu para que ele não visse o brilho neles.

— Obrigada...

— Não me agradeça ainda. Só comecei. — Roçou-lhe os lábios novamente e se inclinou para pegar algo na mesa de cabeceira.

Eva cutucou-lhe o ombro:

— É minha camisinha?

— Não, mas não se preocupe, vamos usá-la mais tarde. Temos a noite inteira — disse com a voz rouca de puro desejo, ao que o estômago dela se revirou.

A noite inteira.

— Lucas — suspirou. Seu coração acelerou ao sentir o volume de Lucas roçar-lhe intimamente. — Sei que você gosta de criar suspense, mas...

— As pessoas às vezes exageram a importância do suspense. — Ele deslizou a mão para debaixo do bumbum de Eva e penetrou-a devagarzinho, dando-lhe tempo para se acostumar com o volume que a preenchia. Com os olhos presos nos dela, foi abrindo caminho para que seu corpo a tomasse por completo.

Lucas parou, deixando Eva se ajustar, murmurando-lhe palavras delicadas ao ouvido enquanto ela lhe cravava os dedos nas costas e sentia os músculos entre os dedos errantes. Não havia imaginado que algo pudesse ser tão bom, mas enganou-se, como se enganara sobre tantas outras coisas.

Ela curvou-se sob Lucas, envolvendo-o com as pernas, ao que ele entrou mais fundo criando, com o ritmo, uma avalanche de sensações. Eva sentiu o roçar das pernas de Lucas contra a pele sensível das coxas. Sentiu o calor daquela boca, a força daquela mão. Ela *o* sentiu. Sentiu a espessura latejante dele preenchendo-a. Então, com cada movimento delicioso e perfeitamente sincronizado, Lucas a conduziu pelo prazer até que Eva sucumbisse novamente só que, dessa vez, as ondulações de seu corpo persuadiram-no à mesma conclusão.

—ᘯ—

Eva despertou no escuro e viu-se sozinha na cama.

Seu corpo estava dolorido de formas que não sentia há muito tempo. Que talvez nunca sentira.

Virou-se para ver se Lucas estava no banheiro, mas não era possível ver o prateado da luz sob a porta.

Regressando das deliciosas nuvens do sono, sentou-se e voltou a concentração ao quarto.

Parte de si queria voltar a aninhar-se na cama, mergulhando de volta em um sono profundo e gostoso, mas outra parte precisava encontrá-lo.

Pensou na intimidade e no que haviam descoberto um do outro, não apenas na primeira ou na segunda vez, mas depois. Houve um abalo sísmico no relacionamento dos dois. Nenhum deles se escondia mais.

Era ela a primeira mulher com quem Lucas havia dormido desde que perdeu sua esposa?

Ele se arrependia de tudo o que haviam partilhado?

Pensar nisso estragava o que, para ela, tinha sido uma noite perfeita.

Eva deslizou as pernas para fora da cama e alcançou a camisa de Lucas de modo a afastar o frio da noite.

As mangas ultrapassavam seus dedos e a bainha chegava até as coxas. Depois de enrolar um pouco as mangas, caminhou descalça para fora do quarto em busca dele.

A porta do escritório estava aberta, mas, à primeira vista, o cômodo parecia vazio. A luz estava desligada e o computador, sobre a mesa, fechado. Eva estava prestes a se virar para procurá-lo no andar de baixo quando viu a sombra de Lucas esparramada no sofá. Ele tinha um copo de whisky na mão.

Algo na forma como estava sentado, aquela imobilidade total, cutucou-lhe o coração.

Eva nunca viu alguém tão solitário.

Tudo na linguagem corporal de Lucas lhe dizia que não queria ser perturbado, mas como deixá-lo? Ainda mais sendo ela, em particular, a causa de sua angústia... Pois Lucas estava angustiado, isso era certo.

— Lucas?

Ele não levantou a cabeça. Não olhou para Eva.

— Volte para a cama, Eva.

— Você não vem comigo?

— Não. — Ele respondeu como se fechasse uma porta.

Toda intimidade, toda a proximidade de que haviam partilhado, evaporara como névoa matinal. Se não estivesse experimentando aquelas dores e formigamentos deliciosos, Eva teria pensado que tudo não passava de sua imaginação.

Quis voltar no tempo aos momentos incríveis em que não conseguiam ver nada além um do outro. Mas aquele tempo era passado.

Decidida, entrou no escritório.

— Converse comigo.

— Você não quer isso.

Como ele poderia achar isso?

— Se você está arrependido do que fizemos, então isso também me envolve.

— Por que eu me arrependeria?

Eva engoliu seco, ciente de que se encontrava em terreno muito, muito delicado.

— Você a amava. Pode parecer traição, mas...

— Eva, você não quer ter essa conversa.

O coração dela doía.

— Você quer dizer que você não quer ter essa conversa.

Ele colocou as pernas no chão. Seus olhos brilhavam na escuridão.

— Não. Eu quis dizer exatamente o que disse. *Você* não quer ter essa conversa.

Por que Lucas acharia que Eva não estaria disposta a conversar? Estaria presumindo que ela tinha esperanças de obter dele algo mais do que uma noite de sexo incrível? Estaria com medo de que ela interpretasse errado tudo o que havia acontecido naquela noite?

— Você acha que vai me machucar falando sobre sua esposa? Não sou inocente, Lucas. Não acho que a noite passada teve algo a ver com amor ou coisa do tipo. — Eva ignorou a vozinha na cabeça que lhe dizia o quanto gostaria que tivesse amor envolvido. Ela não pensaria nisso. Não *ousaria* pensar nisso. — Mas eu gostaria que fôssemos amigos. Quero que você fale comigo. Quero que diga a verdade.

— Você não está pronta para ouvir a verdade. — Ele encarou o whisky na mão e, depois, Eva. — Você quer tanto amar, mas e se as coisas não acontecerem como você esperava? Você já pensou se seria melhor com ou sem amor?

O coração de Eva parecia cheio e pesado.

— Você está dizendo isso pois perdeu o amor de sua vida, mas ainda assim acredito que é melhor amar desse jeito do que não amar de jeito nenhum. Você vai amar de novo, Lucas. Sei que vai. Agora pode parecer que não, e sei que você nunca a esquecerá, mas um dia encontrará alguém que o faça feliz.

Eva fechou a boca. Talvez não devesse ter dito nada. Era cedo demais. Lucas não estava pronto para ouvir aquilo. Não acreditava naquilo.

Fez-se um longo silêncio e, quando Lucas finalmente falou, sua voz saiu áspera:

— Você é tão idealista. Tão sonhadora. Não faz ideia do que estou falando. O amor não é nada parecido com as coisas que imagina. Não é um lugar luminoso e perfeito em que todos dançam sob sóis e arco-íris. É uma zona, uma desordem, e machuca para cacete.

— Você sente isso porque a perdeu, mas...

— Sinto isso porque é verdade. Você acha que sofro porque nosso amor era perfeito? Então deixe-me destruir suas ilusões de uma vez por todas. Nosso amor não tinha nada de perfeito. Mas, *sim*, eu a amei, o que tornou tudo mais difícil.

— Eu sei, mas...

— Você não sabe. Você não sabe de porra nenhuma. — A raiva bruta na voz dele chocou Eva.

— Lucas...

— Na noite em que ela morreu, naquela noite em que se vestiu toda para entrar no táxi, ela não estava indo para uma festa. — Lucas segurava o copo com tanta firmeza que seus dedos estavam pálidos. Era surpreendente que não quebrasse. — Ela estava indo se encontrar com o amante. Estava me deixando. Que tal sua imagem de nosso amor perfeito agora, Eva?

Capítulo 12

*É melhor liderar do que seguir, mas, se você deve seguir, que siga
seus instintos.*

— Paige

LUCAS ESPERAVA QUE EVA o deixasse ali sozinho e não a
culparia por isso. Talvez fosse mesmo o que ele queria.

Por que mais teria lhe contado a verdade?

Por um longo momento, Eva não disse nada e Lucas observou
diversas emoções perpassarem-lhe a bela silhueta do rosto. Fazia
poucas horas desde que vira êxtase e paixão naqueles olhos. Agora via
choque e confusão seguidos de compaixão. Compaixão, é claro, pois
tratava-se de Eva e seria impossível que ela não sentisse compaixão.

Era a última coisa que Lucas queria.

Ele encarou as próprias mãos, revoltado consigo mesmo por ter
estragado a noite perfeita dela, mas Eva, em vez de sair, sentou-se
a seu lado.

— Mas ela... — disse, tropeçando nas palavras. — Ela era o
amor de sua vida. Você a conhecia desde a infância...

— Exatamente. — Lucas a observou processar toda aquela informação nova. Observou conforme a imagem radiante do amor perfeito, do casamento perfeito, tornava-se algo distorcido e horrendo.

— Eu vi fotos de vocês dois... em pré-estreias, caminhando no
Central Park.... Vi como olhavam um para o outro.

— E isso só prova que é possível dizer muito pouco de uma pessoa só pela aparência. O que tenho dito desde que você invadiu meu apartamento.

Eva pareceu não escutá-lo.

— Você disse que a amou e eu a vi nas fotos. Ela também te amou.

— Ela me amou. Do jeito dela. Mas o amor é complicado, Eva. É isso que venho te dizendo. Não é só coraçõezinhos e sorrisos. Pode ser doloroso. Sallyanne não era capaz de se envolver em um relacionamento de longo prazo, com comprometimento. Esperava que a coisa se autodestruísse e, como não aconteceu, ela o fez por conta própria.

— Não entendo.

— Também não entendi. — E Lucas se culpava por isso. Por ter sido mais observador. Ele, que se orgulhava de ver tão profundamente, fracassou em ir além da superfície acerca do que estava acontecendo com sua própria esposa.

— Alguém mais sabe da verdade?

— De que ela estava me abandonando? Não. Se ela não tivesse escorregado no gelo ao entrar no táxi, o mundo teria descoberto naquela noite, o que seria um choque para todos tanto quanto foi para mim.

Olhe, Lucas, olhe o que fiz com a gente. Peguei tudo o que tínhamos e destruí. Eu sempre te disse que eu destruiria tudo.

Ele pegou a garrafa de whisky, mas suas mãos tremiam tanto que errou o copo.

Eva silenciosamente limpou as poças cor de âmbar com um guardanapo que havia sobrado de um dos almoços que lhe trouxera.

Depois, tomou-lhe a garrafa de whisky das mãos e serviu dois dedos da bebida no copo.

— Você não vai dar um sermão sobre beber? Não vai me dizer que isso não ajuda em nada?

— Não. — Não havia julgamento nela, somente bondade e amizade. — O que aconteceu naquela noite, Lucas?

Ele nunca conversou sobre o assunto. Nunca quis. Até aquele momento.

Por quê? Por que agora?

Era por que Eva tornava a conversa fácil? Ou por que havia uma nova intimidade entre os dois? Evidências dessa nova intimidade eram visíveis no suave ruborizar na pele do pescoço dela e nas mexas tombadas de cabelo. Além do que era invisível. A conexão, a proximidade que não existia antes. Algo que permaneceu fechado nele por três anos agora se abria.

— Ela me disse que estava partindo. Tivemos uma briga. Eu lhe disse que a amava e sua resposta foi que estava tendo um caso. No começo não acreditei... — Lucas pausou, incerto de como descrever a magnitude de sua confusão. — Pensei que a conhecesse tão bem. Eu a conhecia desde que ela tinha cinco anos de idade. Perdemos contato quando entramos na faculdade. Eu permaneci na costa leste, ela foi para a oeste. Eu queria a aventura de morar na cidade grande. Acho que você poderia chamar de minha fase de "malandro". A gente se encontrou de novo por acaso, em uma reunião, só que dessa vez ela estava interessada. Ela gostava do meu lado malandro. Estávamos juntos quando vendi meu primeiro livro. Comemoramos ficando muito bêbados e transando no... — Olhou para Eva. — Deixa para lá.

Ela balançou a mão.

— Não precisa censurar o que diz, Lucas.

— Renovamos nossa amizade e foi como se nunca tivéssemos nos separado. O casamento me pareceu o próximo passo lógico. Ela estava relutante. Não via por que mudar algo que estava funcionando, mas eu a convenci. Nunca cheguei a me perguntar se era a coisa certa para ela.

— Mas você a conhecia muito bem.

— Pensei que sim. Seus pais haviam se separado quando era pequena e foi um divórcio amargo, azedo de engolir. Ela manteve a crença profundamente enraizada de que nenhum casamento poderia durar. Eu não sabia disso na época, mas no momento que coloquei a aliança em seu dedo, assinei a ordem de assassinato de nosso casamento. Ele terminou antes de começar.

— Mas você nunca suspeitou que ela estivesse tendo um caso?

— Não. Ela me contou que não o amava. — Lucas ergueu o copo e bebeu, tentando bloquear a memória daquela última conversa. — Ela teve o caso pois achou que assim me afastaria. Ela queria me "libertar". Disse que estava me fazendo um favor. Pensou que, fazendo-me odiá-la, eu acharia mais fácil seguir em frente. Era seu "presente" para mim.

— Ah, Lucas...

— Não sei ao certo o que aconteceria se ela não tivesse escorregado no gelo naquela noite. Talvez ela alimentasse esperanças de que eu fosse realizar um grande gesto para recuperá-la e provar meu amor. Ou quem sabe ela realmente queria ir embora. Tem sido difícil consertar o que aconteceu. Ela disse muitas coisas que não devia e eu também. Eu senti raiva. Uma raiva tão enorme... — A culpa lhe corroía as entranhas como ácido.

— É claro que sentia.

— Ela tentou fazer as coisas da pior forma possível, para que eu deixasse de amá-la, mas não funcionou assim. Depois que ela morreu, o que senti foi intoleravelmente pior, pois não tinha como falar com ela e chegar à verdade. Acredito mesmo que ela me amava, mas que sentia medo demais para confiar. Era como se temesse tanto o momento do final que quis causá-lo para controlá-lo por si mesma. Mas ainda continuei a amá-la. Não sei se isso faz de mim um doido, um iludido... — Enquanto abaixava o copo, Lucas disse:

— Possivelmente os dois.

— Leal — disse Eva em tom baixo. — Acho que isso provavelmente te faz leal. O amor não é algo que você possa ligar e desligar. Não devia ser, pelo menos.

— Eu queria que sim. — Era algo que Lucas não havia admitido a ninguém. — Quando você se engana a respeito de alguém, você examina tudo na sua cabeça. Pensa de novo em tudo o que fizeram juntos, estuda tudo o que a pessoa disse e tenta concluir se algo daquilo foi real. Você destrincha tudo, desfaz como um suéter, ponto por ponto, até tudo se desmantelar e você ficar apenas com um bolo de lã nas mãos. Com pontas soltas. E você não faz ideia de como juntar tudo de forma que faça sentido. Você sabe qual é a sensação de pensar que conhece alguém, que conhece alguém para valer, e então perceber que não conhece nada? Todos aqueles fatos, aqueles momentos que pensou serem íntimos, de repente viram um borrão e você não sabe se algum dia foram próximos de verdade ou se você imaginou tudo. Se na vida você não pode confiar na pessoa que deveria ser a mais próxima a você, em quem você pode confiar?

— Você devia ser capaz de confiar nas pessoas mais próximas a você. Não é pedir demais. — Eva se aproximou de Lucas, instintivamente oferecendo reconforto.

Sua coxa roçava contra a de Lucas e ela tomou-lhe a mão na própria.

— Pensei — disse devagar — que seu trabalho o havia transformado em uma pessoa desconfiada. Pensei isso por você passar dias mergulhando no lado obscuro da natureza humana. Nunca havia imaginado que o motivo vinha de sua própria experiência. Nunca suspeitei que fosse pessoal. Odeio pensar que você carregou isso tudo sozinho.

— Não queria que a memória dela virasse fofoca. Tinha que pensar na família dela. Seus pais e irmã estavam destruídos. Eu não ganharia nada lhes contando a verdade.

— Mas como você manteve o segredo? E o cara com quem ela...

— Ele era casado. Nunca abandonaria a esposa por ela. Deve ser por isso que Sallyanne o escolheu. Não queria comprometimento, só aventura. Ou talvez realmente só o tenha usado como ferramenta para destruir o que tínhamos. Nunca vou saber. Foi muito conveniente para ele que eu tivesse abafado tudo, pois a verdade colocaria seu casamento em risco. — Lucas ouviu o suave som de compreensão que Eva emitiu e sentiu uma pontada de culpa. — Destruí sua imagem radiante do amor.

— Não. Sei que o amor pode ter defeitos, pode ser confuso. Sei de tudo isso.

— E ainda assim o deseja?

— É claro. Pois, no final das contas, o amor é a única coisa que importa. — Eva tornava simples o que Lucas achava doloroso e complicado.

— Discordo. Teve muitos dias, depois que ela morreu, que desejei nunca tê-la conhecido. — Lucas ergueu a cabeça e olhou para Eva. — Não soube lidar com o fato de Sallyanne ter escondido tanto de mim. Me iludi tanto quanto você ao ver aquelas fotos. Uma foto pode ser forjada, mas eu vivia com ela e pensei que o que tínhamos era real. Se você não consegue confiar em alguém que conhece há mais de 25 anos, em quem pode confiar?

— Não me surpreende que você tenha se mantido longe de relacionamentos desde então.

— Por sorte as pessoas dão desconto para quem está em luto. Foquei em meu trabalho. Produzi três vezes mais e as histórias que escrevia ficaram cada vez mais sombrias e profundas. Minhas vendas dispararam. Os críticos disseram que minha escrita atingiu outro nível. Sallyanne teria dito que foi seu último presente para mim. É irônico, não acha? Sou um escritor com recorde de vendas mundial pois minha esposa ferrou feio com a minha vida. — Ele pegou o copo e bebeu o líquido até o final, aquecendo a garganta com o whisky. — Isso é o amor, Eva. Assim que é. Você devia voltar para cama e eu, escrever.

— Escrever? São quatro da madrugada.

— Não vou dormir. Mas você deveria. Mesmo com uma boa noite de sono você não funciona bem de manhã. — Lucas esticou o braço e ajeitou uma mexa de cabelo para trás da orelha de Eva, imaginando o que teria sido se a tivesse conhecido em um momento diferente da vida. Deixou a questão de lado, pois a resposta era que não houve em sua vida um momento sequer em que teria sido o homem certo para uma mulher como ela.

— Você não vem comigo?

Parte dele queria, mas Lucas lembrou a si mesmo que, até o momento, ambos haviam partilhado apenas uma noite. Só isso. As pessoas sumiam depois de uma noite juntos, isso era comum. Lucas não tinha intenções de deixar que uma noite se tornasse duas, e que duas se tornassem três...

— Não. — Ele fechou os dedos na mão para evitar a tentação de tocá-la novamente.

O olhar de Eva procurou o de Lucas. Em seguida, ela endireitou os ombros e se levantou.

— Não faça isso.

— Isso o quê?

— Não se arrependa do que fizemos. Não comece a examinar e destrinchar tudo. E não se preocupe com o que penso sobre os rumos disso. Eu sei o que a noite passada foi. Por isso não ache que deva me dar explicações, justificativas ou, pior ainda, desculpas. Vou voltar para a cama. Sem arrependimentos. E gostaria de ver o mesmo de sua parte.

Eva se afastou, deixando Lucas em sua solidão autoimposta. Ele a seguiu com o olhar, observando o contorno das suas curvas esguias através da camisa, imaginando como podia doer tanto que alguém fizesse exatamente o que lhe foi pedido.

Lucas dispensou Eva, mas agora queria segui-la. Queria descongelar o coração em seu calor, mas lutou contra o impulso pois sabia que era errado de sua parte usá-la como refúgio quando jamais, de forma alguma, poderia acompanhá-la nos sonhos.

Se não se importasse com ela, seria mais fácil. Mas Lucas se importava. Se importava mais do que achava que devia. Por isso, forçou-se a permanecer onde estava, tendo como companhia apenas seus arrependimentos, a culpa e um monte de outras emoções que era incapaz de desvendar.

Curvada como uma bolinha na cama fria, Eva encarou a escuridão.

Cogitou voltar a dormir no quarto de Lucas, mas concluiu que seria intrusivo pois, com ela na cama, onde *ele* dormiria?

Tem alguém dormindo em minha cama e ela continua aqui.

Não queria ser como a Cachinhos Dourados. Por isso voltou ao quarto que estava ocupando durante a sua estadia na casa.

A cama parecia enorme, fria e vazia, preenchida apenas com seu corpo e seus pensamentos.

A noite estava sendo incrível até o momento de descobrir Lucas no escritório e ele lhe revelar seu segredo. E agora o segredo jazia no peito de Eva, pesado como uma rocha. Nunca lhe ocorrera que a imagem daquele relacionamento, daquele casamento "perfeito", pudesse não ser tão perfeita assim.

Eva se revirou na cama e encarou o teto.

Lucas estava certo quando disse que mancharia seus sonhos. Ele de certa forma o fez. Ela vira aquelas fotos e, apesar do luto profundo, invejara o que Lucas havia partilhado com Sallyanne.

Eva não pensou em ver além. Pensava que, uma vez encontrada a pessoa certa, o amor era simples.

Lucas provavelmente a achava uma tola sonhadora.

Ela se achava uma tola sonhadora.

Não era de surpreender que Lucas se isolasse. Não surpreendia que rejeitasse o pedido de quem dizia para ele seguir em frente. Não estava apenas lidando com a perda de alguém que amava. Estava lidando com a descoberta de que aquilo em que acreditava nunca existiu. Eva começava a entender por que Lucas nunca julgava pelas aparências.

Ele viveu aquilo, descobriu por experiência própria que o que via na superfície não refletia o que se passava mais embaixo. Não era somente ficção. Foi sua realidade.

E pouco ajudava querer que as coisas fossem diferentes ou fingir que *ela* o arrancaria do passado, trazendo-o para o presente. Eva podia até ser uma otimista sonhadora, mas não era estúpida. Lucas tinha muito o que processar e, até que o fizesse, não estava em condições de relacionar-se com alguém. A última coisa que Eva queria era perder o coração para um homem indisponível.

Ela sentiu uma dor latejante, dilacerante, no peito e soube que era tarde demais. Estava se apaixonando por Lucas e não tinha esperanças.

Poderia cozinhar pratos deliciosos para ele, decorar seu apartamento, mas não poderia fazer nada quanto ao que ele sentia. Somente Lucas poderia consertar isso.

O que não impedia Eva de desejar consertar por ele.

Capítulo 13

Você não tem como adentrar o futuro com um pé no passado.

— Paige

LUCAS ACORDOU COM O PESCOÇO dolorido por ter dormido torto no sofá.

Através da janela que ia do chão ao teto podia ver os dedos dourados da aurora se estendendo pelo céu. A neve havia parado de cair, mas os dias anteriores transformaram o Central Park em um brilhante país das maravilhas invernal. A neve jazia espessa pelas vielas e as árvores estavam vestidas com o manto cintilante do branco mágico do inverno.

A garrafa de whisky continuava aberta em frente a Lucas e, ao lado dela, estava o copo vazio, lembrete da noite anterior.

Lucas lembrava da dança, do champanhe, daquela viagem de carro tensa na volta para casa e do sexo maravilhoso que veio em seguida. Eva foi tão aberta e cheia de desejo, tão generosa e honesta quanto aos afetos, entregou-se sem hesitação ou restrições. E depois, na conversa no escritório, foi igualmente generosa. Em vez de se incomodar ou ficar insegura por ele falar do relacionamento com outra mulher — quando apenas uma hora antes ambos estavam envolvidos da forma mais íntima possível —, Eva escutou com carinho, prestou atenção.

Xingando baixinho, Lucas deslizou as pernas para fora do sofá e afundou os dedos no cabelo.

Ela foi para cama com ele como uma mulher que acreditava em finais felizes e despertara na manhã seguinte com as ilusões destruídas. Era isso que um relacionamento com Lucas causava nas pessoas.

Que diabo aconteceu depois?

Lucas não podia fugir pois estava em seu próprio apartamento. Não poderia dispensá-la pois precisava dela para trabalhar.

Preso ao dilema que ele mesmo criara, entrou no próprio quarto, preparou-se para conversar e viu a cama vazia. Os sapatos que Eva usou na noite anterior estavam embaixo da cama com as pontas para fora, lembrete das poucas e intensas horas de entusiasmo no baile.

Lucas devia ter parado tudo ali mesmo.

Ele não devia ter dançado com Eva, devia tê-la deixado ir para casa com um daqueles homens. Devia ter recuado e deixado rolar.

Teria sido melhor para ambos. Em vez disso, Lucas destruiu o conto de fadas dela.

Fitou o emaranhado dos lençóis e se perguntou se ela dormiu no próprio quarto. Ou foi isso, ou ela fez as malas e foi embora. Lucas não poderia culpá-la por isso, poderia?

Essa ideia o perturbava mais do que devia, bem como o alívio que se seguiu ao cheiro delicioso de bacon frito que vinha da cozinha.

Ela não tinha voltado para casa.

Tentando compreender o que isso significava, Lucas entrou no banho, prostrou-se debaixo da ducha e fechou os olhos conforme a água quente esmagava os últimos traços de sono de seu corpo.

Erguendo os braços, tirou a água do rosto na tentativa de limpar a mente.

Conhecia Eva havia menos de uma semana e, ainda assim, contara-lhe coisas que jamais revelara a ninguém. Informações profundamente pessoais que muito tempo antes prometera a si mesmo jamais deixar virem à luz. Havia, porém, algo na forma como Eva o olhava, algo na bondade de seus olhos e na leveza de seu toque que destrancava os segredos que ele guardara tão firmemente para si.

Não a culparia por ler errado os sinais e pensar que aquilo significava mais do que era.

Xingou baixinho e alcançou a toalha, amarrando-a na cintura.

Não havia por que adiar o que inevitavelmente seria uma conversa constrangedora.

Melhor tê-la de uma vez, de modo que ambos soubessem o que estava acontecendo.

Lucas se vestiu rapidamente e desceu a escada até a cozinha.

Eva usava de novo sua camisa e tinha o cabelo amarrado caoticamente em cima da cabeça. Lucas ouviu o som de fritura e sentiu o delicioso cheiro que o envolvia, despertando-lhe as papilas gustativas. Percebeu que hoje ela não estava cantando e sentiu outra punhalada de arrependimento e culpa.

Sem dúvidas era culpa dele.

— Estou sentindo cheiro de bacon? — Achou que era melhor quebrar o gelo do dia seguinte por conta própria, mesmo sem saber ao certo que parte da noite anterior deixou Eva mais desconfortável. O sexo ou a confissão? — Pensei que você fosse vegetariana.

Sem dirigir-lhe o olhar, Eva alcançou um prato.

— O bacon é para você. Ouvi dizer que é a cura perfeita para a ressaca.

— Não estou de ressaca. — Era mentira e ambos sabiam disso. No entanto, em vez de discutir, ela se virou para frigideira e deixou Lucas com a reflexão de por que ela se daria tanto trabalho.

— Eva...

— Não fale.

— Pois você está chateada?

— Não, pois ainda não acordei. É cedo, Lucas. Já te disse que não funciono bem a essa hora, especialmente depois de dormir pouco como ontem à noite. — Bocejando, colocou o bacon no prato, acrescentou um bolinho inglês assado, um ovo escalfado e posicionou o prato em frente a Lucas. — Não fale comigo. Vou ficar bem. — Ela simplesmente o dispensou de ter a conversa que tanto temia. Lucas deveria sentir-se aliviado.

— Não preciso de café da manhã.

— Acordei cedo para lhe fazer isso. Se você não comer, eu *vou* ficar chateada. Você precisa repor as calorias que queimou ontem à noite.

— Sobre isso...

— Coma. — Entregou-lhe garfo e faca e virou-se para tirar do forno uma assadeira de algo que cheirava deliciosamente.

Lucas percorreu-lhe as longas pernas desnudas e esqueceu o que pretendia falar:

— Você roubou minha camisa.

— Quis preparar o café da manhã antes de tomar banho. Você se importa?

O que era mais uma intimidade no topo da pilha de tudo aquilo que haviam partilhado?

Lucas deu uma garfada. Depois mais outra e então se sentiu instantaneamente melhor. O bacon estava crocante, o bolinho levemente tostado e o ovo cozido perfeitamente. Eva sempre parecia saber exatamente o que lhe servir. A comida certa para o humor certo.

— Quando não te vi no quarto, pensei que tivesse ido embora.

— Dormi em meu próprio quarto. — Eva serviu um café para si e inclinou-se no balcão. — Você devia ter dormido no seu. Deve estar com uma baita dor no pescoço depois de passar a noite no sofá.

— Eva, o que aconteceu entre nós ontem à noite...

— Não vamos conversar disso agora.

— Nós vamos, sim.

Ela suspirou.

— Bem, se vamos, vou precisar de mais café e não me responsabilizarei por nada que disser enquanto estou em coma de sono. — Ela encheu a caneca e entregou outra para Lucas. — A noite passada foi perfeita, Lucas. O vestido, o baile, a dança, o sexo. Tudo foi perfeito.

Lucas estava tentando não pensar no sexo, mas, agora que Eva o mencionou, não era capaz de pensar em mais nada além disso. Eva, nua, com os seios maravilhosos pressionando contra seu peitoral. Eva, de olhos fechados e lábios abertos enquanto ele a beijava.

Eva, escutando sem julgar...

Droga.

— Você está ignorando a parte em que destruí seus sonhos.

— Você quer dizer a parte em que me contou a verdade sobre seu casamento? Não. — Ela deu um gole no café e abaixou lentamente a caneca. — Fico feliz que você finalmente tenha sido capaz de contar a alguém, pois carregar tudo isso sozinho deve ser um fardo pesado. Sinto muito que você tenha vivido com aquilo e posso compreender por que sempre é tão relutante em acreditar que as pessoas são o que parecem.

— Eva...

— Você sempre busca sentidos ocultos, então vou poupá-lo do trabalho e contarei o que está passando em minha cabeça. A noite passada foi incrível? Sim, ela foi. Se desejo que fosse mais do que uma noite? Sim, parte de mim deseja.

E Lucas também desejava. E também quis que Eva estivesse vestida com algo que não fosse apenas a sua porcaria de camisa. Seria mais fácil de manter a concentração.

— Parte de você?

— A parte de mim que quer ignorar a verdade de que você tem muita bagagem com que lidar antes de estar pronto para se relacionar com alguém. Me envolver com você seria como dirigir um carro sobre pregos e cacos de vidro. Só poderia terminar mal e prefiro nem começar algo quando já vejo os problemas no horizonte. Por isso, não precisa se preocupar comigo. Digamos que foi um lance de uma noite.

Lucas deveria estar aliviado por Eva ser tão sensata. Ele *estava* aliviado. Aquela pontada de decepção não fazia sentido.

— Você não gosta de lances de uma noite só.

— Não são meus preferidos, mas isso não quer dizer que eu não possa curtir quando acontece — disse com a voz leve. Lucas, porém, sabia que isso não revelava nem a superfície do que Eva sentia.

— Eu entenderia se você quisesse ir embora.

Eva bebeu mais um gole do café enquanto estudava Lucas do outro lado da borda da caneca.

— Quer que eu vá? Você pediu que eu viesse para que terminasse o livro. A não ser que já tenha terminado, ou minha presença não seja mais útil, vou ficar até o trabalho ter sido concluído. Você precisa ou não de mim?

A boca de Lucas estava seca. Teve que lembrar a si mesmo que ela estava falando de trabalho.

— Eu preciso de você.

— Então vou ficar. — A boca de Eva arqueou-se em sorriso. — E prometo não pular em você durante a noite, você não vai precisar buscar refúgio no sofá. Agora que estamos de acordo, podemos seguir em frente como se nada tivesse acontecido.

Quisera Lucas que fosse tão simples.

Quisera poder fingir que nada havia mudado. Mas havia. Era como tentar fechar a porta de um armário abarrotado de coisas. Tudo ali dentro forçava saída, tentando escapar depois de tantos anos trancado fora de vista.

Talvez ela achasse que era unilateral. Talvez não compreendesse o quanto ele batalhava para não deixar de lado seus sentimentos mais decentes e buscar abrigo no calor e na generosidade dela.

Lucas não disse uma só palavra enquanto Eva lhe serviu mais comida e preparou-lhe um café exatamente do jeito que ele gostava.

Tudo o que ela fazia era exatamente do jeito que ele gostava.

A única forma de lidar com a situação era voltar ao trabalho.

Depois de comer pela segunda vez, Lucas se levantou e levou o prato à máquina de lava-louças.

— Obrigado pelo café da manhã — disse com o tom de voz mais áspero do que pretendia, mas Eva não pareceu ofendida. Lucas estava chegando à conclusão de que ela era uma dessas raras pessoas que tinha intuição natural para entender e respeitar as emoções dos outros.

— De nada. Obrigada pelo orgasmo. — Eva ficou rosa. — Esqueça o que disse. Ainda estou meio-adormecida.

Não importava quão tensa era a situação, ela sempre o fazia sorrir.

— Você só está agradecendo por um? E os outros?

— Perdi a conta.

Os olhares dos dois se encontraram e o ar do apartamento se aqueceu com a intimidade compartilhada.

Lucas pensou que, se fizesse o que realmente queria fazer, seria um desastre e ela não estaria agradecendo por nada.

Estaria amaldiçoando o dia em que o conheceu.

A tempestade havia passado completamente, as ruas estavam limpas e aos poucos as pessoas se arriscavam a sair, agasalhadas contra o frio, enquanto se preparavam para as festas. Havia presentes para comprar e embrulhar, árvores para decorar, vitrines para admirar e festas para ir.

Eva se concentrou no trabalho e tentou não pensar na noite que passou com Lucas.

O momento havia sido tão especial que merecia ser lembrado, mas, ao mesmo tempo, pensar nele fazia que ela desejasse algo indisponível.

Nenhum dos dois tocou no assunto, o que não queria dizer que não havia tensão no ar. Ela fervilhava sob as aparências, criando pequenas ondulações na atmosfera antes lisa. Eva não sabia, até então, o quanto podia ser transmitido com um toque ou um olhar.

Invejava o autocontrole de Lucas.

— Quer dizer, se fosse eu, não seria capaz de resistir — disse a Paige, enquanto despejava, batia e assava. Contou às amigas a verdade sobre a noite, omitindo tudo o que Lucas havia lhe dito. Não era um segredo seu. — Ele é do tipo de cara que pode ter chocolate em casa sem comer. Por que não fui abençoada com um autocontrole tão implacável? Eu seria magra e bem-sucedida.

— Você foi abençoada com muitas outras coisas e nenhum homem trocaria suas curvas por uma magrela.

— Você me acha gorda? — Eva tentou ver o bumbum por cima dos ombros. — Estou usando a bicicleta do Lucas todos os dias e andei levantando uns pesos. Pareço mais definida, mas não magra. Deve ser porque ainda não conquistei autocontrole.

— Autocontrole não está com nada. E aí, ele não mencionou aquela noite nenhuma vez?

— Exceto por aquela conversa constrangedora da manhã seguinte, não. — Ela peneirou mais farinha na tigela. — Nós estamos ignorando a situação. Pelo menos superficialmente. — E por baixo? Por baixo a tensão só crescia. O momento que partilharam foi tão intenso que ficava cada vez mais difícil comportar-se normalmente. Eva quase chegou ao ponto de não lembrar mais qual era seu normal.

— Hum. — Paige não pareceu convencida. — Certeza de que você está bem ficando aí? Eu não gostaria que você sentisse algo mais sério por ele.

Eva tirou uma bandeja de ovos de dentro da geladeira.

— Não estou sentindo nada sério.

— Eu te conheço. Com você sexo é sempre algo sério. Não quero que você se machuque.

— Fazia algum tempo que eu não transava, então acho que foi diferente. Não foi sério. — Se repetisse isso várias vezes, talvez ela mesma acreditasse.

— Mas você gostaria que fosse?

— Não vou me permitir pensar isso. — Ela fechou a porta da geladeira pensando que talvez tivesse mais autocontrole do que imaginava. Não era muito boa na hora de resistir a açúcar ou a um batom novo, mas estava se saindo bem quanto aos sentimentos por Lucas.

Lucas passou a maior parte dos dias que se seguiram trancado no escritório, saindo dali somente para comer as refeições que Eva preparava. Ela se perguntava se ele estava se isolando pois precisava trabalhar ou porque a intensidade da relação dos dois começava a afetá-lo também. Havia muito significado nos silêncios, tanto quanto nas palavras que trocavam. Teve momentos em que Eva achou que fosse pegar fogo.

Houve também momentos em que se preocupou que, estando sozinho no escritório, Lucas pudesse ter voltado a seu inferno particular. Não conseguia deixar de se perguntar se ele pensava nela enquanto trabalhava.

Como prometido, convertera o terceiro quarto em um escritório para ela. Levou para lá uma escrivaninha, dando-lhe vista para a cidade e o parque.

Eva teve que usar toda sua disciplina para não passar o dia contemplando a vista.

Deixou ali seu computador e agenda, e checava com regularidade se havia recebido alguma mensagem de Paige e Frankie. Em uma noite, encontrou-se com as duas para uma reunião em Midtown mas, fora isso, a maior parte de seu trabalho era conduzida por telefone e internet. Passava sua jornada de trabalho produzindo a comida de eventos, em contato com salões e clientes. O resto do tempo, ficava na cozinha.

O Natal era a época do ano que Eva e sua avó mais gostavam e havia memórias por toda parte, em sabores e aromas, em texturas e gostos. Ela não cozinhava certos pratos desde a morte da avó, mas os preparou para Lucas e descobriu que isso lhe trazia tanto consolo quanto tristeza e nostalgia.

Apesar — ou talvez por conta de — sua preocupação com o livro, Lucas era um público gratificante. Elogiava tudo o que ela preparava e parecia genuinamente interessado em seu processo criativo.

O jantar se tornou a refeição mais importante do dia para Eva, pois era o único momento de verdade que passavam juntos. O café da manhã costumava ser tomado de pé, o almoço também era rápido e, às vezes, Lucas simplesmente carregava o prato e o levava para o escritório.

Era no jantar que ficava mais tempo. Sempre interrogava Eva cuidadosamente sobre o que estavam comendo e então escolhia um vinho que complementasse a comida. Ela se surpreendia com tal conhecimento.

— Então alguns dos seus vinhos são muito velhos e valiosos?

— Sim.

— E você às vezes os compra em leilões?

— Exatamente. — Ele serviu a bebida em uma taça e entregou-a a Eva. — Experimente. Diga o que acha.

Eva ficou constrangida na primeira vez que Lucas lhe fez essa pergunta. Não sabia nada de vinho e não ia encher linguiça para se fingir de especialista.

— Eu gosto. É tudo o que posso dizer.

— Por que você gosta dele?

— O gosto é bom e me dá vontade de terminar a garrafa. — Eva sorriu por cima da borda da taça. — Me desculpe por decepcioná-lo, mas não sei dizer nada mais técnico do que isso. Como você aprendeu sobre vinhos?

— Com meu pai. — Lucas encheu novamente a taça. — É o passatempo dele. Quando eu era criança, a gente viajava para vinhas na Califórnia, Nova Zelândia e França.

Entre a infância e turnês de livro, Lucas tornou-se viajado.

— Só fui uma vez para a Europa. Trabalhei um mês em uma cozinha em Paris. — Ela deu outro gole no vinho. — Você viajou o mundo inteiro.

— Não viajei o mundo inteiro e, quando viajo, não vejo muito dos lugares que visito. Se for para o lançamento de um livro, com certeza eu verei apenas o aeroporto, o hotel e a livraria antes de partir para o próximo país. Me fale mais de Paris. O que você amou lá?

— Tantas coisas. O pão, a paixão pela comida, a qualidade dos ingredientes.

Eva sentiu-se lisonjeada pelo interesse de Lucas. Tinha saído com homens que pareciam querer falar apenas de si mesmos. Lucas fazia perguntas e prestava atenção às respostas.

Ele era um ouvinte generoso, e Eva se viu falando da infância e de pequenos detalhes sobre a avó nunca antes partilhados com alguém.

— A ilha de Puffin é pequena, então nossa casa sempre esteve cheia. Depois que o vovô morreu, não tivemos que cozinhar por seis meses. Havia sempre uma assadeira de comida à nossa porta. A vovó adorava isso. Ela se preocupava por sermos apenas nós duas e queria garantir que bastante gente participasse de minha vida, por isso cozinhava com frequência e convidava pessoas para provar o que fazia.

Os dois acabaram se desviando do assunto, mas ele veio à tona algumas noites depois.

— Por que você deixou a ilha de Puffin?

— Vim para a faculdade. — Eva acrescentou uma gota de azeite trufado ao macarrão que estava preparando. — A vovó decidiu que também era hora dela mudar.

— Foi corajoso da parte dela.

— Ela era uma mulher incrível. Olhava sempre para o futuro, nunca para trás, e jamais duvidava da capacidade de realizar algo. Ela se mudou para Nova York depois de viver em uma ilha rural no Maine e fez dessa metrópole seu lar.

— Tendo sido professora de Inglês, deve ter aproveitado a grande quantidade de programação cultural que Nova York pode oferecer.

— Aproveitou mesmo. Nos primeiros anos, morou em um apartamento no Upper West Side. Estar perto do Central Park era sua forma de manter o verde em sua vida. Costumávamos fazer piqueniques no parque. Eu adorava alimentar os patos.

— Ela não ficou com saudades da ilha?

— Acho que não. — Eva serviu o macarrão e colocou os pratos sobre a mesa. — Ela achava maravilhoso poder ver concertos a céu aberto no verão e poder comprar qualquer ingrediente de que precisasse sem contar com o estoque da única loja da ilha.

— Você ficou com saudades?

— Não. — Eva sentou-se de frente para Lucas. — Eu amava aquela ilha, mas Nova York era como um paraíso para mim. No dia em que descobri a Bloomingdale's, percebi que estava em casa. A Bloomingdale's e o andar de sapatos da Saks na 5ª Avenida. É tão grande que poderia ter um CEP só para ele. Tem até um elevador expresso que te leva direto para lá.

— Para o paraíso?

— Tipo isso.

— Sua avó parece ter sido uma pessoa extraordinária. Não surpreende que o vínculo de vocês tenha sido tão forte.

— Ela foi tudo para mim — disse Eva. — Meu mundo. Era o tipo de pessoa que tentava sempre focar no que era bom em sua vida, nunca no ruim. Se eu olhasse pela janela e dissesse "vó, está chovendo", ela diria que é bom para as plantas ou que poderíamos brincar pulando nas poças. Certa vez ficamos isoladas na neve por metade do inverno, a ilha inteira ficou, e ela não reclamou nem uma vez. Disse que era o clima perfeito para se aconchegar na cozinha e cozinhar. Ela era tão... ensolarada.

— E transmitiu isso a você.

— Eu costumava pensar que sim, mas agora não tenho certeza. — Eva espetou a comida. — Desde que ela morreu, me sinto mais como uma nuvem de chuva do que um raio de sol. Ela foi a pessoa mais importante no mundo para mim e não acho que estou me ajustando bem sem ela... — Eva pestanejou, puxando os sentimentos automaticamente para dentro de si. — Desculpa. Vamos falar de outra coisa.

— Você quer falar sobre outra coisa?

Não. Ela queria falar da avó. Queria falar do que sentia.

— Não quero ficar me lamuriando sobre meus problemas.

— Pois foi o que sua avó te ensinou? — Lucas examinou Eva com cuidado. — Você pode ficar triste, Eva. E pode conversar sobre isso.

— Acho que parte de mim teme que, se eu começar, não vou parar. Minhas amigas têm sido tão boas, escutando e me abraçando quando estou triste, mas sei que tenho que me resolver sozinha.

— Você mesma me disse que não havia prazo para superar uma perda.

— Sinto como se decepcionasse a vovó. Estou me esforçando para ser o que ela me ensinou, mas é difícil.

— E poderia ser diferente? Depois que a Sallyanne morreu, li muito sobre a teoria do luto, mas o luto é algo pessoal e, na prática, tudo o que você pode fazer é seguir em frente, dia após dia, na esperança de melhorar.

— Do que nela você tem mais saudades?

— Da Sallyanne? — Ele abaixou o garfo. — Não sei. Provavelmente do senso de humor irreverente. Do que você tem mais saudades na sua avó?

— Do sentimento de ser envolvida em amor. Do senso de segurança que vinha de saber que ela me amava independente de qualquer coisa. Desde que a perdi, sinto como se estivesse deitada em uma cama enorme e fria e alguém tirasse o cobertor de mim. Há centenas de pequenas coisas de que tenho saudades. Como ligar para contar as novidades, ela me contar o que acontecia na comunidade para idosos em que vivia... a última tirada engraçada do Tom ou como Doris deixou a dentadura em um copo e assustou o carteiro. Eu costumava ir à festa de Natal deles. Sinto saudades disso. — Eva alcançou a taça e lançou a Lucas um olhar de desculpas. — Perdão. Estou muito sentimental.

— Não se desculpe. E só para registrar, não acho que você esteja sentimental. Longe disso. — Lucas serviu-se de mais comida. — A julgar pelo que me disse, acho que você andou guardando muita coisa para si. Você deveria falar mais. É importante.

— Você não costuma falar.

— Eu escrevo. É meu jeito de aliviar a tensão.

— Você mata personagens?

— Também. — Lucas deu um sorrisinho, ao que Eva riu.

Ela percebeu que se sentia bem como há muito tempo não sentia.

— Obrigado por escutar. É fácil conversar com você, talvez porque também perdeu alguém. Você sabe qual é a sensação. Sabe como é.

Era algo mais que os conectava, outra camada de intimidade que aprofundava o que já existia entre eles.

Eva desistiu de tentar não desejá-lo. Ela o desejava desesperadamente. Desejava que ele a levasse à cama e que fizessem amor como na noite do baile. Mas não importava o quanto conversassem madrugada adentro, o quão pessoal fosse o tema, Lucas não encostou mais em Eva. E ela tentava desesperadamente não tocá-lo.

Certa vez, tocou-o por acidente enquanto lhe entregava o prato e recuou tão bruscamente que a louça quase foi parar no chão. Lucas apanhou-a com uma das mãos e a breve chama em seus olhos comunicou a Eva que ele não apenas estava ciente de sua luta, como também travava a mesma batalha. Ainda, porém, que a tensão sexual queimasse em temperatura superior a tudo que Eva preparasse em sua cozinha, Lucas não tomava atitude alguma a esse respeito.

Ela tampouco.

Eva repetia a si mesma que ele estava sendo delicado, mas continuava sentindo a dor opaca da decepção pelas coisas não poderem ser diferentes, além da pontada prolongada do desejo. Suas noites eram interrompidas por sonhos eróticos e suados, imagens difíceis de apagar sob a luz do dia.

Ela tentou limpar a mente de pensamentos sexuais.

— Como vai o livro?

— Muito bem, obrigado. — Lucas serviu mais vinho. — Escrevi mais dez mil palavras hoje. O suficiente para pensar que o livro talvez fique pronto dentro do prazo.

— Você deixará que eu o leia, já que estou nele?

Lucas pegou sua taça.

— Você não gosta de ficções sobre crime.

— Nunca tive um papel importante em uma ficção de crime antes.

— Eu nunca permito que alguém leia meu trabalho antes de terminado.

Eva sentiu uma punhalada de decepção.

— Está bem. Mas espero ganhar uma cópia assinada.

— Mesmo se tiver sangue na capa?

— Vou encapar com papel florido rosa.

Ela serviu uma leve *tarte au citron* inspirada no verão que passou em Paris. Em seguida, Lucas voltou ao escritório.

Eva checou os e-mails, atualizou as mídias sociais e ligou para dois clientes.

Na hora de ir para a cama, preparou um chá de ervas para si e outro para ele.

A porta do escritório estava aberta, mas não havia sinal de Lucas.

Eva colocou o chá sobre a mesa e viu as palavras na tela. Ele havia parado no meio de um capítulo.

A curiosidade empurrou Eva até a tela.

Sentiu uma pontada de culpa por estar espreitando sem permissão, mas logo se livrou do sentimento. Ela era a inspiração dele. Tinha a prerrogativa de pelo menos dar uma olhada na personagem que ele havia criado. Não tinha?

Ela encarou a tela na intenção de ler apenas algumas linhas.

Mas continuou lendo. Continuou lendo até a boca ficar seca e as mãos trêmulas.

Eva ficou tão absorvida que não ouviu Lucas retornar ao cômodo.

— Eva?

Sua voz arrancou-a do estado de choque. Eva recuou imediatamente e tropeçou em uma pilha de livros que Lucas havia deixado no chão.

— Sou eu. — Tinha as palavras presas na garganta. — Você disse que eu era sua inspiração...

— Eva...

— Eu sou a assassina. Pensei que fosse uma personagem legal e boazinha, mas sou a assassina? *Você me transformou em uma assassina?*

— Não é você. Meus personagens não são pessoas reais. — Ele hesitou. — É verdade que peguei algumas de suas características...

— Ela é loira e usa sutiã GG. É uma cozinheira brilhante! Você poderia tê-la batizado de Eva! Todo mundo vai saber que é baseada em mim e isso é h-horrível. — Não era capaz de empurrar as palavras para além da rocha de raiva em seu peito. — E os detalhes...

— Eva, por favor...

— Todas as perguntas que você fez quando estávamos juntos. Pensei que estivesse interessado em mim. Que quisesse me conhecer, mas só queria mais informações para seu livro.

— Isso não é verdade. — Lucas se aproximou, mas Eva ergueu a mão.

— *Não* chegue mais perto. Não me toque, Lucas, pois estou *doida* de raiva neste momento.

— Você está exagerando. No máximo ela foi levemente baseada em você, só isso.

— *Só isso?* — Com o dedo em riste, ela deu passo adiante. — Tenho novidades para você, Lucas. Eu *sou* uma pessoa de verdade. Uma pessoa de verdade, de carne e osso, com emoções e s-sentimentos. *Não sou* uma de suas personagens e *não estamos* em um de seus livros. Isso aqui é a vida real. Isso aqui é *minha* vida e você não... — Com a respiração acelerada e entrecortada, bateu forte contra o peito dele. — Você não tem o direito de me transformar em uma assassina.

— Se você me escutasse...

— *Nem vem* me acalmar. Você me acha uma assassina em potencial? Bem, tenho novidades para você... — cuspiu as palavras — ...desde que te conheci, posso até ter me tornado uma. Neste momento sou capaz de conceber dezenas de formas interessantes de te matar e que nem você seria capaz de imaginar. — Com isso, deu meia-volta e deixou o escritório, batendo a porta ao sair.

Eva foi a seu quarto e também bateu a porta ali, tão furiosa que não conseguia respirar.

Ele a transformou em uma assassina.

231

Todo esse tempo pensara que tinham algo especial, que aquela nova intimidade era genuína e profunda, mas Lucas estava apenas se aproveitando daqueles momentos que compartilhavam para colocar tudo o que descobria sobre Eva em seu livro. Não estava interessado por se importar com ela, mas porque se importava com a história que estava escrevendo.

Eva quis acreditar que sua presença estava ajudando Lucas, inspirando-o. Em vez disso, ela o inspirara a transformá-la em uma pessoa má.

Ela andou de um lado para o outro, tão monumentalmente estressada que não tinha ideia do que fazer para se acalmar. Um drinque. Eva precisava de um drinque. Funcionava com Lucas nos momentos de estresse, por que não funcionaria com ela?

Desceu até a cozinha. Eva não deu bola para o whisky e escolheu uma garrafa de vinho na estante.

O som de passos ecoou atrás dela, mas Eva não se virou.

Não queria olhar para ele, quem dirá conversar.

Quanto daquilo tudo foi real? Aqueles olhares longos, o autocontrole agonizante que ambos mostravam quando estavam no mesmo lugar... foi tudo imaginação de Eva?

Ela contou a Lucas coisas que não contara nem às melhores amigas e, em vez de ele guardar essas confidências como um tesouro, roubou-as em benefício próprio.

Pousou a garrafa pesadamente sobre o balcão e pegou o saca--rolha.

— De jeito nenhum deixe-a cair — disse ofegante. — É uma garrafa de... deixa para lá.

— De grande valor, é isso que você ia dizer?

— Há apenas onze dessas no mundo. E essa é a melhor garrafa.

Eva lançou a Lucas um olhar demorado, ríspido, e, em seguida, sacou a rolha do vinho.

— Agora são dez. — Ela despejou o vinho na taça e a ergueu, desafiando Lucas com os olhos. — Ao assassinato. — Deu um gole e fechou os olhos por um breve momento. — Hum. Você tem razão, esse é *bom*. Dizem que o crime não compensa, mas, no seu caso, está na cara que ele paga extremamente bem. Você devia ter comprado as outras dez garrafas.

Ele encarou a garrafa aberta:

— Eu comprei.

Borbulhando de raiva, Eva pegou a garrafa e preencheu a taça.

— Onde estão?

— Na adega.

— E o que essa estava fazendo aqui? — Ela deu outro grande gole. Lucas a observava com a mesma atenção que daria a uma bomba que pudesse explodir.

— Eu a estava guardando para uma ocasião especial.

— Ocasião mais especial do que agora é impossível. Não é todo dia que uma moça descobre que virou assassina. Não é a carreira que planejei para mim, e não sei se minha avó ficaria orgulhosa, mas sou de celebrar toda e qualquer coisinha. Espero ser boa no que faço. Eu sou? — Eva esvaziou a taça e colocou-a sobre o balcão.

Lucas ficou atemorizado.

— Você não devia beber tão rápido. Vai ficar com dor de cabeça.

— Vou beber como eu quiser. Pode sentar e assistir.

— Essa não é você.

— Talvez seja. Talvez seja um lado meu que você ainda não viu. É você quem sempre fica falando que as pessoas têm outros lados. Você acha que, por eu ser otimista e gostar de ver o melhor nos outros, sou fraca? Pensou que não ousaria abrir seu vinho supercaro? Pense de novo, Lucas. — E despejou mais vinho na taça. — Quanto vale essa garrafa?

Lucas pronunciou uma cifra que quase a fez derrubar a garrafa, mas Eva logo segurou-a mais forte.

— Legal. Então é melhor eu apreciar cada gole.

— Você não quer dividir?

— Não. Você vai ficar assistindo enquanto eu bebo e isso vai ser o máximo de tortura de que serei capaz na vida. E vai ser o máximo de satisfação que terei.

O olhar de Lucas ficou atento.

— Como assim?

— Eu gostei de você, Lucas. — Ela sacudiu a garrafa com a mão. — Eu gostei de você *para valer*. E pensei que... deixa para lá o que pensei. Fui burra. Pode colocar isso no seu livro se quiser. Assim irá direto ao assunto.

— Se você está sugerindo que o fato de termos dormido juntos tem algo a ver com meu livro, está a milhões de quilômetros da verdade.

— Ah, é? E mesmo assim não transamos desde então. Quer dizer, ou você não gostou, ou conseguiu o que queria e...

— Eva...

— Não quero ouvir. Sério.

— O livro não tem nada a ver com não termos transado desde aquela noite.

— Guarde para você. De agora em diante não falarei uma palavra sequer que você possa usar como evidência, caracterização ou... — Ela sacudiu a garrafa. — Ou outros ganhos nefastos. *Nefastos*. Tá vendo? Sei outras palavras além *ótimo* e *legal*. Ficou impressionado?

— Acho que é melhor você parar de beber.

— Não diga o que eu preciso fazer. Está sugerindo que não sou capaz de dar conta? Fique sabendo que eu aguento mais do que você. — Eva cambaleou, mas conseguiu se equilibrar. — Vai se foder, Lucas. Ah, espera, a gente fez isso juntos. — Decidindo que era melhor sair enquanto conseguia caminhar sem cair, pegou o vinho e subiu a escada, batendo a porta do quarto.

Capítulo 14

Uma boa amiga custa menos que terapia.

— Frankie

NA MANHÃ SEGUINTE, LUCAS FOI ao andar de baixo antes de Eva acordar.

Ela surgiu algum tempo depois, segurando firme o corrimão enquanto descia a escada, como se o menor movimento lhe causasse dor. A julgar pelo olhar que lançou na direção dele, Eva não parecia mais inclinada a perdoá-lo do que na noite anterior.

Lucas olhou para o rosto pálido de Eva e abriu a gaveta onde guardava os remédios.

— Quer um analgésico? — Estendeu a cartela, mas foi ignorado.

— Minha cabeça está em perfeitas condições. Eu te disse, dou conta do que bebo.

Lucas sabia que era mentira, mas Eva não estava ali para discutir.

Ela se afastou e voltou momentos depois trazendo o casaco e o gorro.

— Aonde está indo?

— A algum lugar onde não fique tentada a machucá-lo. Não quero passar o Natal na cadeia. — Eva colocou o gorro na cabeça e ajustou o casaco. — Vá trabalhar. É com isso que você se importa, né?

— Lá fora está congelando. Você não pode sair.

— Sei cuidar de mim mesma. — Colocou as luvas. — *Não* me siga.

Foi em direção à porta e bateu-a ao sair.

Lucas esfregou o rosto com as mãos e xingou baixinho.

E agora?

Voltou ao escritório, bateu em uma tecla para acordar o computador e reviu a sessão que Eva lera na noite anterior. Na hora, não havia sido capaz de compreender por que ela se chateara tanto, mas agora percebia que estava tão envolvido com a história e as personagens que não fora capaz de ler da mesma forma que Eva.

O texto não passava de um rascunho, grande parte ainda seria editado mais tarde, excluído ou modificado, mas, em sua forma atual, Lucas compreendia o incômodo de Eva.

Para sua infelicidade, ela tinha lido a passagem em que sua heroína preparava o jantar para sua próxima vítima.

Com olhar objetivo, entendia por que as palavras sobre a tela a incomodavam tanto.

Xingando baixinho, Lucas pegou o casaco e tomou o elevador para o térreo.

Albert estava atrás da mesa da recepção. Lucas não sabia que seu nome era Albert até Eva falar dele.

— Se o senhor está procurando por Eva, ela saiu do prédio.

Apenas um olhar para o rosto pétreo de Albert comunicou-lhe que a incapacidade de Eva em esconder seus sentimentos não a abandonara no momento de estresse.

— Você viu para que lado ela foi?

Albert continuou com o rosto pedregoso:

— Não prestei atenção.

O que significava que sabia, mas não diria.

— Ela está chateada — disse Lucas. — Quero conversar com ela.

— Você sabe quem ou o que a chateou?

— Fui eu. — Lucas sabia merecer o olhar que Albert lhe emitia. — Motivo pelo qual quero encontrá-la.

— Para deixá-la ainda mais chateada?

— Para tentar consertar a situação. — Até aquele momento, Lucas não havia percebido o quanto desejava consertar a situação. Sim, estava preocupado com ela sair caminhando sozinha pelas ruas cheias de gelo, mas não foi por isso que tinha saído correndo do apartamento.

— Eva é uma mulher muito sensível. Ela é especial.

— Eu sei.

Albert pausou, estudando o rosto de Lucas como se procurasse algo ali.

— Ela foi ao parque.

— Ao parque? Tem certeza? Ela não foi fazer compras? Está congelando lá fora e falaram que vem mais neve por aí. Por que ela iria ao parque?

— Ela me disse que ia passar um tempo com o único tipo de homem que lhe interessava.

Confuso, Lucas sacudiu a cabeça:

— Quem?

Albert deu um olhar afiado.

— Um boneco de neve.

Era para Eva estar congelando, mas no final das contas a humilhação se mostrou um excelente aquecedor. Aquecia-a por dentro e escaldava-a por fora. Ela era uma tola. Uma tola crédula e ingênua. E como se isso não fosse ruim o suficiente, ela ainda foi e disse tudo o que sentia a Lucas. Eva podia ter mantido a calma e fingido que estava apenas incomodada por ter sido transformada em assassina no livro, mas, depois dos últimos dias, perdera as barreiras com ele. Não tinha somente começado a achar que Lucas pudesse estar interessado nela, como também confessou isso a ele.

Agora ele sabia que ela tinha imaginado mais coisas do que existia naquele relacionamento. E parecia que uma banda de rock estava fazendo um show dentro de sua cabeça. Devia ter aceitado o analgésico.

— Eva?

A voz de Lucas veio por trás e Eva sentiu o estômago se revirar. *Ele a seguiu?*

A única forma de esconder o quanto estava envergonhada era não arredar os olhos do boneco de neve.

— O que você está fazendo aqui?

Eva pegou mais neve com as luvas, mas não se virou para olhá--lo. Como seu rosto podia estar tão quente em meio a tanto frio?

— Não está conseguindo trabalhar sem minha presença lá? Precisa de mais detalhes íntimos sobre minha vida para que possa usar no livro? Pois se for isso, não gaste seu tempo. Você já sabe tudo sobre mim. — *Ah, meu Deus*, se ao menos isso fosse mentira. Por que Eva não era capaz de filtrar minimamente a informação que despejava para fora de si?

Enquanto ajeitava a neve, as botas de Lucas vieram-lhe à vista.

— Estou vendo que você ainda está com raiva...

— Você tem razão, estou com raiva, e é preciso *muito* para que eu fique assim, caso você não tenha percebido naquelas sessões em que fingiu se interessar por mim. Quando me disse que eu não devia confiar nas pessoas e que precisava olhar além, não percebi que estava me alertando sobre você.

— Volte para o apartamento para podermos conversar sobre isso no calor.

— Estou bem aqui. Espero que o clima esfrie minha cabeça. — Eva espetou a cenoura no rosto do boneco de neve com força.

Em seguida, sentiu o braço de Lucas roçar contra o seu enquanto ele se agachava.

— Estou interessado em você, Eva. E gosto de você. Você não se enganou quanto a isso.

— Imagino que sua personagem sai por aí ameaçando fatiar os caras se não a ajudarem a usar sua camisinha antes do prazo de validade.

— Nada da noite que passamos juntos entrou no livro. — Lucas soou calmo e, por algum motivo, isso deixou Eva com ainda mais raiva.

— Sinto muito que você não tenha tirado nada de útil dela.

— Aquela noite foi especial, íntima e não teve nada a ver com minha pesquisa. — A cenoura caiu do rosto do boneco de neve. Lucas pegou-a e pressionou-a contra a neve delicadamente compactada. — Você precisa de olhos.

— Eu tenho olhos. Só não uso eles com frequência.

— Eu estava falando do boneco de neve.

— Ah. — Eva quis que Lucas não estivesse tão próximo. O joelho dele roçava-lhe a perna e a largura de seus ombros bloqueava parte do vento congelante. — Sai daí. Você está na frente da minha pilha de neve.

Lucas se moveu, dando-lhe acesso, ao que Eva se inclinou e pegou outro punhado grande de neve, compactando-a contra o corpo rechonchudo do boneco.

— Não quis te enganar. Você sabia que era a inspiração por trás da personagem.

— Você não disse que personagem era.

— O que te deixou mais chateada? Descobrir que serviu de inspiração para minha assassina que, aliás, não tem nada a ver com você, ou achar que todo o tempo que conversamos serviu apenas para que eu descobrisse informações úteis para o livro?

— As duas coisas me chateiam igual.

A respiração de Lucas produziu uma nuvem no ar gélido.

— Como posso consertar isso?

— Você não pode. Cabe a mim não dizer nada que você possa usar contra minha pessoa.

— Você só leu uma página, Ev. Se ler o livro inteiro não irá se reconhecer.

— Só minhas amigas mais próximas me chamam de Ev.

— Pensei que o que partilhamos me dava esse direito.

A recordação fez as bochechas de Eva queimarem.

— Não, pois não foi verdadeiro.

Lucas xingou baixinho.

— O que mais de verdadeiro você precisa? Você sabe que foi de verdade.

— Como poderia saber?

— O que seus instintos dizem?

— Graças a você não acredito mais nos meus instintos. No final das contas, não sou boa em julgar o caráter de alguém.

Lucas inalou profundamente.

— Não dormia com uma mulher desde Sallyanne. Não tive vontade. Isso deve significar algo para você. E não teve nada a ver com o que estou escrevendo. Leia o livro e verá que está enganada.

— Você não deixa ninguém ler o que escreve antes de terminar.

— Isso normalmente é verdade, mas se é disso que você precisa para se convencer que minha personagem não é você, então me disponho a abrir uma exceção. Vamos voltar agora e você pode ler a porcaria inteira.

Eva pensou em quantas pessoas, incluindo Frankie, não fariam qualquer coisa por uma única espiadela naquele livro.

— Não — disse ela —, mas a simples oferta já significa muito para mim.

— Por que você não quer ler?

— Pois é provável que o pouco que li já me dê pesadelos. Não consigo pensar no que o resto faria.

Lucas deu um risinho leve.

— Volte para o apartamento, Eva.

— Não terminei meu boneco de neve. E nunca deixo um homem antes de terminar o que viemos fazer. — Além de não confiar ainda em si para voltar com Lucas, Eva não estava pronta para perdoar.

— Nesse caso vou ajudá-la a terminar.

—⧓—

Lucas não fazia um boneco de neve desde a infância no interior do estado de Nova York, onde morou com os pais.

— Não sei nem se sei como fazer isso. — Mas estava disposto a tudo para consertar os problemas que havia criado.

Eva ficou surpresa:

— Você nunca fez um boneco de neve?

— Uma vez ou outra, mas meu irmão e eu éramos mais chegados em destruir do que em construir. Fazíamos muita guerra com bolas de neve, mas normalmente a única coisa que criávamos era caos.

— É a primeira vez que menciona seu irmão. — Eva pegou outro punhado de neve e colocou-o no boneco. — Não são próximos?

Ele se sentia aliviado por ela falar sobre algo diferente da personagem de seu livro.

— Somos próximos o bastante. Mas ocupados demais. Ele é banqueiro.

— Eu sei. Mitzy me contou. Conheci-o certa vez e lhe dei meu cartão de visitas.

Isso era novidade para Lucas.

— A Gênio Urbano presta serviços ao meu irmão?

— Não. Eu ia entrar em contato com ele, mas tivemos uma enxurrada de trabalho e não precisei. Mas sua avó foi muito gentil em me entregar o cartão dele.

— Eu fui visitá-la.

— É mesmo? Quando?

— Antes de ir no escritório de vocês. Tentei conseguir o endereço do seu apartamento, mas ela não me deu.

— Então agora ela sabe que você não está em Vermont.

Quão honesto Lucas deveria ser? Ele refletiu sobre as opções e decidiu que não queria arriscar mais mal-entendidos. — Ela sempre soube que eu não estava em Vermont, Eva.

— Mas... — Eva parou de amassar a neve e olhou para Lucas. — Isso significaria que ela mentiu para mim.

— Amo minha avó, mas ela não hesita em mentir quando acha que isso pode beneficiar alguém próximo.

— Bem... — Eva se sentou na neve com baque suave. — Aquela farsante...

— Sim.

— Imagino que, para você, isso é prova de que eu sabia o tempo todo.

— Sei que você não sabia. O que acho — disse Lucas — é que minha avó ama você de verdade. — E não era difícil entender por quê.

— Eu a amo também.

— Minha avó tem dois filhos e dois netos. Sempre quis companhia feminina.

— E sua mãe?

— Meus pais vivem no interior do estado, na casa em que cresci. Viajam muito. Meu irmão e eu vivemos mais perto dela e nenhum dos dois é muito de visitar. Deveríamos visitar mais. Minha avó acha que eu e você faríamos bem um para o outro.

Eva atochou outra mão de neve no boneco, dessa vez com mais força.

— Ela se enganou quanto a isso.

— Talvez.

— Talvez?

Era o trabalho de Lucas usar palavras para manipular os sentimentos alheios. Ele sabia como criar expectativa, entusiasmo ou terror total. Mas não fazia ideia de como lidar com aquela situação. Tudo o que sabia era que, no momento em que Eva deixou seu apartamento, o lugar ficou novamente sombrio e sem alma. Eva levou consigo o sol e Lucas sentiu saudades.

— Você não foi a única a despejar segredos, Eva. Eu também o fiz. O que partilhamos não teve nada a ver com meu livro. Nada a ver com coleta de informação. Foi intimidade. — Lucas achava difícil admitir, mas sabia ser verdade. Havia algo no calor de Eva que encorajava confissões.

— Foi sexo, você quis dizer.

— Estávamos os dois vestidos quando despejamos nossos segredos, o que fiz mais do que você. Você poderia fazer muita coisa com essas informações, se quisesse.

Os olhos de Eva ficaram aguerridos:

— Eu nunca faria isso.

— Eu sei. É isso que quero dizer. Confio em você e estou pedindo que você faça o mesmo. Estou criando uma personagem, só isso. Se ela tem alguns de seus traços de caráter adoráveis? Sim. Mas serão esses traços que a tornarão atraente para o leitor.

Eva guardou silêncio por um instante.

— Você acha que tenho traços adoráveis? Não está dizendo isso apenas para que eu não te nocauteie com essa cenoura?

— Não estou dizendo por dizer.

— Ela é uma assassina.

— Ela é humana. As personagens de um livro são mais verossímeis se não forem apenas boas ou más. Uma pessoa inteiramente boa é entediante de ler e uma pessoa inteiramente má faz os leitores revirarem os olhos, pois a verdade é que existe o bem e o mal em todos nós. É o que traz à tona o bem ou o mal que torna a leitura interessante.

— Está dizendo que minha personagem foi uma boa pessoa?

— Ela é uma psicopata, mas também mostra leves tendências narcisistas e traços de transtorno de personalidade esquizoide. Com educação e experiências de infância diferentes ela talvez tivesse se tornado outra pessoa, mas tudo aconteceu de forma a desenvolver esse lado de sua personalidade.

— Coitada.

Era um comentário típico de Eva, o que fez Lucas sorrir.

— Ela é de mentira. Essa é a melhor coisa em escrever, você pode criar as personagens que te interessam. Um livro é muito melhor quando tem personagens complexas. Haverá elementos com os quais os leitores vão simpatizar. Ela teve uma infância dura. Ficarão chocados com o que faz, mas uma parcela minúscula deles irá se perguntar se aqueles caras não mereceram.

— Você acha que terminará o manuscrito a tempo?

— Não sei. Você vai voltar para casa comigo?

— Se o livro vai bem, você não precisa mais de mim.

— Eu preciso de você. — Lucas havia despertado naquela manhã e percebido que a névoa congelante que infectava seu cérebro naquela época do ano havia se dissipado, derretida pela claridade do sorriso e o calor da personalidade de Eva. Ele não sabia o que aconteceria se ela partisse, mas não queria afundar novamente na escuridão agonizante. Havia algo naquela mulher que alimentava sua alma faminta. Algo que não tinha nada a ver com suas habilidades na cozinha.

— Você precisa de mim para seu livro.

— Eu preciso de você. — Dessa vez, pronunciou as palavras devagar e sucintamente, ao que Eva parou de fazer o boneco de neve e lançou a Lucas um olhar demorado. Sabia que ela estava decidindo se ele era ou não confiável, e não fazia ideia se havia passado no teste.

Quis agarrá-la, tomar-lhe as bochechas rosadas nas mãos e beijar-lhe a boca até Eva não lembrar mais seu nome.

— Preciso de galhos para os braços e terei terminado. — Levantou-se e tirou a neve do casaco. — Tome conta de nosso boneco de neve, voltarei num minuto.

Lucas assistiu Eva tomar a trilha nevada entre as árvores.

O parque estava supreendentemente silencioso. Ainda que a nevasca tivesse passado, somente algumas poucas e corajosas pessoas se aventuravam a caminhar com seus cães e tirar fotos.

Lucas estava refletindo se poderia tirar a noite de folga e levar Eva para jantar quando ouviu-a gritar seu nome. Havia um tom de urgência e pânico em sua voz, o que o fez levantar-se imediatamente.

— Eva? — Por um momento, tudo o que pôde ver foram árvores, até finalmente perceber um pedaço do casaco dela. Eva estava no chão e tinha sangue nas mãos. O estômago de Lucas se revirou e, por um instante, pensou que Eva tinha se machucado. Mas então viu algo se mexer em seus braços.

— Que diabo é isso?

— Um filhote de cachorro. Estava em uma sacola no chão. Eu o vi se mexer. — Ela tinha a voz enrijecida de lágrimas e raiva. — Alguém deve tê-lo deixado aqui. Ele está ferido, Lucas. Está com as pernas enroscadas na sacola e morrendo de frio. Quem faria uma coisa dessas? O que a gente faz agora?

Tomado de alívio pelo sangue não ser dela, Lucas se agachou ao lado de Eva. Suas mãos tremiam tanto que levou um minuto para formular pensamentos.

O filhote encarava Eva com olhos enormes, como se soubesse que ela era sua última esperança.

— Segure-o firme. — Lucas tentou deslizar os dedos entre a sacola plástica retorcida e as pernas do cachorro. — Ele estava se debatendo, enroscou a perna.

— É claro que estava se debatendo. Se alguém tivesse te deixado em uma sacola no meio de uma tempestade, você também estaria. — Cantando baixinho, Eva acariciou o cão. — Seu tio Lucas vai te tirar daí.

O "tio Lucas" não tinha ideia do que faria com o cachorro, mas o olhar na expressão de Eva dizia que era melhor que fizesse *alguma coisa* e rápido.

— Precisamos levá-lo ao veterinário. — Já estava com o celular em mãos, mas Eva balançou a cabeça.

— Conheço uma pessoa. Pode segurá-lo enquanto faço a ligação? Só que ele está sujo. Provavelmente vai estragar seu casaco.

Lucas desviou o olhar dos imensos olhos de Eva para o cãozinho trêmulo e magrelo.

— Posso lavar meu casaco depois.

— Ótima resposta. — Cuidadosamente, Eva depositou o cãozinho congelado e que tremia sem parar nos braços de Lucas e pegou o celular. — Fliss? É a Eva. Aconteceu uma coisa aqui. — Explicou o que havia acontecido à pessoa do outro lado da linha e em seguida terminou a ligação. — A Fliss disse que tem um veterinário ótimo no outro lado do parque. Podemos nos revezar em carregá-lo até chegar lá.

— Ele não é pesado. Quem é Fliss?

— Ela e a irmã dela são sócias na Guardiões do Latido. Prestam serviço de passeio com cães por toda East Side de Manhattan. A gente as contrata com frequência. E a Harriet trabalha como voluntária em um abrigo de animais e às vezes adota alguns.

Aquele nome era familiar, mas Lucas não se lembrava por quê.

— Você acha que ela irá adotá-lo?

— Não sei. Fliss disse que ela está esperando uma ninhada de filhotes, então talvez não. Se não puder, vou ficar com ele até encontrarmos um bom lar.

Observando-a, Lucas soube que Eva realmente faria isso, independente de quão inconveniente fosse para ela.

— Onde irá mantê-lo?

— Você está preocupado com seu apartamento impecável? Não precisa. Vou levá-lo para minha casa.

— Meu apartamento não ficou mais impecável desde o dia em que você entrou nele.

— Você está falando da árvore de Natal?

— Seus pertences têm o hábito de se enfiar pelos cantos. A propósito, se estiver procurando seu cachecol, encontrei ontem em meu escritório.

— O verde? Eu o procurei por toda parte! — Eva começou a tirar o casaco quando Lucas estendeu o braço para impedi-la.

— O que você está fazendo?

— Vou envolvê-lo com meu casaco para ficar mais quente.

— Você não conseguirá ajudá-lo se morrer de hipotermia. — Lucas desabotoou o próprio casaco e colocou o filhote dentro. Sentiu imediatamente o frio daquele corpinho úmido molhar sua blusa. — Vamos.

— Agora você estragou seu casaco *e* sua blusa de caxemira. — Eva espreitou preocupada o filhote para ver se ainda respirava. — Esse é seu jeito de se reconciliar comigo?

— Não. Tenho outras ideias quanto a isso, mas conversaremos mais tarde.

O veterinário já havia sido contatado por Fliss e atendeu-os imediatamente.

— Cães podem ter queimaduras de frio, como humanos. — Ele examinou com cuidado o filhote, que começou a chorar. — Esse carinha sobreviveu pois foi deixado ao lado de uma árvore, que ao menos o protegeu um pouco.

— E o sangue?

— Ele tem um pequeno corte. Provavelmente havia algo afiado por debaixo da neve. Um galho ou uma pedra, talvez. — O veterinário aplicou-lhe algumas injeções e levantou o olhar quando uma moça entrou rapidamente na sala. Seu casaco estava aberto e ela trazia um cachecol vermelho-vivo no pescoço. Seu cabelo loiro platinado estava amarrado em um rabo de cavalo. O sorriso tranquilo do veterinário deixou evidente que a conhecia. — Oi, Harry. Como vai a Fliss? Ela se curou da gripe? Parecia melhor no telefone.

— Ela está bem, obrigada. Mandou um beijo e pediu para dizer que o Midas está bem melhor desde a operação. Vai trazê-lo para uma bateria de exames na semana que vem. Como vai esse carinha? — Deu um rápido sorriso para Eva, mas voltou a atenção ao cão. — Fliss me contou que você ligou, por isso achei que seria bom vir para ajudar. Que gracinha... — Ela acariciou delicadamente as orelhas do filhote, que parou de uivar na hora e colocou-lhe o focinho na mão. — Oh, nenê. Você está seguro agora. Sorte que a Eva te encontrou. O que você estava fazendo no parque, Ev?

— Eu estava fazendo um boneco de neve.

— Não, eu quis dizer por que você não está no Brooklyn? Imaginei que estivesse na loucura de organizar eventos natalinos. — Harry manteve a mão na cabeça do filhote, transmitindo segurança enquanto o veterinário terminava o exame.

— Estou trabalhando por esses lados por algumas semanas. Cozinhando, fazendo preparativos de Natal, essas coisas. Esse é o

Lucas. Lucas, esta é Harriet Knight. Ela é metade da Guardiões do Latido.

— Guardiões do Latido? — Lucas se lembrou de onde ouviu esse nome antes. — Vocês ajudaram minha avó algumas vezes.

Harry tirou o cachecol do pescoço com a mão livre.

— É mesmo?

— Ela se chama Mary Blade.

Harriet arregalou os olhos:

— Você é *o* Lucas? Lucas Blade, o escritor de suspense? Fliss vai ficar doida por não ter vindo aqui comigo. Ela tem todos os seus livros. Adora seu trabalho. Ela e Frankie são fãs doentes. — E sorriu para o veterinário. — Não devia usar essa palavra aqui, né?

— Lucas Blade? — Com uma expressão de surpresa, o veterinário ergueu brevemente o olhar. — Também sou seu fã.

Harriet ainda acariciava as orelhas do cãozinho.

— Se eu soubesse, teria trazido uma cópia para você assinar. Não faço ideia do que dar de Natal para a Fliss. É muito difícil comprar presente para ela. Esse seria perfeito.

Lucas captou o olhar de Eva.

— Posso assinar um livro para você — disse. — Imagino que Eva tenha seu endereço, né?

— Ela tem. Sério mesmo? Obrigada. É muito generoso de sua parte. — Harriet segurou o cão enquanto o veterinário terminava de examiná-lo. — E então?

O veterinário verificou as orelhas do filhote.

— Acho que não ficou por muito tempo no parque. No máximo algumas horas, eu diria.

Harriet acariciou a cabeça do cão.

— Vou te levar para casa, te dar uma caminha quente e amanhã ligo para o centro de adoção de animais.

— Você vai levá-lo? — Eva pareceu confusa. — Sua irmã disse que você está esperando uma ninhada.

— Estou mesmo, mas Fliss está se recuperando de uma gripe, então pode me ajudar. E alguém que tenha passado uma noite no parque merece uma noite em casa, confortável. Posso te dizer com segurança, esse carinha vai conseguir um novo lar em breve. Ele é um amor.

Lucas observou Eva acariciar a cabecinha do filhote. Seu olhar saudoso mexeu com alguma coisa dentro dele.

Depois de todas as conversas que tiveram, Lucas sabia que a morte da avó havia deixado um vácuo na vida de Eva. Ela buscava uma forma de preenchê-lo. Queria amor, pois achava que amar era algo lindo e simples.

Lucas entendia melhor. Amar era um caos, complicado e cheio de dor. Era cortante, tinha lados sombrios e ele nunca mais queria saber disso. era o motivo de ele não ter tocado em Eva desde aquela primeira noite. Sabia que ela se sentia só e vulnerável. Seria fácil que se apaixonasse por ele e Lucas não faria isso com ela.

Não se permitia pensar no risco de que *ele* se apaixonasse por *ela*.

Pensou que ela fosse sugerir ficar com o filhote, mas, em vez disso, Eva sorriu para Harriet.

— Obrigada por vir e por levá-lo.

— Obrigada por todos os negócios que nos arranjou. Foi nosso melhor ano. Tivemos que contratar outro passeador. Agora cobrimos todo o East Side.

— Paige me contou.

Lucas percebeu que Eva tremia.

— Você está com frio, Eva. Precisa de um banho quente.

Harriet pareceu preocupada.

— Você parece *mesmo* com frio. Vá. Eu termino aqui.

Lucas acertou a conta e aconchegou-se a Eva em um táxi.

Ela apresentou uma leve resistência:

— Talvez ainda esteja brava com você.

Lucas quase sorriu com o "talvez".

— Não tem certeza? — Para sua sorte, Eva não era o tipo de mulher capaz de ficar brava com algo ou alguém por muito tempo.

— Você veio atrás de mim, em vez de ficar trancado no escritório. Deu prioridade a um filhote molhado e agoniado em detrimento de sua caxemira cara. Ganhou dois pontos. Além de ter feito um boneco de neve.

— Enquanto você decide se está brava ou não, vou aquecê-la. — Puxou-a contra si. — Você está tremendo mais do que o cãozinho.

— A gente podia ter vindo a pé. Seu apartamento fica a alguns passos daqui.

— Passos o suficiente para você ter uma crise de hipotermia.

— Posso perguntar uma coisa? Se transar comigo não teve nada a ver com o livro, por que você o fez?

Era algo que Lucas havia perguntado a si mesmo.

— Pois meu autocontrole não é tão bom quanto eu imaginava.

— Seu autocontrole tem sido muito bom desde então.

— Tenho trabalhado nele, pelo bem de nós dois. Você está batendo os dentes. — Lucas esfregou os braços de Eva. — Me conta como conheceu Harriet.

— Você está mudando de assunto?

— Sim. Não me importa o assunto, desde que não seja sexo.

— Pois você, na verdade, quer transar comigo de novo. — Ela o encarou. — Que interessante.

— Eva...

— Harry e Fliss são gêmeas e o irmão delas é amigo do Matt. Quando Daniel descobriu que tínhamos perdido o emprego e estávamos criando nosso próprio negócio, achou que poderíamos querer oferecer serviços de passeio para cães. No começo não tínhamos contratos, mas a coisa cresceu e elas cresceram com a gente. Você ficaria surpreso com a quantidade de gente que tem cachorro em Manhattan. Fliss é o cérebro do negócio, mas Harry tem um dom especial para cuidar de animais. Obrigada por se dispor a assinar um livro. Foi bondoso de sua parte fazer isso por ela.

— Não fiz isso por ela. Fiz por você. Estou tentando fazer as pazes, lembra? Até o momento isso me custou uma quase queimadura de frio e um casaco de caxemira.

— Por que você quer fazer as pazes comigo?

— Porque se você for embora eu não consigo escrever e nem vou comer sua comida deliciosa. — Lucas não estava pronto para considerar que talvez fosse mais do que isso. Sentiu o macio do cabelo dela roçar-lhe o queixo. Eva cheirava a luz solar e frutas do verão. — Pensei que você fosse pedir para ficar com o filhote.

— Quase pedi, mas meu lado prático falou mais alto. Tem dias que odeio meu lado prático. — Ela pareceu desanimada e Lucas afrouxou o abraço de modo a analisar a sua expressão.

— Você o queria tanto assim?

— Um cachorro te ama incondicionalmente. Mas você vai me dizer que essa é minha visão de contos de fada e que aquele filhotinho provavelmente irá me comer viva quando crescer.

Lucas se inclinou para pagar o motorista.

— Qualquer cão que morasse com você seria um sortudo.

E qualquer homem...

Lucas manteve os braços em torno de Eva enquanto subiam ao último andar. Dizia a si mesmo que o fazia para aquecê-la, mas sabia que era mentira. Abraçava-a pois era bom e não tinha pressa em soltá-la.

Eva inclinou a cabeça contra seu peitoral.

— Ainda estou brava com você por ter me transformado em uma assassina.

— Você não parece brava.

— O quê? Essa é minha voz de brava.

— Acho que você precisa melhorá-la. Ou simplesmente deixar de ficar brava. — Lucas perguntou a si mesmo se Eva seria capaz de ficar brava com alguém por mais de cinco minutos. — Se isso te ajudar, saiba que rastejarei por alguns dias.

— De que forma isso vai acontecer?

— Da forma que for melhor. Se quiser algum favor, agora é o momento perfeito para pedir. Quer que eu sacrifique outra garrafa do meu vinho ridiculamente caro? Sem problemas.

Houve uma pausa. Em seguida, Eva levantou o olhar a Lucas.

— Sexo — disse simplesmente. — Quero que você me leve para a cama e me dê outro orgasmo.

Capítulo 15

Rir faz bem para o abdômen.

— Eva

EVA SENTIU LUCAS AFROUXAR IMEDIATAMENTE o abraço e, por um instante, arrependeu-se de ter falado. Devia ter ficado quieta e deixar acontecer. Pois *aconteceria*, tinha certeza disso. Havia algo no toque dele que servia para mais do que aquecê-la.

— Te darei qualquer outra coisa, menos isso — disse ele com a voz forte, tensionado em restrição.

— Por quê?

— Você sabe por quê. Queremos coisas diferentes.

— Eu quero sexo. O que você quer?

Lucas xingou baixinho.

— Estamos indo para lugares diferentes.

— Tudo bem, desde que os dois "cheguem lá".

Lucas não riu.

— Você é romântica e sonhadora!

— Você está com medo de que eu me apaixone, mas não vou. Olhe bem para mim. — Eva ergueu o rosto. — Por acaso vê estrelas em meus olhos? Pareço sonhadora? Estou te olhando como se fosse um unicórnio banhado a ouro? Não. Isso porque você não está diante de uma mulher apaixonada, Lucas. Você está diante de uma mulher que quer sexo. Você está dentro ou não?

Um sorriso tocou-lhe a boca:

— Você está falando literal ou metaforicamente?

— Ambas, espero.

O sorriso de Lucas sumiu e ele percorreu a bochecha de Eva com os dedos.

— Sentimentos não são tão fáceis de controlar.

— Agora você está dizendo que é irresistível? Que arrogante.

— Estou dizendo que você é vulnerável. E eu não tiro vantagem de mulheres vulneráveis.

— Não sou vulnerável. Sou aberta. São coisas diferentes. Não tenho medo de sentimentos, Lucas. Essa é a diferença entre nós. Sentimentos fazem parte da vida. Sentir é o que faz nos sentirmos vivos.

Por um longo momento, Lucas encarou Eva no fundo dos olhos e, quando a porta do elevador finalmente se abriu, tomou-lhe a mão e guiou-a ao apartamento.

— Você precisa de uma ducha quente para se aquecer.

— Você vem comigo? — disse e deslizou a mão por debaixo da camisa de Lucas, que a segurou.

— Eva...

— Estou aceitando sua sugestão de tomar banho. Só espero que você se junte a mim. — Ela caminhou rumo à escada, tirando o cachecol enquanto andava. Jogou-o no chão e então desabotoou o casaco, lançando um olhar convidativo para Lucas. — Ainda estou tremendo. Talvez morra de hipotermia se você não vier rápido me aquecer.

— Então fique de casaco — murmurou, ao que Eva sorriu e tirou o casaco, lançando-o sobre o encosto de uma cadeira.

— Preciso tirar essas roupas molhadas — disse, tirou a blusa e ouviu Lucas respirar com dificuldade. — É a dança dos sete véus versão térmica.

Na esperança de que a necessidade dele fosse maior do que o seu autocontrole, Eva caminhou ao quarto que estava usando.

Ela o desejava e, agora que sabia que ele também a desejava, estava cansada de se segurar.

Lucas a seguiu, mas, com a mão no batente, parou diante da porta. Suas mãos estavam pálidas e parecia que ele evitava dar os passos finais quarto adentro.

— É uma péssima ideia.

— Uma boa transa nunca é uma péssima ideia. — As roupas molhadas grudavam na pele de Eva e seus dedos estavam tão frios que já não sentia mais as extremidades mas, de alguma forma, foi capaz de se despir e caminhar até o chuveiro. Ciente de que Lucas a observava, Eva não se apressou.

Ela o desejava e tinha deixado claro o que queria. Isso bastava. Não iria implorar.

Abriu o chuveiro com seus dedos dormentes e fechou os olhos, suspirando de alívio assim que o calor da água aqueceu sua pele congelada. Através das gotas firmes da água, ouviu a voz de Lucas:

— Nós dois sabemos que não se trata apenas de sexo, Eva.

Intensa e tranquilizante, acrescida de uma força que relaxou seus músculos, a voz de Lucas derreteu sobre Eva. Seu corpo respondeu àqueles tons profundos. Ela fechou os olhos, ciente de que eles sempre entregavam tudo cinco segundos antes da boca se abrir e revelar o resto.

— Sabemos, é? — Virou-se e deixou a água inundar-lhe e fluir pelo cabelo e pele. — Quantos orgasmos fazem um relacionamento?

— Sei lá. Você está tremendo. Ainda está com frio?

— Não estou com frio. — Não tinha nada a ver com isso, mas Eva não era capaz de explicar o que sentia. Assistiu Lucas se despir e entrar no chuveiro. Em seguida, derreteu quando as mãos dele acariciaram-lhe a pele e os músculos firmes das coxas roçaram nas suas. Eva segurou a respiração, saboreando o contato íntimo e caloroso dos corpos. Tinha se esquecido de como era gostoso ser tocada e não sabia ao certo se já havia sentido algo tão bom assim. Disse a si mesma que era por falta de intimidade física, mas sabia que era mais do que isso.

Lucas encostou as costas de Eva contra a parede para que a água deixasse de cair sobre ela e, em vez disso, trovejasse sobre os ombros e costas dele.

Ele lhe tocava o cabelo de maneira indescritivelmente suave, deslizando pelas madeixas molhadas, afastando as gotas d'água do rosto dela. Beijou-lhe as pálpebras, depois a bochecha e, finalmente, quando a excitação revirava o estômago de Eva, Lucas beijou-lhe a boca.

— Eva — suspirou o nome contra os lábios, ao que ela fechou os olhos, submergindo lentamente na piscina quente e profunda do desejo, que ameaçava afogá-la.

Eva sentiu a boca de Lucas abrir caminho do maxilar ao pescoço e do pescoço ao ombro. A expectativa era aguda e emocionante. Quando os lábios de Lucas se aproximaram de seus mamilos, Eva suspirou e cravou-lhe os dedos nos músculos rígidos dos ombros.

— Agora. — Palavra simples, mas infundida de toda a urgência de uma ordem.

Eva cogitou que Lucas se opusesse, mas, em vez disso, ele agarrou-a pelo bumbum e ergueu-a, encurralando-a entre o calor de seu corpo e os azulejos frios da parede do banheiro. A água despencava com força, tornando a atmosfera quente e úmida. Ou talvez fosse a química entre eles a responsável pelo calor tórrido e escaldante. Tudo o que Eva sabia era que não sentia mais frio e que certas partes adormecidas haviam descongelado. Era capaz de sentir cada centímetro de seu corpo. Pele, lábios, ponta dos dedos. Eva pressionou a boca contra a dele e sentiu a pele úmida de Lucas.

Ele tinha o cabelo caído sobre o rosto e gotas grudavam em seus cílios. Eva sentiu o corpo daquele homem brutalmente excitado contra o seu.

Com os olhos nos dela, Lucas ajustou a pegada e penetrou-a com um movimento vagaroso e deliberado. Os músculos de Eva contraíram e ela deixou a cabeça pender sobre os ombros dele, acolhendo a invasão, sentindo os dedos de Lucas segurando seu bumbum conforme adentrava fundo.

A urgência contida e a intimidade quente eram insuportavelmente eróticas. Eva queria permanecer assim, junto dele, conectada, como *um*, para sempre.

Chocantemente excitada, sentiu tontura e ficou sem ar. Tentou dizer algo, tentou dizer a Lucas o que sentia, mas o único som que emergia de seus lábios era um gemido. Mostrou-lhe o que sentia de outra forma, deslizando-lhe as mãos sobre os ombros e, mais abaixo, demorando-se no volume dos bíceps dele, sentindo o flexionar em oscilações dos músculos que a sustentavam e entravam fundo. Lucas manteve o ritmo contínuo, penetrando fundo, a boca fundida à dela, até o prazer cair sobre os dois.

O luar brincava através das nuvens escuras e Lucas ouviu o som delicado da respiração de Eva, adormecida a seu lado, envolvida em seu corpo como uma gata que busca refúgio. Ele prometera a si mesmo que não faria isso novamente, que o que aconteceu depois do baile foi algo de uma noite apenas. Mas ali estava, mais uma vez nu e abraçado a Eva.

Lucas refletiu sobre o que havia nela que lhe tirava todo autocontrole.

Quando estava com Eva, a necessidade superava a cautela.

Era uma forma de fascínio. Um fascínio sexual que turvava seu pensamento. Ou talvez fosse o fato de por muito tempo não ter permitido a si mesmo aproximar-se tanto de alguém.

O que quer que fosse, certamente não era amor.

Seu corpo podia até estar seduzido até a medula, mas seu coração permanecera intacto por tudo o que partilharam. Tinha o coração congelado? Estragado? Lucas não sabia.

Algo de sua tensão deve ter se comunicado a Eva, pois ela se revirou e bocejou. Seus membros enovelaram-se imediatamente aos dele.

— Você está quieto. Me diga o que está pensando.

Ele estava pensando que ela era uma mulher que buscava e esperava finais felizes e nada do que haviam partilhado terminaria assim. Lucas nada sabia de finais felizes. Sabia apenas que Eva queria amor e ele não.

— Não estou pensando em nada.

— Está sim. Está se perguntando o que isso quer dizer e para onde vai.

— Isso não vai a lugar algum, Eva.

— Pois você não quer se apaixonar de novo. — Houve um longo silêncio. — Você se acha um especialista em amor, mas e se não for?

— Você está dizendo que não amei minha esposa?

— Não, não estou dizendo isso — disse ela com voz delicada. — Estou dizendo que há tantas formas de amar quanto há pessoas no mundo. Nenhum relacionamento se parece com outro. Se assim fosse, então teriam escrito apenas uma única história de amor.

— Você está dizendo que Romeu não sentiu por Julieta o mesmo que Heathcliff sentiu por Cathy?

— Por que você sempre tem que pegar como exemplo os relacionamentos que deram errado? Estou dizendo que o amor é diferente como as pessoas que o sentem. Você poderia dizer que pão é somente farinha e água, mas com alguns poucos toques é possível produzir algo diferente a cada vez. O amor não precisa ser uma tragédia. Pode ser feliz. — Ela hesitou. — Você não acredita em segundas chances?

— Fracassar em um casamento não é como fracassar em uma prova. Não tem como fazer tudo de novo para conseguir uma nota melhor. Pelo menos, não no meu caso.

— É assim que você vê as coisas? Como fracasso?

— Faltava algo fundamental em nosso relacionamento. Algo que fracassei em dar a ela.

— Talvez ninguém pudesse dar o que ela precisava. De repente ela precisasse de algo que só pudesse encontrar sozinha. — Eva fez uma pausa. — Você decidiu que nunca mais quer amar, mas e se tiver outro tipo de amor para você? Um amor que te eleve, não que te esmague. Você não iria querer perder isso. A vida é curta e preciosa demais para ser vivida sem amor, Lucas.

Ela realmente acreditava naquilo?

Ouvir essas palavras consolidou em Lucas a crença de que aquilo tudo era um grande erro.

— Como você chegou tão longe na vida sem ter se desiludido completamente?

— Você presume que estou errada e você certo, mas e se não for eu quem está errada?

— Já me apaixonei, Eva. Sei o que é o amor.

— Você sabe o que foi o amor da última vez, mas não sabe o que poderia ser. Da próxima vez pode ser diferente. Pense nisso.

Lucas não sabia se a visão de mundo de Eva era inspiradora ou assustadora.

— O que acho — disse ele — é que você está vivendo de novo em um mundo de contos de fada.

— Minhas amigas chamam de Planeta Eva. É muito bonito aqui — disse ela, com a voz suave e profunda. — Talvez você devesse se juntar a mim, nem que seja por uns minutinhos.

Apesar de todos os alertas em sua mente, Eva o fez rir. Lucas abaixou a boca até a dela e pressionou-a contra a cama. Ela era deliciosa e suculenta como a comida que fazia.

— Talvez eu vá.

— Só tem uma regra. É proibido levar bagagem para o Planeta Eva. Viajamos com pouca coisa. Só permitimos bagagem de mão.

—⟋⟋⟋—

Eva dormiu apesar do alarme tocar duas vezes e acordou afobada e mal-humorada.

Encontrou Lucas no banheiro, barbeando-se. Ele tinha uma toalha amarrada na cintura.

— Está *tarde*. Por que você não me acordou?

— Porque você não funciona bem de manhã e fica ainda pior quando está cansada. E você tinha motivos para estar cansada. Teve uma noite agitada.

— Você também, lembra?

Os olhos dele se encontraram com os dela através do espelho:

— Eu lembro.

Eva recuou, mas Lucas esticou a mão e fechou os dedos em torno do pulso dela.

— Aonde está indo?

— Fazer café.

— Hoje não. Vou levá-la para sair. Tem um lugar ali na esquina, um bistrô francês. Você vai adorar. — Lucas a soltou e virou novamente para o espelho.

— Mas seu livro...

— Terminei o primeiro esboço. Preciso dar um tempo antes de trabalhar nele de novo.

— Você terminou? — Eva ficou contente por ele. — Quantas palavras?

— Cem mil. E um primeiro esboço não significa que acabou.

— Cem mil? — Eva se sentiu fraca. — Se eu escrevo cem palavras no meu blog, acho que estou muito bem. Você sempre escreve rápido assim quando pega o ritmo?

— Não.

— Mas dessa vez você estava desesperado.

— Dessa vez eu estava inspirado.

Mesmo impondo-se que não devia ficar caçando significados ocultos no relacionamento dos dois, as palavras de Lucas fizeram Eva sentir um calor por dentro.

— Porque eu sou a assassina perfeita.

Um sorriso lento e sensual se espalhou pelo rosto de Lucas.

— Você é a perfeita alguma coisa. Ainda não entendi o quê.

— A não ser que você queira que eu tire essa toalha e faça coisas bem ruins com você, é melhor eu me vestir.

— Me parece uma boa ideia. Não conseguirei transar antes de repor pelo menos parte das dez milhões de calorias que gastamos ontem à noite.

Passou uma hora até os dois finalmente saírem do apartamento e irem para a rua.

O bistrô francês na Avenida Lexington era aconchegante, íntimo, e Eva ficou encantada.

— É como estar de volta em Paris. Como não conhecia este lugar?

— Você vive no Brooklyn.

Estava na cara que Lucas era cliente frequente. O café estava lotado, mas lhes deram uma mesinha junto à janela.

Eva tirou o casaco e se sentou na cadeira.

— Recebi mensagem da Harry. Ela vai ficar com o filhote por mais alguns dias, mas entrou em contato com alguns centros de adoção e estão confiantes de que não terão problemas para encontrar um lar para ele.

— Que ótimo.

Era ótimo. Então por que Eva sentiu uma pontada de decepção?

Lembrando a si mesma de que não tinha tempo para cuidar de um cachorro, Eva olhou o cardápio à sua frente, mas Lucas pegou-o antes e entregou-o de volta ao garçom.

Sem consultá-la, fez o pedido para os dois e Eva ergueu as sobrancelhas.

— Você está desenvolvendo tendências controladoras?

— Você escolheu o que comemos pelas últimas semanas. Chegou minha vez. Eu como aqui o tempo todo. Sei o que é bom. — Ele encostou na cadeira. — Você queria o filhote, não queria?

— Não — disse ela com firmeza. — Não tenho tempo. Andamos muito ocupadas construindo nosso negócio.

Lucas lançou a Eva um olhar longo e firme, mas não prolongou o assunto.

— Você tem algum evento entre agora e o Natal?

— Alguns, mas nada que precise comparecer pessoalmente. Estou usando uma empresa chamada Comidas Deliciosas e eles são ótimos.

— E a festa de Natal da comunidade em que sua vó viveu? Você vai?

Eva pensou no porquê de Lucas fazer essas perguntas.

— Por que iria?

— Você disse que tinha saudades das pessoas de lá. Elas provavelmente têm saudades de você. Por que não ir?

Essa opção não lhe ocorrera.

— Não sei. Pensei algumas vezes em visitá-los desde que a vovó morreu, mas era tão difícil... — Eva experimentou a ideia e sentiu um misto de emoções. — Me preocupa que ir a um lugar tão cheio de memórias seja doloroso.

— Ou talvez eles façam você se sentir conectada. Tenho certeza de que os funcionários e moradores também têm lembranças. Podem querer partilhá-las com alguém que conheceu e amou sua avó.

O garçom surgiu com café quente, pratos de ovos beneditinos e rabanada.

Eva encarou a comida sem vê-la, pensando em Tom e nos amigos da avó.

— Eu os negligenciei. Devia ter visitado, mas...

— Parece assustador. Leve alguém que te dê apoio moral.

— Não tem ninguém. Paige e Frankie andam tão ocupadas que não tenho nem como pedir. Matt está trabalhando em um projeto em Long Island e passa um tempão fora. Jake... bem, Jake é ótimo, mas não é o tipo de cara que eu gostaria que consolasse meu choro.

— Eu vou com você. Já consolei seu choro, então já superamos essa questão.

A oferta pegou Eva de surpresa.

— Você faria isso?

— Você me ajudou com sua presença aqui. Se for ajudar, gostaria de ir.

Eva ficou comovida e parte dela se perguntou por que Lucas faria uma oferta tão generosa.

— Você seria paparicado. Um dos amigos mais próximos da minha avó é seu fã.

— Gosto dos meus fãs. Sem eles, estaria desempregado. A única parte que me desconcerta é quando mulheres me enviam calcinhas.

— Isso acontece?

— Mas do que você imagina. — Lucas contou alguns incidentes diversos em lançamentos de livro e, surpresa e intrigada, Eva escutou.

— Eu não fazia ideia de que a profissão de escritor podia ser tão emocionante. Você devia receber adicional de risco. Por outro lado, Tom tem 90 anos, acho que não vai causar nenhuma ameaça física.

— Coma. — Lucas gesticulou para o prato. — E pense nisso.

Eva pensou enquanto comiam e, depois, enquanto caminhavam pela 5ª Avenida até o Rockefeller Center para admirar a árvore de Natal.

— Costumava vir aqui com a vovó. — Amparou-se em Lucas, observando os patinadores deslizando no rinque formando um re-demoinho de cores envolto no ar límpido e gelado. Os arranha-céus cintilavam atrás deles, fulgurando sob a luz do sol invernal. — Eu patinava às vezes e ela ficava me assistindo. Queria que estivesse aqui agora. Sinto falta de conversar com ela.

— Sobre o que falariam?

— Eu pediria conselhos. Às vezes, quando não tenho certeza sobre o que fazer a respeito de algo, fecho os olhos e tento imaginar o que ela diria. Não parece loucura?

— Não. — Lucas deslizou o dedo sob o queixo de Eva e ergueu-lhe o rosto. — De que conselho você precisa? O que perguntaria se ela estivesse aqui?

Perguntaria à avó o que fazer a respeito de Lucas.

— Nada específico — disse e forçou um sorriso. — Estou con-gelando. Vamos voltar ao apartamento para que você possa trabalhar. Obrigada pelo café da manhã.

Capítulo 16

Amar é uma jornada. Leve um mapa.

— Paige

LUCAS DESISTIU DE TENTAR SE afastar dela. Em parte, porque seu autocontrole não passava de um fio débil e em parte porque Eva não era alguém que valorizasse distância emocional ou espaço pessoal. Era como o filhote que resgataram: afetiva, ingênua e grudenta.

Ele voltou a trabalhar e, pelos próximos dias, ficou imerso em seu mundo ficcional e personagens. Estes ocupavam-lhe a mente de tal forma que o mundo real se desfez. Lucas não tinha sombra de dúvidas de que aquele era seu melhor livro até o momento. Ele estava prestes a concluir algo que ficaria feliz em mostrar ao mundo.

O sol brilhava através das janelas do escritório, tocando as árvores cobertas de neve com gotas prateadas ofuscantes, como se alguém tivesse decorado o parque especialmente para as festas. Nas ruas, as pessoas se apressavam para terminar as compras de Natal. Lucas não reparou em nada disso. Escreveu e reescreveu, editou impiedosamente o texto, estreitou a história, aprofundou os personagens, poliu a prosa. A noite fundiu-se ao dia e Lucas trabalhou por períodos tão longos de tempo que, de vez em quando, ao levantar o olhar, via que estava escuro e que perdera quase todas as horas de claridade.

Se não fosse por Eva, teria morrido de fome ou desidratação, mas, em intervalos regulares, ela aparecia a seu lado carregando iguarias nutritivas que praticamente dispensavam-no de tirar as mãos do teclado. Miniquiches de massa amanteigada crocante recheadas de lascas de cogumelos exóticos ao alho, *crostini* de pimentão assado com queijo de cabra, levíssimas mousses de salmão defumado e queijo cremoso. Cada pedaço era uma festa de sabores e texturas feitos para serem comidos de uma única bocada, sem comprometer o gosto ou a qualidade. Provando da comida de Eva, Lucas não teve problemas em compreender como a Gênio Urbano cresceu tão rápido. Eva tinha a percepção exata de que comida servir para cada ocasião, fosse para um casamento chique ou para um escritor sem tempo de tirar os olhos do manuscrito.

Fora nesses momentos em que lhe trazia comida e bebida, ela tomava cuidado para não incomodá-lo, ainda que, de tempos em tempos, Lucas a escutasse conversar ao telefone com Paige e Frankie ou cantar na cozinha enquanto cozinhava.

Os dois sempre jantavam juntos, mas, em seguida, Lucas quase sempre trabalhava noite adentro. Foi durante uma dessas madrugadas de trabalho que ouviu os gritos de Eva.

Com o coração acelerado, pulou da cadeira ainda mais sobressaltado porque estava revisando uma cena assustadora.

Lucas abriu a porta do quarto. A luz de leitura estava acesa e ele viu Eva de cabelo desarrumado e olhos arregalados sentada na cama.

— Eva? O que houve? — Olhou ao redor do quarto esperando ver assaltantes mascarados, mas tudo o que viu foi Eva tremendo. — O que aconteceu?

Por um instante Eva não respondeu e só então puxou a coberta até o queixo.

— Você poderia acender a luz?

— A luz está acesa.

— A luz principal, eu quero dizer. Eu quero mais luz. — Eva batia os dentes. Lucas acendeu todas as luzes e foi até a cama.

— O que aconteceu?

Ela estava pálida e tremia:

— Sonho ruim.

— Você teve um pesadelo? — Lucas se sentou na cama ao lado de Eva e puxou-a para seu abraço. — Sobre o quê?

— Eu estava na cozinha fazendo comida para um monte de gente e... Pensando bem, não quero falar sobre.

Ele olhou para a mesa de cabeceira.

— Você leu um dos meus livros?

— Achei que seria algo educado de se fazer. Grande erro. Você é bom no que faz, mas o que faz não é para mim. Não se ofenda.

Longe de estar ofendido, Lucas ficou comovido.

— Não acredito que você leu meu livro.

— Quis conhecer mais sobre o que você escreve. Quem dera não tivesse descoberto.

Sorrindo, Lucas estreitou o abraço.

— É ficção, querida.

— Eu sei, mas também é assustadoramente real. Não ligo para livros sobre zumbis ou alienígenas pois não encontro muitos na Bloomingdale's, mas o cara do seu livro era sedutor e não sei se eu sacaria que se trata de um assassino.

— Seu radar é excelente, lembra? Você perceberia se tivesse algo de errado.

— Talvez não. Não fui programada para ser desconfiada.

— Amo isso em você. — Lucas quis não ter usado a palavra *amo*, mas Eva não pareceu notar.

Ela esfregou as sobrancelhas com os dedos.

— Estou assustada para valer. Você não fica assustado enquanto escreve?

— Às vezes. É quando sei que o que estou escrevendo é bom.

— Você tem que escrever de luzes acesas?

Lucas sorriu.

— Não. Prefiro no escuro. Assusta mais.

— De vez em quando você lê algum livro feliz em que as personagens sobrevivem até o final?

— Não muito.

Eva se estremeceu e olhou para o telefone.

— Que horas são?

— Três da manhã. Eu estava escrevendo. Não percebi que era tão tarde.

— Desculpa por te atrapalhar. É melhor você voltar ao trabalho.

— Eu estava pensando que era hora de dormir. — Lucas se levantou, tirou as roupas e deslizou para debaixo das cobertas com Eva, puxando-a de novo nos braços.

— Podemos deixar a luz acesa?

— Sério?

— Sim. Quero enxergar se tiver um assassino no quarto.

—⁓—

Dois dias depois, Eva entrou no escritório e colocou um pacote sobre a mesa.

— Feliz Natal.

— Você comprou um presente para mim? É gentil de sua parte, mas não precisava. Não preciso de nada.

— É o que você acha. Abra.

Lucas se virou para o pacote e deslizou o dedo por debaixo do papel, tirando a fita adesiva.

— É um livro.

— Não é qualquer livro.

O papel se soltou, Lucas pegou o livro e o virou.

— *Orgulho e preconceito*? — Olhou para Eva: — Você comprou um livro da Jane Austen para mim?

— Você precisa descobrir outro lado da leitura. Nem todo relacionamento termina em morte e tristeza. Essa história é emocionalmente complexa e, o mais importante de tudo, tem um final feliz. Quero te mostrar que nem todo livro precisa terminar com os personagens fatiados em pedacinhos ou de coração partido. Existem outras opções.

Ele abaixou o livro:

— Eva... — disse em tom paciente. — Eu escrevo sobre crimes.

— Eu sei! Seu livro me deu pesadelos de fazer escândalo. — Eva continuava constrangida pela cena, mas concluiu que não fazia sentido fingir ser alguém diferente do que era. Não queria mais passar medo enquanto lia. — Obrigada, nunca mais vou conseguir dormir de luz apagada e, muito provavelmente, não vou mais pegar táxis.

— É suspense policial. Pessoas morrem.

— Mas por que não podem só se machucar e serem curadas por algum médico bom e cuidadoso?

Lucas pareceu achar graça.

— Porque então não seria um livro sobre um assassino em série.

— Ele poderia encontrar alguém legal e se apaixonar.

— Eva — interrompeu delicadamente. — Não leia o que escrevo. Assim não ficará incomodada.

— Quem sabe, se você escrevesse algo mais feliz, não teria uma visão tão obscura e deturpada do amor. Você poderia começar com um conto em que ninguém morre. — Eva olhou cheia de esperanças para Lucas, que recostou-se na cadeira e balançou a cabeça.

— Se ganhei um presente de Natal, imagino que preciso pensar no seu.

— Não preciso de nada.

— Não escreveu para o Papai Noel?

— Escrevi minha carta meses atrás. Pedi sexo... de algum cara gostoso, não dele... e ele me deu. Não tenho por que escrever de novo, já que tenho sido uma menina muito, muito má. — Eva se inclinou e beijou Lucas. — O que o Papai Noel faz com as meninas muito, muito más?

— Não sei, mas posso te contar o que eu faço com meninas muito, muito más. — Lucas se levantou e a puxou.

Ela se segurou à camisa dele, decidida em dizer o que passou o dia inteiro por sua cabeça.

— Lucas?

— Sim...

— Andei pensando no que você disse.

Ele aproximou a boca da dela.

— O que foi que eu disse?

— Sobre eu visitar a comunidade para idosos e você ir comigo. Você falou sério?

Lucas afrouxou o abraço:

— É claro que sim.

— Às vezes as pessoas falam, mas é da boca para fora. É uma baita decisão. Você abdicaria de uma tarde inteira... Sei que você é ocupado e tem que entregar o livro.

— Isso é mais importante. — Ele entrelaçou os dedos nos dela. — Você gostaria de ir?

— Sim, ainda que parte de mim tenha medo de passar vergonha. Não voltei lá desde que perdi a vovó. E se eu começar a chorar e soluçar alto?

— Aí eu vou cantar umas canções natalinas para esconder o som.

— Você odeia músicas de Natal. — Ela sorriu, pensando em como Lucas sempre conseguia fazê-la sentir-se melhor. — Fala sério.

— Estou falando sério — disse ele e apertou a mão dela. — Ninguém vai julgá-la, Ev. Se quiser chorar, chore. Espero que não aconteça, pois não gosto de vê-la triste, mas ninguém vai culpá-la. E se for demais para você e quiser ir embora, inventaremos uma desculpa. Deixa comigo. Você está falando com o especialista em evitar compromissos sociais.

— Mas você quer fazer isso por mim. — Eva baixou o olhar para as mãos entrelaçadas, repentinamente sufocada em emoções.

— Por quê?

— Porque espero que você se sinta grata e transe comigo.

— Essa resposta não vale.

— Pois sei como é difícil. — Lucas lhe trouxe a mão aos lábios. — E porque me importo com você.

— Você vai acabar tendo que autografar vários livros.

— Vou sobreviver.

Capítulo 17

Ame sua vida: é a única que você tem.

— Eva

ANNIE COOPER ERA ENCARREGADA DA comunidade para idosos desde que deixara o trabalho em um dos hospitais mais movimentados da cidade. Lucas facilmente imaginou-a cuidando de uma ala inteira com eficiência e bondade.

Annie deu um abraço caloroso em Eva:

— Sentimos saudades de você, querida.

— Também senti saudades de vocês. Como vai seu filho?

Era típico, pensou Lucas, que as primeiras palavras de Eva fossem para perguntar de outra pessoa. Sempre se preocupava mais com os outros do que consigo mesma.

— Ele está bem, obrigada por perguntar. Pelo que ouvi, você também tem andado ocupada. Li sobre a Gênio Urbano.

— Eu devia ter vindo antes...

— Você teve outras prioridades e isso é normal. Que momento ótimo para você. Todo mundo aqui assiste seus vídeos no YouTube. Gostamos em especial de suas barrinhas de tâmara, amêndoas e aveia. Sua vó estaria muito orgulhosa de vê-la se saindo tão bem. — Annie apertou a mão de Lucas. — Eva me contou que você nos acompanharia, sr. Blade. Estão todos muito ansiosos. Não é todo dia que um escritor famoso nos visita. Espero que você dê conta dos fãs ávidos. Temos todos os seus livros em nossa biblioteca. Você se importaria em autografar alguns?

— Assinarei tudo o que vocês quiserem. — Lucas estava de olho em Eva. Passara o dia estranhamente silenciosa, reduzindo sua falação amigável a respostas monossilábicas.

Annie sorriu.

— Seria incrível e sei de alguns residentes que trarão suas cópias pessoais também. Você poderia, quem sabe, fazer uma leitura?

A pergunta despertou Eva do estupor:

— Não sei se é uma boa ideia. — Ela pareceu preocupada. — Vamos evitar respingamentos de sangue e facas afiadas.

— Ah, o suspense é a melhor parte. — Annie conduziu-os pelo corredor ensolarado. — Escolhemos um livro do Lucas para nosso clube de leitura alguns meses atrás e ficamos todos impressionados com como ele escondeu bem a identidade do assassino. Que reviravolta. Enganou todo mundo, inclusive o Tom, que costuma adivinhar antes. Você leu os livros dele, Eva?

— Só um. Faço terapia desde então. Sou covarde. — O sorriso normalmente alegre de Eva pareceu um pouco forçado e Lucas se aproximou dela.

O fato de estar ali provava que Eva era tudo menos covarde.

Annie abriu a porta.

— Está todo mundo na aula de yoga em cadeira, mas daqui a pouco termina. Pensei em tomarmos um chá no salão do jardim. — Ela conduziu-os até um espaçoso salão que se abria para um jardim com vista para o rio Hudson. Grandes janelas garantiam que o lugar fosse inundado em luz natural.

— Era o lugar predileto de minha avó. — Eva olhou pela janela e Lucas imaginou se foi um erro sugerir que fizessem aquela visita. Estava ciente de que poderia facilmente ser acusado de hipocrisia. O que fez para se aproximar das pessoas depois da morte de

Sallyanne? Nada. Por outro lado, era um contexto diferente. O abismo entre a imagem do que aconteceu e a verdade era tão grande que não fazia ideia de como ligar um ao outro. Conectar-se a pessoas que os haviam conhecido enquanto casal parecia falso e sem sentido. Suas condolências caíam sobre os sentimentos de Lucas como lixa sobre a pele, fator que contribuiu para seu isolamento autoimposto sempre que o aniversário de morte de Sallyanne se aproximava.

Annie trouxe algumas cadeiras para perto da janela.

— Nosso chef preparou sanduíches de peru.

— E eu fiz uns bolinhos. — Eva pareceu se animar ao alcançar as sacolas que ela e Lucas trouxeram do táxi.

— Vou juntar a tropa enquanto vocês preparam tudo.

Lucas pegou as sacolas das mãos de Eva e levou-as à mesa:

— Você está bem?

— Estou bem.

Talvez, se ela não tivesse passado tantas semanas em seu apartamento, situação que fez Lucas aprender a identificar cada uma de suas oscilações de humor, Eva o teria enganado. No caso, porém, sabia que era mentira, mas não tinha o que fazer a respeito pois estavam cercados de gente.

Lucas se amaldiçoou por ter sugerido a visita.

— A gente pode dar uma desculpa e ir embora.

— Seria grosseiro. Me ajuda a arrumar os bolos?

Eva fez cupcakes, cada um uma obra de arte, decorados individualmente com atenção meticulosa aos detalhes.

Lucas examinou o padrão complexo de cada um.

— Você estudou artes?

— Não. A única coisa que sei fazer com tinta é uma bagunça desastrosa. — Ela ajeitou os bolinhos no prato. — Cozinhar é a única coisa que sei fazer bem.

— Acho você boa em muitas coisas. — Entregou-a outro prato.
— Você tem um negócio de sucesso em Nova York. Faz ideia de quantas empresas novas vão para a vala nessa cidade?

— Não quero saber. Deixar as pessoas com medo é seu talento especial, então essa provavelmente é sua intenção.

— Eu nunca tentaria te deixar com medo.

Eva virou a cabeça e os olhares se encontraram.

— Lucas...

— Você consegue, querida — disse, suave, para que só ela escutasse, ao que Eva retribuiu com um olhar de gratidão.

— Seus cupcakes parecem deliciosos. — Annie juntou-se a eles. Não tiveram oportunidade de conversar mais pois os residentes começaram a chegar e Eva logo ficou cercada, engolida pelos moradores da comunidade que foram amigos de sua avó. Seu calor e bondade atraíam as pessoas, e Lucas percebeu que ela reservava algum tempo para conversar com cada um, incluindo os residentes que ainda não conhecia.

A tarde passou rapidamente e, em determinado momento, a atenção desviou-se de Eva para ele, que solicitamente autografou uma pilha de livros e respondeu ao que pareceu um milhão de perguntas.

Lucas conheceu Tom, que parecia vidrado em cada palavra sua.

— Minha esposa também adorava seus livros. A gente conversava sobre eles. Falar sobre livros é uma das coisas de que tenho mais saudades desde que ela morreu. Conversar com uma mulher com personalidade forte é o melhor estímulo mental que existe, você não acha? Sinto saudades disso.

Eva se sentou na cadeira ao lado dele.

— Você devia se casar de novo, Tom.

Tom retribuiu com um sorriso malicioso.

— Isso é uma proposta? Pois na minha época era o homem que fazia o pedido.

— Você está por fora. Hoje em dia nós mulheres vamos atrás do que queremos. Eu casaria com você agora mesmo, mas te deixaria doido, pois sou bagunceira demais e muito lerda de manhã. — Ela se inclinou, deu-lhe um beijo na bochecha e Tom lhe apertou a mão.

— Há sessenta anos, você não me escaparia. Sou um homem que sabe reconhecer um tesouro quando vê. Algum homem com juízo vai te roubar logo, logo. — Ergueu o olhar e Lucas ficou com o sentimento desconfortável de que parte desse comentário havia sido direcionada a ele.

Será que Tom adivinhou de alguma forma que os dois estavam envolvidos?

Pensar que a interferência de Tom na vida de Eva era igual a de Mitzy na sua fez Lucas ficar calado.

— Você foi casado por quanto tempo?

— Por vinte anos no primeiro.

— No primeiro?

Tom deu de ombros:

— O que posso dizer? Gosto de ser um homem casado. Martha e eu nos conhecemos no primeiro dia na escola. Puxei o laço do rabo de cavalo dela e ela me bateu com a mochila. Naquele momento eu soube que era a única para mim. Quando morreu, e foram causas naturais, então nem comece com suas histórias tenebrosas, pensei que fosse o fim para mim. Não achei que um homem pudesse ter sorte duas vezes na vida, mas tive. Conheci Alison em uma reunião de um clube do livro. Ela chamou minha atenção por ser a única que não gostou do que estávamos lendo e não teve vergonha de dizer. Eu a pedi em casamento na semana seguinte, pois, quando você sabe que está apaixonado, não tem por que esperar. Sei que Martha gostaria dela.

Eva ficou com lágrimas nos olhos.

— Que história linda, Tom.

Tom apertou-lhe a mão.

— Sua avó ficara tão feliz em vê-la agora. Cuidando de seu próprio negócio e apaixonada por um jovem lindo.

— Não estou apaixonada, Tom. Quem disse isso? — As bochechas de Eva ficaram coloridas como flor de cerejeira. — Por quem eu estaria apaixonada?

Tom desviou o olhar para Lucas, que concluiu que aquela visita certamente não foi a melhor das ideias.

Era como visitar sua avó multiplicado por mil.

— Vi você e Lucas conversando perto dos bolos.

— Ele estava me ajudando. Somos amigos.

— Ótimo. A amizade é a parte mais importante de qualquer relacionamento. A cama de vocês pode estar pegando fogo; se não houver vínculo de amizade, não têm nada.

Eva lançou a Lucas um olhar mortificado e ele concluiu que era melhor intervir antes que o idoso encontrasse alguém para casar os dois ali mesmo.

— Eva está trabalhando para mim neste momento. É só isso.

Tom respondeu com um olhar demorado de quem não acreditava em nenhuma daquelas palavras.

— Certas pessoas não acreditam que é possível se apaixonar mais de uma vez. Eu me apaixonei duas. Sou prova viva de que é possível.

Lucas foi dispensado de responder pois, naquele momento, o chef e duas funcionárias da cozinha entraram no salão com bandejas de sanduíche de peru. Eva se levantou e foi ajudar.

Antes que Lucas pudesse segui-la, Tom se inclinou.

— Essa moça — disse — é especial.

Lucas não ia discordar, ainda que concordar implicasse em se meter em apuros:

— Ela é.

Tom se levantou devagarzinho da cadeira:

— É fácil se ligar a alguém quando se está solitário. É fácil interpretar errado seus sentimentos.

— É verdade. Mas mesmo sendo romântica, Eva é muito ponderada e sensível quanto a relacionamentos.

Tom lançou um olhar demorado.

— Eu estava falando de você. — Ele se afastou para junto dos outros residentes que estavam pegando os sanduíches.

Lucas observou Eva do outro lado do salão. O que Tom quis dizer? Não era Lucas o solitário, era ela. Ele estava bem feliz sozinho em sua cobertura até ela aparecer.

Lucas assinou mais dois livros para residentes que estavam por ali e então foi se juntar aos demais para comer bolos e sanduíches.

Depois de comer, convenceram Eva a cantar enquanto Tom a acompanhava no piano.

Era escuro quando chegaram ao apartamento.

— Desculpa por aquilo. A conversa foi meio inconveniente — disse Eva com voz abafada, embrulhada no cachecol. — Tom fez a gente passar vergonha.

— Ele quer te proteger. Quer vê-la feliz, só isso. — E estar com ele não a faria feliz, Lucas tinha certeza disso. Não a longo prazo. As palavras de Tom serviram de lembrete incisivo ao fato de Eva não ser do tipo de mulher que se satisfaz com relacionamentos breves e superficiais. Tudo nela era profundo. Seus sentimentos, esperanças e expectativas.

Lucas achava que ela estava errada a respeito de muitas coisas, incluindo seus pontos de vista ridiculamente fantasiosos sobre amor e casamento, mas não queria ser o responsável por lhe provar isso. Seria como apanhar uma borboleta e cortar suas asas. Nas últimas semanas, Lucas havia começado a admirar o otimismo inabalável de Eva. Não queria descobrir o que poderia destruí-lo.

E pouco lhe importava que Tom tivesse se casado duas vezes. Ele não ligaria se Tom tivesse se casado seis vezes.

Havia se casado uma vez e bastava. Achava que ter o coração destroçado uma vez na vida era mais do que suficiente. Mas, naquele momento, Eva estava em posição vulnerável, não ele. Lucas se resguardava tão bem que se tornara à prova de balas.

— Minha avó e Tom eram bons amigos. Foi generoso de sua parte jogar bilhar com ele. — Eva esperou até Lucas abrir a porta do apartamento. — E deixá-lo vencer.

— Eu não o deixei vencer. Ele acabou comigo. — Não acrescentou, no entanto, que estava prestando mais atenção nela do que no jogo. Lucas observou Eva entrar na cozinha e ligar as luzes. Algo mudara nela. Perdera seu gingado usual. — É um cara interessante. Você que armou aquela conversa sobre se apaixonar duas vezes na vida?

— Não. — Virando de costas para Lucas, serviu para si um copo d'água. — Não o via desde que a vovó morreu e você que se ofereceu a ir comigo. — Ela abaixou o copo. — Ele não disse nada de revolucionário, Lucas. Não faz parte de uma conspiração. Ele acredita no amor, só isso. E é claro que é assim, pois se apaixonou duas vezes. Quando algo acontece conosco, não é difícil acreditar.

— Eu nunca disse que não acreditava. Disse apenas que não queria de novo. Mas Tom, sim. — Lucas se perguntou por que Eva o encarava. — Meu palpite é que, se tivesse a mínima chance, faria de você sua terceira esposa.

— Talvez essa seja a resposta. Eu deveria me casar com Tom. — Eva bebeu um gole de água e abaixou o copo. Ainda assim, não voltou o olhar a Lucas.

— O que foi? — Incomodava-o haver algo que ela não partilhava.

— Nada. Está com fome?

— Não. Comi carboidratos o suficiente para hibernar um mês no Alasca. — Seguiu-a até a cozinha e colocou a mão no ombro dela. — Quero saber o que está passando em sua cabeça.

Em vez de relaxar e envolvê-lo em um abraço, Eva permaneceu rígida:

— Sinto saudades dela, é só isso. — Seu cabelo roçava contra o queixo de Lucas, que ergueu a mão e acariciou delicadamente suas costas.

— Você preferia não ter ido hoje?

— Não. — Ela saiu do abraço, mas ainda assim não o encarou.

— Alguém disse algo que te chateou? — Ocorreram inúmeras situações em que não esteve a seu lado e em que isso poderia ter acontecido.

— Não. Eles foram uns amores. Prometi a Annie voltar logo. Mas por ora tenho trabalho a fazer e você também, imagino, depois de me conceder uma tarde inteira. — Eva pegou a bolsa e o celular e subiu a escada.

Frustrado, Lucas acompanhou-a com o olhar. Ela não era boa em esconder sentimentos, por isso vê-la se esforçar tanto para isso deixou Lucas inquieto.

— Eva...

Ela parou no topo da escada.

— Obrigada por ter vindo comigo hoje. Gostei de conversar com eles e também de falar sobre a vovó. Me ajudou. Pensei que me deixaria com mais saudades, mas não. Fez com que me sentisse melhor.

Lucas franziu a testa. Se ela estava se sentindo melhor, por que parecia tão triste?

Eva trancou a porta do banheiro e se sentou na borda da banheira.

Estava apaixonada por Lucas.

Tom percebeu imediatamente. Por que ela não?

Eva achava que se apaixonar seria como um longo e vagaroso mergulho em uma piscina quente e confortável. Não havia previsto como poderia acontecer com rapidez, mais como uma queda do que um mergulho, que terminava por submergi-la, sem ar, em águas que pareciam assustadoramente profundas. Tudo lhe fugia ao controle. Deixava-a sem ar e instável. Assustada e radiante ainda que, ao mesmo tempo, não duvidasse que fosse real, que o que sentia era profundo e permanente, que não seria apagado pelo tempo.

Ela o conhecia há apenas algumas semanas e não *queria* se apaixonar por ele. Não era sábio ou sensato. Lucas não tinha interesse em outro relacionamento sério. Eva viu quão desconfortável ele ficou quando Tom disse ter se apaixonado duas vezes.

Não que ela não fosse capaz de se relacionar só por diversão. Era capaz. Mas Lucas...

Eva engoliu seco, lembrando-se da presença reconfortante e calorosa de Lucas quando entraram no salão do jardim. Lembrou-se de como ele a abraçou quando chorou, de como manteve-se a seu lado no baile em proteção feroz. De como ouviu seu falatório e riu de seus comentários. De como saboreou sua comida.

Lucas era tudo o que Eva sempre quis, e muito mais.

Ela emitiu um grunhido e cobriu o rosto com as mãos.

E agora?

Com as mãos trêmulas, pegou o celular na bolsa.

— Paige? Acho que estou encrencada.

— Você está grávida?

— Por que "encrenca" sempre quer dizer grávida?

— Sei lá. Foi espontâneo. Me diz, o que aconteceu? Deixou cair vinho no sofá dele? Deletou o livro dele por acidente?

— Estou apaixonada por ele. Se você disser "eu te disse", eu desligo na hora.

Paige não disse isso.

— Há chances de que ele sinta o mesmo?

— Nenhuma.

— Certeza?

Eva pensou na determinação de Lucas em nunca mais se apaixonar.

— Certeza. Com certeza não está na lista de pedidos dele.

Seu peito doía. Seu cérebro doía.

Lucas tinha razão. O amor não é um conto de fadas. É confuso, é doloroso.

— Ele sabe do que você está sentindo?

— Ainda não. Mas, você sabe, não sou muito boa em esconder meus sentimentos. Não sei muito bem o que fazer.

Houve uma pausa.

— Você pode encerrar o serviço, se quiser. Dê uma desculpa, diga que estamos cheias de coisa e que precisamos de você aqui.

— Não. Se pego um serviço, vou até o final. Esse trabalho vale muito para nós. — Mas não era o único motivo. Eva queria que Lucas terminasse o livro. Sabia quão importante era para ele e, se estar ali o ajudava, então ficaria. — Já estou apaixonada. Ficar aqui não vai piorar isso em nada. A única coisa que me preocupa é que ele descubra.

— Seria tão ruim assim?

— Seria constrangedor. Ai, droga. — Ela escorregou para dentro da banheira.

Eva queria amar profundamente e o amor finalmente tinha chegado para ela.

O que não queria era se apaixonar por um homem que não tinha interesse em arriscar novamente seu coração.

Essa era a grande ironia.

Esse, pensou, era seu conceito de história de terror.

Capítulo 18

Menos é mais, a não ser que seja amor ou chocolate.

— Eva

SE FOSSE SENSATA, EVA PROVAVELMENTE teria tentado se afastar.

Acreditava ser possível se apaixonar mais de uma vez. Mas e se nunca acontecesse? E se aquela fosse a única experiência de amor verdadeiro em sua vida? Nesse caso, gostaria de vivê-la ao máximo. Cada momento que passavam juntos, porém, lhe era pungente, levemente triste, pois Eva sabia como a história acabaria.

Agora que tinha completado o primeiro rascunho, Lucas deixara parte da urgência e reduziu as jornadas loucas de trabalho em que, às vezes, não parecia descer da atmosfera criativa à Terra.

Ele surpreendeu Eva convidando-a para ir à Metropolitan Opera House para ver *O Quebra-Nozes*. Ela segurou a mão de Lucas durante todo o espetáculo, e as lágrimas caíram enquanto via os flocos de neve, a Fada Açucarada e se lembrava de todas as vezes que sua avó a levou ali quando mais jovem.

Lucas se inclinou mais para perto:

— Consigo imaginar você de tutu e collant. Aposto que ficava linda.

— Era linda, mais meio destrambelhada. Fui a única Fada Açucarada que caiu em cena. Não sabia que você também gostava de balé.

— Eu não gosto.

— Então por que estamos aqui?

— Pois sei que você gosta.

Eva ficou profundamente comovida, não apenas por Lucas ter feito aquilo por ela, mas por ouvir e guardar a informação de que era algo que fazia com sua avó.

— Você consegue ser bem atencioso para um cínico arrogante. Como prêmio, vou me vestir de bailarina e dançar para você mais tarde.

Lucas desviou o olhar para a boca de Eva.

— Prefiro que você tire a roupa e dance para mim.

Lucas não ligava para o fato de Eva ser bagunceira ou péssima de manhã. Ela não ligava para o fato de ele se trancar por longos períodos no escritório.

Certa vez, Lucas saiu do escritório com expressão tempestuosa, ao que Eva congelou, imaginando o que tinha acontecido.

— Você está com bloqueio criativo?

— Você entrou no meu escritório?

— Sim. Você não estava, mas deixei um prato de biscoitos e chá de ervas em sua mesa.

— Você mudou meu manuscrito.

— Oi? — Eva arregalou os olhos, tentando parecer inocente. — Com certeza eu não sei do que você está falando.

— Você é uma péssima mentirosa. Dois agentes do FBI não podem se abraçar.

— Por que não? Qual é o problema de dar uma força para os colegas no trabalho? Acho que isso os humaniza. Ambos testemunharam algo terrível.

— Eva, estou escrevendo uma história de terror.

— Bem, agora ficou menos aterrorizante. De nada.

Ele passou a mão na nuca e, irritado, olhou-a:

— Eva...

— O que foi? Li algumas páginas e está na cara que rola uma química entre aqueles dois. Pensei que pudessem ficar juntos e se apaixonar. Qual é o problema de colocar algo alegre no livro?

— Você matou a tensão.

— Matei? — Para alguém que não lidava bem com tensão, o comentário pareceu elogioso. — Que bom.

— Não é bom, Eva. *Não é bom.*

— É mera questão de opinião.

— Você quer que eu escreva suspenses alegres?

— Seria um gênero literário completamente novo. Poderia emplacar.

— Seria o fim de minha carreira.

— Não exagere.

E os gracejos continuavam. Era frequente os dois discutirem sobre gosto musical, literário e cinematográfico.

Eva o forçou a assistir *Enquanto você dormia* do começo ao fim e, em resposta, ela assistiu *Janela indiscreta*, ainda que tivesse passado a maior parte do filme com as mãos sobre os olhos e insistido em dormir com as luzes acesas depois.

Lucas embrulhou uma luminária e deu-lhe como presente de Natal.

— Não preciso de uma luminária.

— Você sempre dorme de luz acesa.

— Comecei depois que te conheci.

Quando Eva lhe disse que ia fazer suas últimas compras natalinas, Lucas se ofereceu a acompanhá-la.

— Você pode me ajudar a escolher algo especial para minha avó — disse ele. Foi o único motivo que Lucas deu quando Eva sondou por que ele enfrentaria as multidões.

A nevasca tinha passado, deixando para trás ruas nevadas e um céu de azul perfeito. O céu e a luz do sol faziam parecer que estavam no Mediterrâneo, não fosse pelo vento cortante e o frio de rachar.

Eva se aconchegou ainda mais no casaco e deslizou a mão junto à dele.

Lucas fechou os dedos em volta dos dela enquanto passavam juntos pela 5ª Avenida, observando as vitrines iluminadas de luzinhas natalinas e decorações, cada uma contando uma história. Passaram pelo Rockefeller para admirar a enorme árvore de Natal, foram ao Bryant Park e caminharam pela feirinha montada para as festas de fim de ano.

Eva admirou joias, artesanatos e comidas locais. Por ter se demorado, lançou a Lucas um olhar de desculpas:

— Você está entediado? Fazer compras comigo deve ter atualizado suas definições de terror.

Ele tomou-lhe as sacolas das mãos.

— Não sou muito bom em compras natalinas. Se você me ajudar com isso, terei uma dívida eterna.

— Você já me deve. Por minha causa não vai perder o prazo do livro. Sou um milagre ambulante. Como foi de escrita hoje de manhã?

— Fui bem. Estou dando a última lida. Vou enviar a meu agente e editor amanhã. Graças a você. E tem razão. Você é um milagre.

— Talvez devêssemos deixar as compras para lá. Eu podia te levar para casa e fazer mais uns milagres. — Lucas passou o braço em volta dos ombros de Eva, que se aconchegou mais para perto, desejando que estar com ele não parecesse tão fácil. — Mas não podemos ir embora até encontrar o presente perfeito para Mitzy.

— Ela se virou novamente para a tenda e, relutante, Lucas a soltou.

— Não faço ideia do que seja o presente perfeito.

— É por isso que estou aqui.

Voltaram ao apartamento várias horas depois. Tendo largado as sacolas no meio do corredor, foram correndo ao quarto.

As bocas se fundiram. O fato de ambos saberem que estavam chegando ao fim do tempo juntos acrescentava um toque de desespero a cada encontro.

Eva sabia que havia pouco tempo. Mais alguns dias e não o veria mais. Mais alguns dias e ele nunca saberia o que ela realmente sentia.

As palavras ficaram na cabeça de Eva enquanto transavam devagarzinho, prolongando o momento até ela estar praticamente gritando de necessidade. Lucas a conduzia ao clímax vez após outra e a mantinha ali, suspensa em estado de desespero asfixiante. Ela sabia que nunca encontraria momento certo para dizer o que queria, então talvez fosse melhor dizer logo pois, se tudo acabasse e ela não tivesse dito como se sentia, se arrependeria para sempre.

— Eu te amo. — Eva sussurrou essas palavras à nuca dele e sentiu-o congelar. — Eu te amo, Lucas.

Ele a silenciou trazendo a boca à dela. Os dedos seguraram com firmeza o cabelo de Eva e ele aprofundou cada penetração, tornando-as mais urgentes. Mas não parou de beijá-la, como se temesse que ela pudesse dizer aquelas palavras de novo.

Eva não disse, mas mostrou-lhe arqueando o corpo e com as carícias delicadas da mão.

Ela sentiu Lucas tremer e ir ainda mais fundo. A força erótica de cada penetração lhe guiava ao orgasmo mais intenso de sua vida. Gemeu alto e sentiu ele estremecer sobre seu corpo enquanto também atingia o clímax. Ainda assim, segurou-a e beijou-a até que Eva ficasse zonza de prazer.

Em seguida, ela permaneceu imóvel, fraca de prazer, presa sob o peso e a inimaginável intimidade de estar com Lucas.

Queria que durasse para sempre.

Era seu primeiro amor e ela queria muito que fosse o único. Mas, se isso era tudo o que poderiam ter, Eva aceitaria.

—⚬—

Eva sentiu algo de diferente nele na manhã seguinte.

O calor, o senso de humor, a proximidade... tudo havia sumido. Em vez disso, a reação de Lucas era quase... cortês.

Perplexa, ela observou-o enquanto suas entranhas caíam a pique como um elevador com problemas mecânicos:

— Lucas?

— Essa coisa toda nos levou a um lugar a que nunca quis ir.

Eva não esperava que ele fosse ser tão direto ou que já fosse dizer essas palavras.

Esperava ter mais tempo, mesmo sabendo não haver tempo a disposição.

Queria que Lucas não falasse. Não queria ouvir o que ele estava prestes a dizer, pois sabia que indicava o fim.

— Você quer dizer o meu "eu te amo"? Deixei você surtado.

— Nós nos conhecemos há um mês, só isso.

— E foi o melhor mês de minha vida. Não é a duração de um relacionamento que importa, Lucas, é a profundidade. Você nunca se pergunta por que certas pessoas passam anos juntos sem se casar e então conhecem alguém e pronto, casam em um mês?

O rosto dele ficou sem expressão:

— Você está me pedindo em casamento?

— Não! Estou dizendo que passamos mais tempo juntos no último mês do que a maioria das pessoas passa em seis meses de namoro. E eu te amo. Me recuso mentir sobre isso. — Ela viu a tensão estampada nos belos traços de Lucas.

— Isso não pode acontecer, Eva.

— Você está dizendo que não sou importante para você.

— Você é importante para mim. Mas quer contos de fada. Eu nunca poderia te dar isso.

— Ah, Lucas. — Ela sentiu uma pontada de tristeza mesclada à decepção por ele ainda não ter entendido. — Conto de fadas não são sobre Príncipes Encantados ou unicórnios mágicos. São sobre amor. O que mais quero é amar alguém e ser correspondida. Para mim, isso é um conto de fadas.

— O amor não é o que você pensa ser.

— Ele não é o que *você* pensa ser. O amor não é uma maldição, Lucas. É uma dádiva. — Eva respirou fundo e, não tendo mais nada a perder àquela altura, assumiu o risco: — Estou te oferecendo essa dádiva. Todo o meu coração, para sempre.

O rosto dele ficou pálido como giz:

— Eva...

— Eu te amo, sei que foi rápido e que talvez seja loucura dizer essas palavras em tão pouco tempo, mas sei também que é de verdade e que é bom. *Nós* somos bons. Você me faz feliz. Com você, nunca precisei fingir ou esconder meus sentimentos. Pode ser um relacionamento curto, mas foi o relacionamento mais honesto e verdadeiro que já tive. — Ela tentou explicar. — Às vezes, quando você sai com alguém, demora séculos até entender quem é o outro de verdade. Isso não aconteceu com a gente. Você se importou com o que eu sentia. Só com você percebi o quanto é cansativo fingir estar bem o tempo todo, quando não se está nem um pouco bem. E isso não tem a ver com minhas amigas; tem a ver comigo. Eu coloquei pressão em mim mesma para sempre estar alegre e para cima. Com você, não vi necessidade de fazer isso. Graças a você, eu me sinto melhor como não acontecia a mais de um ano. Já falei demais. Agora é sua vez.

Havia uma expressão assustada no rosto de Lucas e a mão que ele passava em seu cabelo estava instável:

— Não sei o que dizer.

Eva foi tomada de decepção.

— Esperava ouvir algumas coisas e isso não era uma delas.

Ele apertou o nariz com os dedos e, em seguida, deixou a mão cair.

— Você diz que te faço feliz, mas por quanto tempo? Quanto tempo duraria? E quando você acordar um dia e descobrir que não te faço mais feliz? Não quero destruir seu otimismo e suas ilusões. Não quero essa responsabilidade.

— Então não destrua. Diga que também me ama e que passaremos o resto da vida fazendo o outro feliz.

— Você realmente acha tão simples?

— Acho que pode ser, se você permitir.

— Discordo.

Ela sentiu como se alguém estivesse esmagando seu coração. Reunindo as últimas forças, Eva ergueu os ombros:

— Nunca pensei que você fosse covarde.

— Digo que estou te protegendo e você me chama de covarde?

— Ambos sabemos que você está protegendo a si mesmo. Sei que você amava Sallyanne. Sei que sofreu e ainda sofre, que é complicado, uma confusão. Entendo por que você quer se proteger, mas não precisa, Lucas, pois o que temos é precioso e eu nunca estragaria isso.

— Mas talvez eu estrague.

— Não. — Ela suavizou a voz pois sabia o que lhe passava na cabeça. — Você não faria isso e, lá no fundo, você sabe, mas tem medo demais para confessar. — Forçando as pernas pesadas a atravessar o cômodo, Eva foi em direção à escada.

— Aonde vai?

— Fazer as malas.

— Você vai embora? — perguntou com a voz dura. — Vai partir?

A não ser que você me impeça.

— Por que ficaria, Lucas? Terminei meu trabalho. Fiz o que você me pagou para fazer. Só ficaria por um motivo, mas você não quer. — Ela estava a meio caminho da escada quando a voz dele a parou novamente.

— Espera!

A esperança tremulou nela como uma vela que oscila ao vento sem se apagar. Com o coração acelerado, Eva se virou lentamente.

— O quê?

— Fique um pouco mais.

— E depois? — Como Lucas não respondeu, ela continuou rumo à escada, cansada até a medula. — Estou disposta a lutar por muitas coisas na vida. Por minhas amigas, meu trabalho, meu futuro, mas não vou lutar por seu coração, Lucas. Se você não puder entregá-lo de bom grado, não o quero.

Capítulo 19

Trate a vida como ginástica: seja flexível.

— Frankie

ARRASADA, EVA CAMINHOU PELA 5ª Avenida e sentiu outra rajada de neve.

Virou o rosto para o céu e fechou os olhos.

Por impulso, entrou na Catedral de São Patrício, oásis de paz e calmaria na região mais movimentada de Nova York.

A avó a trouxe ali muitas vezes, mas aquela era a primeira vez que entrava na Catedral desde sua morte.

A lembrança era dolorosa. Eva se sentou em um dos bancos da igreja e permaneceu em silêncio, admirando a arquitetura deslumbrante e os vitrais.

O coro estava cantando e suas vozes límpidas elevavam o espaço.

Eva sentiu um nó na garganta que a impedia de engolir.

Tinha achado que Lucas a amava, mas ele nunca havia dito isso, certo? Talvez ela tivesse se enganado. Talvez tivesse deixado seus sonhos e esperanças turvarem a realidade.

Eva refletiu sobre tudo o que tinha aprendido com Lucas.

— Você não estava certa sobre tudo, vovó — murmurou. — É bom ser um raio de sol, mas às vezes tudo bem ser chuva também. Uma vida boa e equilibrada precisa dos dois.

Lucas lhe ensinara aquilo.

Ele foi a primeira pessoa com quem Eva pôde ser completamente aberta e honesta, e isso, tanto quanto o sexo, era o que mais lhe faria falta.

Ela acreditava que a pior coisa do mundo seria não se apaixonar, mas agora sabia que era muito, muito pior se apaixonar por alguém que não queria seu amor.

— Feliz Natal, vovó — sussurrou. — Sinto sua falta.

Ficou sentada ali por mais algum tempo, acendeu uma vela para a avó e caminhou aos trancos e barrancos para casa, pelas ruas nevadas e o metrô lotado, tomado de famílias cheias de pacotes e empolgadas com o Natal.

Paige estava em um evento com Jake, e Frankie e Matt estavam voltando de um trabalho em Connecticut, o que significava que Eva tinha o apartamento inteiro para si.

Sozinha. Mas dessa vez não pensava apenas na própria solidão. Pensava nele.

Lucas.

Destrancou a porta do apartamento, deixou as malas no chão e se jogou no sofá sem se preocupar em tirar o casaco.

O que estaria fazendo agora que terminou o livro? Não tinha mais desculpas para se esconder. Com quem dividiria seus pensamentos e segredos? Atravessaria a vida sem revelar a ninguém, além de Eva, a verdade sobre a morte de sua esposa, apenas para proteger a família de Sallyanne?

— Então você vem passar o Natal com a gente? Seu irmão virá também. Deus sabe como é difícil colocar vocês dois juntos no mesmo lugar ao mesmo tempo. Lucas, você está me ouvindo? Por que está olhando fixamente pela janela?

Lucas se virou e tentou prestar atenção total à avó. A única coisa em sua mente era aquele momento ofegante em que Eva declarou amá-lo. Como isso foi acontecer? Lucas tinha erguido barreiras, mas ela se infiltrou.

— Perdão. O que a senhora disse?

— Disse que vou me casar com um cantor de ópera de 21 anos e que estou de mudança para Viena.

— Bom saber. — Lucas pensou na noite em que Eva chorou. *Estaria chorando agora?* Foi tomado de culpa.

Ela foi embora. Eva saiu andando. Disse que o amava. Expôs o coração e lhe ofereceu tudo.

E então partiu.

Respirando devagar, Lucas foi sorvendo a verdade. Eva foi embora pois ele não lhe deu motivos para ficar. E por que daria? O amor não poderia ser tão fácil assim, poderia? Não poderia ser simples e descomplicado como Eva fazia parecer.

— Lucas? — perguntou a avó com voz suave. — É sempre um prazer recebê-lo, é claro, mas por que veio se não quer conversar? Vai me dizer o que aconteceu com você ou vai ficar aí olhando pela janela?

— Não aconteceu nada de errado. Comprei um presente de Natal para a senhora. — Entregou-lhe um pacote cuidadosamente embrulhado. — Pode abrir agora se quiser. Não precisa esperar até amanhã.

A avó tomou o embrulho e colocou-o na mesinha ao lado.

— A não ser que seu presente seja me contar que pediu Eva em casamento, posso esperar até amanhã.

— Pedir em casamento? — Lucas ficou tenso. — Isso não vai acontecer.

— Pois você é um tonto teimoso?

— Pois não estou apaixonado. — Assim que as disse, soube que aquelas palavras eram um erro, como vestir um casaco que não serve.

Pensativa, a avó ficou observando Lucas.

— Quer um pedaço de bolo?

Era isso? Há um segundo estava falando sobre amor e agora sobre bolo?

— Você que fez?

— Eva fez.

— Ela esteve aqui?

— Por que você está surpreso? Minha relação com ela precede a sua, Lucas.

— Como ela estava? Parecia triste? — Ele não sabia ao certo que resposta queria ouvir. Se estivesse triste, seria culpa *sua*; se não estivesse, significaria que não se importava. Que não era verdade tudo aquilo que ela havia dito.

O amor não poderia ser tão simples.

A avó alcançou os óculos e colocou-os sobre o nariz:

— Você lhe deu algum motivo para estar triste?

Milhões de motivos, mas Lucas estaria perdido se contasse à avó detalhes íntimos de sua vida, independente de quantos pedaços de bolo ela lhe oferecera desde a infância.

— É uma época difícil para ela. Ela perdeu a avó no ano passado.

— Eu sei. Falamos muito sobre isso, mas ambos sabemos que esse não é o motivo para ela estar triste.

Lucas se sentiu no banco dos réus.

— Ela por acaso...

— Falou sobre o relacionamento de vocês? Não muito. Não precisou. Estava tudo estampado no rosto dela. Eva é deliciosamente descomplicada. O jeito que ela falou sobre você já me disse tudo o que eu precisava saber. É uma pena que o que ela sente não seja recíproco. — Mitzy tirou os óculos e limpou-os cuidadosamente. — É esse o problema? Você está se sentindo culpado? Pois não deveria. Nenhum homem deve se sentir culpado por não amar uma mulher.

Não é algo que possa ser ligado e desligado. Eva está triste agora, mas é uma moça especial e logo, logo encontrará outra pessoa.

Outra pessoa?

Essa possibilidade não tinha ocorrido a Lucas.

— Como assim? — Sua boca estava tão seca que mal conseguia forçar as palavras a saírem, e seu coração batia forte, como se estivesse punindo-o por ser tão tolo.

— Você não acha que uma moça como Eva vai ficar sozinha por muito tempo, acha? Ela tem o coração mais bondoso e a natureza mais doce que já conheci. Algum sortudo perceberá isso em breve e a tomará para si. Não me surpreenderia se ela fosse uma daquelas que se casa na hora, sem esperar. Ela sabe o que quer e confia nos próprios sentimentos. E tem coragem. Então, sério, não precisa se preocupar. Como não a ama, se sentirá aliviado quando ela se apaixonar por outra pessoa. — Mitzy observou o neto de perto. — Você ficou pálido de repente. Virou a noite trabalhando de novo? É um hábito tão insalubre. Agora que terminou o livro, deveria tirar umas férias.

Amendoim lhe deu uma cutucada no tornozelo e Lucas se abaixou para pegá-lo no colo, pensando na noite em que ele e Eva salvaram o filhotinho no parque.

Sua avó tinha razão. Uma mulher como Eva seguiria em frente. Não passaria muitas noites chorando por ele. Ela se reestabeleceria.

Amá-lo machucava, mas não seria fatal. Eva não permitiria que fosse.

Imaginá-la com outra pessoa fazia Lucas querer abrir um buraco na parede com um murro.

E se fosse alguém incapaz de compreender quão sensível ela era? Alguém que tirasse vantagem de sua natureza generosa ou que não tivesse jeito com seus sonhos?

Mitzy segurava um pedaço de bolo feito de pão de ló, chantilly e morangos frescos. O bolo fez Lucas pensar na pele cremosa e nos lábios de rubi dela. Na sedosidade, suavidade e no cheiro do xampu de Eva.

Por educação, cortou um pedaço e levou-o à boca, mas descobriu que estava sem apetite.

Colocou-o sobre a mesinha, ao que a porcelana chinesa tilintou.

— Droga, vó. A cabeça da Eva é cheia de sonhos. Ela enxerga o mundo como um lugar luminoso e ensolarado.

Mitzy resgatou o garfo antes que caísse no chão.

— Vejo-a como uma mulher que faz o melhor e sabe o que quer. Não há nada de errado em ter sonhos, Lucas, especialmente quando se tem coragem de realizá-los. E ela tem.

Eu te amo.

Eva teve essa coragem. Expôs os sentimentos sem hesitar, mesmo sem garantia de que seriam correspondidos.

— Não posso ser o que ela quer que eu seja.

Mitzy tomou outro gole de chá.

— Tem certeza de que está pensando em Eva, não em Sallyanne?

Instintivamente na defensiva, Lucas encarou a avó:

— Como assim?

— Sallyanne era uma mulher complicada e o que vocês dois partilharam o deixou com a ideia de que todos os relacionamentos são assim. Ela tinha suas questões, mas nada dizia respeito a você. Você não é capaz de consertar uma pessoa e torná-la o que espera que ela seja.

O coração dele batia forte. Lucas nunca havia conversado sobre isso com a família. Nunca.

— Depois que ela morreu, não parei de pensar que havia algo que eu podia ter feito diferente.

— E se torturou com isso. — Com um olhar de simpatia, Mitzy balançou a cabeça. — Quis tanto que você conversasse sobre isso comigo. Me matava vê-lo guardando tanta dor.

— Não quis destruir a imagem que o mundo tinha dela. Apesar de tudo, eu a amava.

— E ela também amava você, apesar de não fazer ideia de como lidar com isso.

— No final das contas, não sabia o que ela queria de mim.

Mitzy sorriu e abaixou a xícara.

— Acho que o que Sallyanne queria, e o que gostaria se estivesse aqui agora, era que você fosse feliz. Talvez, às vezes, a vida e o amor sejam simples assim.

—⁓—

— Conta tudo. — Paige serviu vinho em três taças e Eva afundou no sofá.

Matt e Jake estavam jogando pôquer com alguns amigos, incluindo Daniel, irmão de Fliss e Harriet, por isso Paige, Frankie e Eva ficaram sozinhas no apartamento.

— Estou apaixonada por ele. — Ela não via sentindo em mentir ou tergiversar. Suas entranhas se reviravam e Eva nunca foi boa em esconder os sentimentos.

Paige pegou a taça.

— E...

— E nada. É isso.

— Ele não sente o mesmo?

Eva encarou o líquido vermelho-rubi na taça e se lembrou da noite em que abriu uma das garrafas mais valiosas de Lucas.

— Não sei. É possível que sim, mas como não quer sentir isso, nunca vai admitir. Eu o amo. Acho que ele me ama também. Deveria ser simples.

— Eu vou matá-lo. — Frankie colocou a taça sobre a mesa com força e alcançou a garrafa. — Não sou boazinha como você, então não terei problemas em encontrá-lo e arrancar-lhe os ossos um a um.

Eva deu de ombros.

— Vocês dois teriam se dado tão bem. Por que está tão brava?

— Não estou brava.

— Não vejo você perigosa assim desde que o ex da Roxy apareceu por aqui e você quase quebrou o braço dele. O que fiz para te deixar brava assim?

— Nada. Você não fez nada. Ele que fez. — Frankie se acalmou um pouco e então esticou a mão. — Me dá seu telefone.

— Por quê?

— Só me dá.

— Não até você me dizer por quê.

— Alguém precisa dizer a Lucas que ele é um babaca e, já que você é tão boazinha, essa pessoa serei eu. — Frankie estalou os dedos. — Dá aqui.

— De jeito nenhum. Qual é o seu *problema*? A dor é minha, não sua.

— Errada. Quando você sente dor, eu também sinto, e detesto a sensação. Droga. — Frankie se sentou na poltrona ao lado de Eva. — De todas nós, você é quem devia ter um relacionamento perfeito. Você que devia ter dançado ao pôr do sol com o homem dos seus sonhos e unicórnios em volta.

Eva sorriu por entre as lágrimas.

— Nunca vi um unicórnio dançar.

Frankie espalmou as mãos.

— Eu nunca vi um unicórnio, o que prova meu ponto.

— Podemos voltar à realidade? — perguntou Paige, assumindo cuidadosamente o controle da conversa. — Frankie, Eva tem razão, o problema é dela.

— Você está dizendo que não posso quebrar o pescoço dele? Eu poderia esfolá-lo com o Jake.

— A gente não faz as coisas assim. — Paige encheu a taça de Eva.

— Você não pode forçar alguém a te amar — disse Eva. — Não funciona desse jeito.

— O que prova o que eu sempre disse: que o amor é um monte de cocô. — Frankie secou a taça. — Enche isso aqui, Paige. Quero propor um brinde.

— Certeza de que já não bebeu bastante?

— Nem comecei ainda. — Ela empurrou a taça ao outro lado da mesa e esperou até Paige enchê-la. — Está bem, levantem suas taças. Primeiro vamos beber ao sucesso de nosso negócio. Que aventura. À Gênio Urbano. — Ela ergueu alto a taça e Paige e Eva fizeram o mesmo.

— À Gênio Urbano.

As três beberam e então Frankie ergueu a mão.

— Estou só começando. A nós, por não nos matarmos, apesar de sermos tão diferentes.

Eva pareceu confusa:

— Você já quis me matar?

— Levantem as taças, cacete.

Relutante, Eva ergueu a taça.

— À amizade — continuou Frankie. — Pois a amizade verdadeira transcende diferenças. Eu prefiro suspense, você romance. Está bem. Te perdoo por ter o gosto estranho.

Eva ergueu as sobrancelhas.

— Valeu.

— À amizade para sempre. — Frankie manteve a taça no ar e Paige sorriu.

— Acho melhor que esse seja nosso último brinde, senão você vai acordar com dor de cabeça em pleno dia de Natal.

— Só mais um. — Frankie pegou a garrafa e preencheu as taças. — Por cuidarmos uma das outras, independente do que for. — Ela se virou para Eva e suavizou o olhar. — À nossa irmandade.

Eva sentiu a garganta apertar.

— À nossa irmandade.

Paige ergueu a taça:

— À nossa irmandade.

A porta se abriu e Matt e Jake entraram, discutindo se Jake tinha ou não trapaceado.

— Só porque você perdeu não quer dizer que eu roubei. — Jake fechou a porta com um chute. — Você tem que aprender a perder.

— Eu não ligaria se só tivesse perdido, mas te dei um couro e... — Matt parou ao ver o rosto de Eva. — O que foi? O que aconteceu?

Ela ficou comovida com a preocupação dele.

— Nada.

— Você não chora por nada.

— Ela chora com filmes românticos. — Jake pendurou o casaco. — Tecnicamente falando, isso é nada.

Frankie revirou os olhos.

— Cala a boca, Jake. Nem todo mundo é insensível como você.

— Não sou insensível. Já chorei desesperadamente com alguns filmes, pensando "alguém me tira daqui". E desde quando você virou a sra. Sensível?

Matt ignorou ambos.

— Eva?

— Não aconteceu nada. Frankie disse um negócio bonito, só isso. — Eva não iria choramingar. Lucas não queria amor. Não havia nada a fazer a respeito disso. Nada a não ser seguir em frente.

Agora foi Jake quem ergueu as sobrancelhas.

— A nossa Frankie? Não acredito...

Frankie olhou torto para Jake.

— Se você não fosse casar com minha amiga, eu te esfolava vivo.

— Em uma briga, eu venceria. Você pode até ser faixa preta em caratê, mas eu jogo sujo.

— Chega! É Natal. Ninguém discute nem briga no Natal. — Paige olhou para a porta. — Cadê o Daniel?

— Voltou para a casa. Hora de ficar com a família. Mesmo Daniel dá um tempo de ficar seduzindo a mulherada no Natal.

Eva se sentou e sorveu o calor e as piadas reconfortantes.

Amizade para sempre, pensou. Não só a de Frankie e Paige, mas a de Jake e Matt também. Não se sentia mais sozinha em uma ilha deserta. Sentia-se protegida, conectada, cercada, *amada*.

— Tenho um brinde a propor — disse, alcançando a taça. — À família. É possível nascer em uma ou ser adotada. De qualquer jeito, é a melhor coisa que existe. Obrigada por serem a minha.

Houve um momento de silêncio.

Jake falou primeiro.

— Segura aí senão até eu vou chorar. — Ele tirou a taça da mão de Paige e levou-a ao ar. — À família. É difícil viver com ela, mas é impossível viver sem ela.

— À família — disse Eva.

— À família — repetiram Frankie e Matt em coro.

— Roube meu vinho de novo — disse Paige rindo — e logo, logo vai descobrir como viver "sem ela".

Capítulo 20

Finais felizes são como pessoas. Todos são únicos.

— Eva

O Romano's estava cheio de gente e Eva arrastou sua tristeza até a cozinha para ajudar Maria, a mãe de Jake. Elas concordaram com um cardápio que facilitasse o serviço de bufê e, como Eva ajudou a escolhê-lo, Maria não precisou dar muitas instruções. Chegou a sugerir que ela se sentasse e aproveitasse a ceia com os amigos, mas Eva não aceitou, pois precisava fazer qualquer coisa que tirasse sua mente de Lucas.

Se não fosse pelo Natal, passaria de bom grado o dia na cama, com as cobertas sobre o rosto.

Se sua avó estivesse viva, teria ido até ela, contado tudo e a vovó teria feito algo que a fizesse sentir melhor e mais forte com a situação.

Mas Eva estava sozinha. Sentia-se exausta e perigosamente perto de cair no choro.

Seria outro Natal em que lutaria para chegar ao fim do dia sem entrar em colapso.

O que Lucas estava fazendo? Estava sozinho ou pelo menos foi ficar com a avó?

— Como você está, querida? — As bochechas de Maria estavam coradas pelo calor do forno e por estar correndo de um lado para o outro na cozinha havia horas.

— Estou ótima. — Eva captou o olhar de Maria. — Tá, não tão ótima. Parte de mim, a sonhadora boba, pensou que Lucas se importava. Eu realmente acreditei nisso.

— Talvez ele se importasse.

— Não o bastante. — Eva pegou uma cabeça de alho. — E que pessoa no mundo se apaixona em um mês? É loucura, né?

— É?

— Paige e Jake se conheciam desde sempre; Frankie e Matt também.

— Existe mais de um jeito de se apaixonar, querida, e me parece que você e Lucas tiveram uma conexão.

— Tivemos, sim. — Indiferente, Eva encarou o alho na mão. — Eu disse coisas a ele. Ele me disse coisas. Pelo visto achei que... — interrompeu-se. — Deixa para lá. Vou superá-lo.

— Não chore. É importante que seus olhos não fiquem vermelhos hoje.

— Eu sei, é Natal e não posso estragar o dia de ninguém.

— Eu estava falando do *seu* dia. — Maria tomou o alho das mãos dela. — Eu te conheço. Você vai querer estar linda. Vai colocar um batom.

— Por quê? — Eva ficou surpresa. — Não acho que uma costela de boi e uma bandeja de batatas assadas vão se importar com meu batom. — Todos à sua volta pareciam entusiasmados e cheios de energia, o que fazia a luta de Eva ainda mais difícil.

— Você vai ficar orgulhosa de tê-los preparado. — Maria se aproximou e deu um grande abraço em Eva. — Sua avó estaria tão, mas tão orgulhosa de você, querida. Agora é melhor tirarmos a carne do forno, senão vai queimar.

Eva não achava que a avó estaria orgulhosa em vê-la choramingando pela cozinha, mas não disse nada e concentrou-se na comida.

Para ela, trabalhar era uma forma de terapia. Ela fatiou, picou e salteou com a cabeça em piloto automático.

A cozinha de Maria era uma máquina bem alinhada. Eva se encaixava nela com facilidade e achava a rotina ali tranquilizante. Não precisava pensar muito.

— Ev? — Frankie apareceu à porta e trocou olhares significativos com Maria. — Você pode vir aqui? Temos algo para você.

— Não dá para esperar? Estou preparando almoço para oitenta pessoas, carne... e torta. — Estava orgulhosa e soou forte, mesmo não se sentindo assim. Retirou a assadeira de batatas pelando do forno. — Pensei que daríamos os presentes mais tarde.

— Não é um presente que você possa embrulhar. — A voz de Frankie pareceu estranha. Algo entre orgulhosa e entusiasmada. — Você vai gostar.

— Não quero nada.

— Dá para parar de discutir e vir aqui? — retrucou, fulminando a amiga com um olhar. — Não sou muito boa com essas coisas de mistério.

— Mas tenho que fazer uma redução de vinho tinto.

— Eu faço. Se eu pegar o vinho e beber metade, ele vai ter reduzido, né? — Frankie deu um empurrãozinho na amiga. — Eu serei o braço direito da Maria.

— Eu pego isso aqui. — Maria tomou as batatas das mãos de Eva e gesticulou na direção da porta com a cabeça. — Vai.

Eva estava prestes a perguntar o que estava acontecendo, quando Paige entrou na cozinha.

— Espera. Fica aí. — Ela trazia a bolsa de Eva, abriu-a e procurou pela maquiagem. — Fica parada.

— Não faço ideia do que está acontecendo, de verdade. Vocês acham que estou um lixo? Primeiro a Maria diz que tenho que passar batom, agora...

— Para de falar. Não consigo te maquiar enquanto mexe o rosto. — Com uma rápida pincelada e um meneio de batom, Paige realizou uma pequena transformação na amiga. — Pronto. Está linda. — Estalou os dedos e Jake apareceu com o casaco de Eva.

Confusa, ela o pegou.

— Alguém pode me dizer o que está acontecendo?

— É surpresa — disse Paige e sorriu. — Feliz Natal à melhor amiga que uma mulher poderia ter.

— Ei, *eu* sou a melhor amiga que uma mulher poderia ter — disse Frankie, enquanto tirava vestígios de farinha do vestido de Eva. — Vai, mulher. Sua carruagem a aguarda.

— Minha carruagem? Vocês andaram bebendo? Pois perderam a cabeça. — Tentando imaginar o que fizeram, Eva deixou-as guiarem-na da cozinha pelo restaurante.

Por um instante selvagem, de loucura, cogitou que Lucas pudesse estar ali, que poderia ser ele o presente de que estavam falando. Mas não havia sinal dele e a força da decepção a deixou em choque.

Viu de relance Matt sorrindo à porta do restaurante e Roxy, de olhar sonhador, com Mia se balançando nos braços.

Todos pareciam felizes. Eva não quis magoá-los. Sorriu de volta e tentou não pensar em Lucas.

Demonstraria alegria, independente do que tenham preparado. Daria conta disso, não?

— Ligue mais tarde. — Paige conduziu-a à porta e Eva sentiu o golpe congelante do vento no rosto.

— Caramba, que frio. — Havia um táxi esperando com o motor ligado e de pé, junto à porta, estava...

— Albert? — Surpresa, Eva o encarou, e Frankie empurrou-a adiante.

— É mais um táxi do que uma carruagem, mas estamos em Nova York. Pelo menos é amarelo. Se você beber uma garrafa de vinho, pode parecer uma abóbora. Pronto, Albert. Empacotada e entregue conforme prometido. O resto é contigo. Não deixe-a discutir com você.

Albert abraçou Eva e ajudou-a a entrar no táxi quentinho.

— Avise a gente como está indo — disse Paige um segundo antes de Albert fechar a porta e o motorista partir.

— Como está indo o quê? — Eva se virou no banco de modo a ver Albert. — O que está acontecendo? Por que você não entrou para o almoço?

— Vou voltar depois de fazer minha parte.

— Qual é sua parte?

— Primeiro devo entregar isso a você. — Entregou um pacote prateado amarrado com um laço. Confusa, Eva encarou o embrulho.

— Não faço *ideia* do que está acontecendo. — Eva olhou a etiqueta e reconheceu a grafia de Lucas.

Você me deu um livro e agora estou retribuindo o favor.

— É um presente de Natal do Lucas? — Eva olhou Albert, que simplesmente sorriu e continuou olhando para fora da janela.

— Você não ama Nova York no inverno?

— Ele comprou um livro para mim? — Eva rasgou o embrulho e um pequeno volume caiu em seu colo. Na capa havia apenas a ilustração de um casal andando de mãos dadas.

Abriu o livro e novamente viu a grafia forte de Lucas na folha de rosto.

Espero que goste da história.

Começou a ler e não ergueu o olhar até o táxi parar na 5ª Avenida.

— Eva?

Contente por ter um motivo para parar de ler, fechou o livro e se surpreendeu:

— A Tiffany's? O que estamos fazendo aqui, Albert? Eles não abrem no Natal.

— Parece que vão abrir exceção para uma pessoa especial. Entre lá. Estão esperando por você.

— Não sei o que você... — A porta se abriu e Eva encarou o homem de pé ali. — Lucas?

Eva se esqueceu do livro nas mãos. Esqueceu tudo. Seus joelhos fraquejaram, o coração bateu forte e ela soube que demoraria muito para superá-lo, se é que um dia conseguiria. O que ele queria? Uma coisa era parecer bem na frente das amigas, outra era representar o mesmo na frente dele.

Lucas vestia um longo casaco preto e, a julgar pelas olheiras, não dormira muito desde que Eva partiu.

Com dificuldade, ela saiu do táxi, e então se virou para Albert.

— Você não vai sair daí também?

— Não. Já fiz minha parte. O resto é com vocês. — Ele acenou para Lucas e então deslizou de novo para dentro o táxi. — Vou voltar para meu almoço de Natal. Maria está guardando meu lugar na mesa.

— Você conheceu Maria? Você vai me deixar sozinha?

— Maria e eu conversamos algumas vezes nas últimas semanas e você não está sozinha, querida. Uma pessoa como você nunca estará sozinha. Feliz Natal, Eva — e fechou a porta do táxi. Ela permaneceu imóvel na calçada, agarrada ao livro, enquanto o táxi desaparecia rumo ao Brooklyn.

E agora?

— Eva? — perguntou a voz de Lucas, vinda de trás. — Você não quer entrar antes que todos nós congelemos?

— Todos nós? — Virou-se devagar, exausta emocionalmente. — Não sei o que está acontecendo.

— Vai descobrir se entrar.

Ainda agarrada ao livro, atravessou a calçada e perdeu o ar quando ele a tomou nos braços.

— Ah! Um abraço. — Eva não ousava achar que havia algo mais. Não ousava imaginar por que os dois estavam diante de sua joalheria predileta.

— Gostou do meu presente?

— Que presente?

— O livro.

Eva mordeu o lábio, imaginando como ser honesta com ele. Lucas lhe dera um presente e ela precisava agradecer. Por outro lado...

— Honestamente? Ainda não terminei, mas o que li me deixou meio perturbada. Não gosto muito de coisas assustadoras — disse rapidamente —, então não se ofenda.

— Assustadoras? — Lucas pareceu surpreso. — Não é um livro de terror, é uma história de amor.

— De amor? — Surpresa, encarou Lucas e em seguida o livro na mão. — Mas... ele coloca uma venda nela, a conduz a um quarto escuro e fecha todas as portas... Fiquei com medo de que fosse matá-la e parei de ler.

— Ele coloca uma venda nela para que nada estrague a surpresa.

— A surpresa de ser trancada em um quarto escuro?

— O "quarto" é uma loja de joias. A *intenção* era que fosse romântico — disse contrariado. — Se você tivesse terminado de ler, o teria visto pedi-la em casamento.

— Como? Com uma faca na garganta dela? — Repentinamente, Eva se pôs a rir, a rir tanto que mal conseguia falar. — Parecia um filme de terror e... — com uma suspeita terrível na cabeça, parou de falar. — Lucas, você... foi *você* que escreveu isso? Não tinha o nome do autor na capa.

— Sim. Escrevi para você. — Com emoção e sinceridade na voz, ele percorreu o cabelo com os dedos. — Você queria que eu escrevesse algo em que todos terminassem felizes para sempre.

— Eu ficaria contente com uma história em que todos sobrevivessem. Seria um bom começo.

— Escrevi uma história de amor para você. Foi a coisa mais difícil que já escrevi. Acho que fiz um bom trabalho. Teve até um anel de diamantes e... — Lucas engoliu seco. — Droga. Ferrei com tudo. O que escrevi não é bom, não é?

Lucas tentou escrever uma história de amor para Eva.

Escrevera para ela.

Havia tanto que Eva queria dizer, mas seu coração estava cheio demais.

— Ah, Lucas...

— Você odiou. Eu ferrei *com tudo* mesmo.

A emoção deu um nó na garganta de Eva.

— Acho que você deve continuar escrevendo sobre o assunto que domina. Terror.

— Eu queria que você amasse.

— Amo que você escreveu para mim. Amo mesmo.

— Não acredito que estraguei tudo. Espero acertar no que conta. — Ele murmurou baixinho essas palavras, ao que Eva franziu a testa.

— Do que você está falando? O que conta?

Em vez de responder, Lucas abriu a porta da loja. Deslumbrada com as luzes, Eva pestanejou. Havia duas outras pessoas no local, homem e mulher, ambos sorrindo a uma distância discreta.

— O que estou fazendo aqui, Lucas? O que está acontecendo? Parece que todo mundo faz parte de um grande plano, menos eu. E o que o Albert tem a ver com isso tudo?

— Quando lhe contei meu plano, Albert quis ajudar. Assim como suas amigas, minha avó e Maria. Frankie ameaçou me deixar inconsciente caso te machucasse. Não sei como você pôde pensar que estava sozinha no mundo. O presidente da República invejaria a rede de proteção à sua volta.

— Mas...

— Eva, tenho muito a dizer e, pelo menos dessa vez, você vai me deixar falar sem interrupções.

— Eu vou, mas...

Com um brilho nos olhos, Lucas lhe cobriu os lábios com o dedo.

— Esqueça a venda nos olhos. Vou te amordaçar, se não parar de falar. Estou tentando não errar e você está me distraindo.

— Vou ficar quieta. — Eva manteve a boca fechada mas, junto com o coração, a mente ia longe. O que Lucas queria dizer?

— Vou direto à parte que importa e deixar a trama secundária para depois. Muita gente te ama, meu bem. — Lucas acariciou a bochecha de Eva com o polegar. — E sou uma dessas pessoas.

Eva mal conseguia respirar.

— Você me ama?

— Sim e provavelmente devia estar usando floreios verbais... que droga, eu trabalho com palavras, mas estou com tanto medo de escolhê-las errado, que é melhor simplificar. Eu te amo.

— Mas você não queria se apaixonar de novo. Você acha que o amor é complicado e cansativo.

— Uma pessoa muito sábia me disse que há tantas formas de amar quanto pessoas no mundo. — Lucas deslizou a mão pela nuca de Eva e abaixou a boca até a dela. — Tem tanta coisa que queria te dizer, mas essas pessoas já cederam parte do Natal delas a mim, então não vou deixá-las esperando.

— Esperando o quê? Nem sei o que estou fazendo aqui. — A cabeça de Eva girava. Lucas a amava?

O sorriso voltou aos olhos dele.

— O que seu radar infalível diz?

Era uma joalheria. *A* loja mais icônica de Nova York. Eva, porém, não queria se apressar em conclusões.

— Meu radar deve estar quebrado. Vivo no Planeta Eva, lembra?

— Seu radar está perfeito.

— Não tem como você saber. Não sabe no que estou pensando.

— Sei como sua mente funciona.

— Sou previsível.

— Você é adorável. Eu te amo, querida, e estou aqui porque, quando um cara sabe que ama, não tem por que esperar. Tom que me ensinou isso. E minha avó. Ela me fez lembrar que ela e o vovô se casaram um mês depois de se conhecerem.

— Era diferente. A Guerra estava acontecendo. Tudo tinha que ser rápido.

— Eles foram casados por sessenta anos. Meu avô colocou a aliança no dedo dela depois de duas semanas. Já esperei mais do que isso.

A cabeça dela girava.

— Uma aliança? Você quer me dar uma aliança?

— Você devia ter terminado a história. Assim saberia o final.

— Se eu terminasse, acabaria na terapia.

— Vamos deixar isso para lá. — Sorrindo, Lucas abaixou a cabeça e beijou Eva de novo, delicadamente. — Espero que você me deixe acompanhá-la no Planeta Eva. Estou levando apenas bagagem de mão e acho que conheço as regras do lugar.

O coração de Eva inchou no peito.

Aquilo estava acontecendo. Estava acontecendo de verdade.

Lucas. O Lucas dela.

Estava com as lágrimas presas na garganta.

— Tem certeza? Só um tipo de pessoa sobrevive no Planeta Eva.

— O tipo sortudo. — Lucas esticou a mão e um homem discretamente veio lhe entregar uma caixinha. — Sei que estamos indo rápido, que podemos esperar o quanto quisermos, mas quero que você se case comigo, Ev. — Ele tirou o anel da caixinha, deslizou-lhe no dedo e segurou-lhe a mão.

Eva encarou o anel no dedo e sentiu uma dor no coração.

— Você quer se casar comigo?

— Sim. Eu te amo e posso te dizer o quanto quando voltarmos ao meu apartamento. Agora, porém, quero despachar essa gente de volta para suas famílias. Por isso, me diga: sim ou não?

— Sim. É claro que sim. — Era uma resposta tão simples. — Você sabe que te amo. Já disse isso a você e não mudei de ideia. Nada me faria mudar de ideia.

— Eu contava com isso. — Sem soltar a mão dela, Lucas agradeceu aos dois funcionários sorridentes e guiou Eva em direção à porta.

— Hum... vamos roubar o anel? Pois não tenho pressa em rever seus colegas da polícia. Não eram muito simpáticos.

— Já acertei tudo.

— Já? Que incrível. E se eu dissesse não, eles te reembolsariam?

— Eu sabia que você não ia dizer não. Não é do tipo de gente que se apaixona e desapaixona.

Os dois caminharam pela 5ª Avenida. Agarrados um ao outro, seus pés esmagavam a neve fresca. Eva sentiu o peso da aliança e a pegada firme dos dedos de Lucas nos seus.

— Quanto você pagou para abrir essa loja em pleno dia de Natal?

— Custou menos do que a garrafa de vinho que você tomou.

Eva corou com a lembrança.

— Eu fiquei com *tanta* dor de cabeça.

— É o que acontece quando você bebe uma garrafa inteira sem parar para respirar.

— Você me perdoa?

— Você *me* perdoa? — Lucas parou e virou-a para que o encarasse. Seus olhos demonstravam tudo.

— Te perdoar pelo quê?

— Por dar as costas ao que você ofereceu com tanta generosidade. — Delicadamente, Lucas afastou uma mecha de cabelo do rosto de Eva. — Quando você disse que me amava... fiquei aterrorizado. Aterrorizado por te machucar, por me machucar...

— Eu entendo. — O frio entrou por debaixo do casaco de Eva, mas ela nem percebeu.

— Vivi os últimos três anos na escuridão e então você apareceu com seu sorriso eletrizante e personalidade solar, lançando luz em todos os cantos sombrios da minha vida. Tudo mudou naquela noite. Você me fez querer amar novamente. Droga, você seria capaz de me fazer acreditar em contos de fadas. — Lucas tomou o rosto de Eva em suas mãos poderosas e abaixou os lábios aos dela.

Com os braços em volta do pescoço de Lucas, ela o beijou.

— Você vai me fazer chorar.

— Pensei que você fosse uma sonhadora. Pensei que o que você queria não existia e continuei achando isso até você se afastar de mim. Foi nesse ponto que percebi que queria fazer parte de seus sonhos. Quero dividir minha vida inteira com você, as alegrias, as tristezas, o tenebroso e o emocionante. Eu te amo, Eva. — Lucas suspirou-lhe essas palavras contra os lábios. — Você é a pessoa mais bondosa, mais doce, mais forte que já conheci e não consigo acreditar que é minha.

O coração de Eva estava tão repleto que mal conseguia falar.

— Eu também te amo. Muito.

A neve começou a cair como confete sobre o cabelo e o casaco de Eva. Lucas limpou-a e segurou-lhe a mão.

— Vamos entrar.

Os dois entraram no apartamento e Eva parou enquanto olhava o ambiente agora familiar ao redor. Estava tão feliz que mal conseguia respirar.

— É melhor eu ligar para minhas amigas e contar tudo.

— Elas sabem. De que outra forma você acha que eu as convenceria a me ajudar? Elas se negaram a colocá-la em um táxi até que eu garanti que daria a você o final feliz que merece. Elas são bastante protetoras.

— Elas sabiam antes de mim? — Sem soltar o livro da mão, Eva tirou as botas e o casaco.

— Não em detalhes. Só que eu te amo. E Frankie fez ameaças tenebrosas que com certeza vou usar em algum livro. Essa moça tem uma mente afiada.

— Vocês têm muito em comum. — Eva fechou os dedos em torna da lapela do casaco de Lucas. — Achei que você me amava, mas estava tão decidido a me afastar...

— Meu relacionamento com a Sallyanne mudava muito, era imprevisível. Às vezes, era prazeroso, mas na maior parte do tempo era penoso. Imaginei que o amor fosse assim. Então, quando te conheci, você me ensinou algo diferente. — Ele passou as costas dos dedos sobre a curvatura delicada da bochecha de Eva. — Você me ensinou que o amor não precisa ser uma batalha ou como enfrentar um labirinto no escuro.

— Eu sei que você a amava, Lucas. Nunca exigiria que você fingisse o contrário.

— Eu a amei, sim, mas o que você e eu temos é diferente, não vou mentir. Tão diferente que, a princípio, nem reconheci. Pensava que o amor fosse um negócio sombrio e complicado, até você entrar na minha vida com seus raios de sol e otimismo. Eu não sabia que o amor poderia ser tão simples e fácil. Você queria um sonho e achei que eu não pudesse dar conta de vivê-lo. Não suportava a ideia de outro relacionamento. Mas então percebi que isso implicaria em não ter a sua presença em minha vida. Se você me aceitar, prometo passar o resto dos meus dias tentando realizar seus sonhos.

Os olhos de Eva encheram de lágrimas.

— Sonhos não são realidade e o que eu quero é real. Eu quero você. Você de verdade. Nem melhor, nem diferente. Não creio que você escreveu um livro em que as personagens sobrevivem. — Eva ainda segurava firme o livro, e Lucas tirou-lhe delicadamente da mão.

— É melhor nos livrarmos disso aqui. Ele precisa de uma bela edição.

— Não. — Ela o tomou novamente de Lucas. — Quero mantê-lo assim, como é. É o melhor presente do mundo, e é todo meu.

— Você não leu o final.

— Os dois sobrevivem?

Lucas deu um sorriso vagaroso.

— Sim.

— É tudo que preciso saber, mesmo torcendo para que o final feliz deles inclua bastante sexo gostoso. E sobre a parte em que ela é vendada... — Eva estreitou os olhos. — Talvez possamos transportar essa cena ao quarto.

Os olhos de Lucas brilharam.

— Não é uma má ideia. Até que você é uma boa editora.

— Concordo. — Ela ficou na ponta dos pés e envolveu o pescoço de Lucas com os braços. — É importante experimentar essas coisas para ver se funcionam na vida real. Que tal?

— Me parece um final perfeito. — Em seguida pegou-a no colo e levou-a escada acima.

Agradecimentos

ESCREVO LIVROS DE ALTO ASTRAL, atuais, em que geralmente ninguém morre. Entrar na mente de meu herói, Lucas, que escreve livros de terror e suspense não foi fácil para mim e gostaria de agradecer ao escritor Graeme Cameron que, muito generosamente, me explicou como funciona a cabeça de um autor do gênero. Graeme, seu livro *Normal* me manteve acordada a noite inteira e com certeza contribuiu com o aumento no valor da minha conta de luz, pois tive que dormir com as luzes acesas. Lee Child descreveu seu livro como "hipnótico e arrepiante". É prova de sua habilidade como escritor o fato de eu continuar lendo a história, ainda que raramente procure livros "arrepiantes". Você ainda foi capaz de acrescentar um senso de humor excêntrico ao assassino.

Nesse ano, tive o orgulho de participar da campanha *Get In Character*, da fundação de caridade CLIC Sargent, que levanta fundos para ajudar crianças e jovens com câncer. Agradeço a Ann Cooper que generosamente cedeu o nome a uma personagem deste livro. A enfermeira "Annie Cooper" é uma pessoa calorosa e incrível, como você. Espero que goste dela! Um grande obrigada também a Laura Coutts, que propôs que eu assinasse livros como parte da mesma campanha. Estimo muito sua generosidade.

Como sempre, agradeço a todas vocês, minhas leitoras maravilhosas, por escolherem meus livros e por todas as mensagens carinhosas.

Bjs,

Sarah.

Este livro foi impresso em 2024, pela Cruzado para a Harlequin.
A fonte usada no miolo é Adobe Caslon Pro, corpo 10,5/15,4.
O papel do miolo é pólen natural 80g/m² e o da capa é cartão 250g/m².